汚いものなんかいっこもない真っ白く清潔な雪の世界で、俺、
大好きな人のものになれた。

（本文より抜粋）

DARIA BUNKO

氷泥のユキ

朝丘 戻

ILLUSTRATION yoco

ILLUSTRATION
yoco

CONTENTS

この作品はフィクションです。
実在の人物・団体・事件などに一切関係ありません。

氷泥のユキ

木曜夜九時に都内の駅改札口で待ちあわせ——セックス目的で初対面の相手と落ちあうとき、これが適切な時間と場所なのか、俺はよく知らない。

親しいならまだしも、顔も知らない相手とこんな時間から会うのは初めてだ。大学にいって帰宅したあと、仕事に集中していたせいで夕飯を食べるタイミングを逃したけど、仲よく食事しましょうってながれにもならないんだろうな。ホテルにいったって和気あいあいとおしゃべりからムードづくりを始めて、ロマンチックにセックス、って期待もできない。なんせ相手の雰囲気が、チャットで話してる段階からそんな感じだった。

大人気SNSの『アニマルパーク』にあるゲイルームで俺が知りあったのは、目つきの悪い白いクマのアバターをつかっている〝クマ〟さんだ。アカウント名からして適当すぎるうえ、出会い頭に自己紹介もなく『おまえ寝る相手探してるのか』と訊《き》かれたんだから予想もつく。

——探してる。恋愛抜きで、セックスだけできればいいやって思ってる。

——都合がいい、俺もだ。じゃあ会うか。

嘘《うそ》じゃない。あれは、嘘じゃない。

それで、会う約束をしてから友だち登録をして、一対一で会話できるプライベートチャットをつかい、電話番号だけ交換した。

『着いてるよ。クマさんって外見になにか特徴ある？』

友だち登録した相手にだけ送れるメール機能の〝お手紙〟をつかってメッセージを届けた。親指が震えてる。スマホを持ちかえて、掌《てのひら》を強く握る。

ネットで知りあった相手と会うのも初だ。駅構内に響く忙しない足音、電車のアナウンス、往《ゆ》き交《か》う学生、サラリーマン、おじさんおばさん、男、女、全部の気配に緊張する。

クマさんもこっちを探してるんじゃないかって思うと、四方八方から視線を感じてきょろきょろすることもできなくなる。ビビったって、もう後戻りできないってのに。

『電話する』

届いた返事に、え、と息を呑《の》んだ瞬間、スマホがピピピと鳴りだした。どきっと心臓が飛びだして、ほとんど無意識に「はい」と応《こた》えていた。

『――ユキか？』

ぞわっ、とスマホを持っている左手に鳥肌が立った。なんだこのイケメンボイス……！

「うん、そうだけど」

なるべくチャットの自分とおなじように、素っ気ない物言いで返事をする。

『どこにいる。いま改札でるからこっちから声かける』

「あ、そう？　じゃあ、えっと、改札の横にある売店のとこ」

『わかった。スマホそのまま繋《つな》いどけ』

「おう」

……おうってなんだよ。

〝SNSやゲイアプリをつかって気軽にセックスしまくってるゲイ〟っていうのがこっちの設定だ。とはいえ、わかんないもんはわかんないからうまく演じられもしない。

てかクマさんもどうなんだよ。名前どおりクマっぽい、でかくてガチムチで髭面《ひげづら》のいかにもゲイってタイプを想像してきたのに、イケボすぎるだろ。この声でクマ？　ガチムチ？

絶対恋愛に発展しないであろう、好みと真逆のゲイがいいんだよ俺は。

『おまえの外見の特徴は？』

うわ。声からして好みすぎてどぎまぎするから、スマホを耳からすこし離した。

「特徴……は、白いボアつきのダッフルコートかな。なかに灰色のカーディガン着てる」

『身長は？　つうか声が若いな。歳は？』

「背は、百七十二、歳は二十歳《はたち》、大学生」

『ガキだったのかよ』

こいつ、口悪《くちわる》……っ。

「あんたは？　訊いてばっかいないで自分も言えよ」

『百八十三センチの三十五歳、会社員』

「おっさんじゃん」

『おまえはいままでおっさんとも寝てきたんだろ？』

……そうだった。

「まあね。で、髪型は？」

『いま会うんだから見りゃいいじゃないか』

「なら服装。そっちも教えろ」

『せっかちなガキだな』

「うっせえ」

顔が紅潮しているのを感じながら虚勢を張ったら、そのとき頭になにかが乗った。

驚いてふりむくと、左隣に長身の男がいて俺の頭を覆うように掌をおいている。

「ユキか」

男とスマホから、同時におなじ声がでてきた。……髪型は、左分けのこげ茶ショートカット。眼鏡をかけていて、目も二重で綺麗、唇《くちびる》は健康的な桃色で薄い。

自分の頬《ほほ》がまたさらに熱くなったのがわかって、目をそらした。

「あんた全然クマじゃねーじゃん」

いきなり不躾《ぶしつけ》な態度と発言から始めてしまった。

「人がどんなアバターつかおうと勝手だろうが」

「俺らの業界でクマっていったら、ソウイウの期待するだろっ」

「悪かったな好みじゃなくて。文句あるならやめとくか」

クマさんも呆《あき》れたようにため息をついて顔をそむけ、スマホをコートのポケットにしまう。股下《またした》までのチェスターコートはネイビーで、なかはグレーのタートルネックニット。私服姿の会社員って、どんな仕事してるんだろう。大柴《おおしば》さんを思い出す。

「べつに、いいけどさ。クマタイプ以外の人とも寝てきたし」

「ああ、外見なんかどうでもいい。どうせヤるだけだ」

いくぞ、と冷たく言い放ってクマさんが歩きだした。躊躇《ためら》いもなく駅の外へすすんでいく。逃げるならいまだ、と一瞬思ったけど、腹に気あいを入れて心を決めてから追いかけた。

傘を片手に隣へならんで足もとを見おろす。ブーツまで俺のよりサイズもでかくて格好いい。信号を渡るとき、横顔を盗み見た。風が吹いて前髪が目にかかり、不愉快そうに半分細めるようすが色っぽかった。

……この人が俺の、初めてセックスをする男。

「いちばん肝心なこと訊いてなかったけど、おまえネコだよな」

ラブホテルの部屋へ入って最初に言われたのがそれだった。

「俺はタチしかやらねえぞ」

……一応ネコをするつもりで準備してきたものの、自分の得意なポジションはわからない。

「なら、ネコでいいよ」

「どっちもできるタイプか」

「まあね」

ん？　決めてない人もいるんだ……？　やばいな、セックスなんて一生できないと思っていたせいで知識も少なすぎる。

「突っ立ってないでシャワー浴びてくれれば。先にどーぞ」

コートを脱いだクマさんが俺の背後にある浴室を顎《あご》でしゃくる。

「あ、うん」とこたえて鞄をおき、セックス慣れした余裕の素ぶりを演じながら移動した。

ここにくる前に家で風呂へ入ってきたのに、ホテルでシャワー浴びるのが普通だったのか。シャワーっていうんだから、短時間ですませるべきなんだよな。

震える手で服を脱ぎ、全裸になってひろい風呂でシャワーを浴びた。髪も洗うべきかどうか迷って、べつに頭まで嗅《か》がれることないだろ、と軽く濡《ぬ》らして終わりにする。

……ガチムチのクマじゃなかったから、ちんこでかくないって思っていいかな。自分の指でほぐしてはきたけど、クマのちんこじゃ挿入《はい》らないかもって怖かった。

でもあの人の手、大きかったな。俺の頭をバスケットボールみたいにすっぽり覆った指が、俺のより細いわけがない。ほぐし足りなかったかも。指すら挿入らなかったらどうしよう。

つまらない嘘ついちゃったな……と、何度目か知れないため息が洩《も》れた。だけどバックバージンだ、って正直に言って探してたら誰も相手にしてくれなかったんだ。どうせ初体験なんか一回だけで、クマさんともこれっきりだろうから、我慢して乗り切ればあとはやっていける。逃げない。ビビらない。ゲイってことを嘆かない。割りきって自分らしく生きていく。よし。

緊張で冷える指を握ってもう一回気あいを入れ、シャワーをとめて風呂場をでた。服を着るのはおかしいよな、と悩んでいたらバスローブがおいてあったからそれを着て部屋へ戻る。

「入ったよ」

「ン」

やわらかそうなソファに座ってスマホをいじっていたクマさんが、こっちへ一瞥《いちべつ》もくれずに入れ違いで浴室へ消えていった。

クマさんが座っていたソファの右側をなんとなく躊躇って、左端に座る。深緑色のソファは身体が沈むぐらいふかふかで座り心地がいい。横にあるベッドも広々とした気持ちよさそうなダブルベッドで、まるいかたちをしている。ラブホってこんななんだな……。清潔感もあって小物もいろいろそろっていて液晶テレビも大きくて、さほどいやらしい雰囲気もない。むしろスイートルームみたいな、ちょっとグレードの高いホテルの部屋って感じだ。

　自分がラブホへ入る日がくるとも思っていなかった。……クマさんはどうなんだろう。ゲイとしてどんな生きかたをしてきた人なんだろう。このホテルも部屋も、手慣れた感じで選んでくれた。三十五年間恋愛せずにセックスだけ楽しんできたゲイなのだとしたら、俺もそのうちあんなふうになるのかな。

「なにかしこまってぼうっとしてるんだよ」

　クマさんも戻ってきた。バスローブから覗《のぞ》く胸板が生々しくセクシーで頭に血がのぼった。

「べつに、やることがなかったから、考え事してただけだろ」

「テレビでも観てればよかったじゃないか」

「ああ、えっと……とくに興味ないし」

「フン、現代っ子か。まあいい、こいよ」

　クマさんがベッドの端に腰をおろして、持っていたペットボトルのスポーツドリンクを飲む。俺も唾《つば》をごくりと呑みこんで隣に移動した。シーツが冷たい。

　喉を鳴らしてドリンクを飲んだクマさんは、やがて白い蓋《ふた》をくるくるまわしてしめた。指、やっぱり俺より太いけど細長くて綺麗。うつむく目もとで濡れた髪が揺れている。クマさんも髪は半分洗ったって感じだ。よかった、間違ってなかった。

ペットボトルをベッドサイドの棚におく腕も、筋肉のつきかたが過不足なく綺麗で見入った。

……てか、この人に恋人がいなかったって考えるのは無理がないか。

どうやって始めるんだろう、と疑問に思った刹那《せつな》、こっちをむいて俺を見つめながら身体を寄せてきたクマさんに腰を抱かれ、口に、口をつけられた。

キスされた。

えっ、キスもすんの……!? 予想外だ、こんなの焦《あせ》る。

まじか、うわ、とテンパる思いをなんとか懸命に押しとどめて目を瞑《つむ》り、ファーストキスだ、とばれたくないから唇をひらく。舌もだす。

クマさんの舌も口内に入ってきた。内頰までねっとり嬲《なぶ》られて唾液《だえき》があふれだして口端からこぼれそうになってやばいのに、この人なにを考えてるんだか歯茎《はぐき》まで舐《な》めてくる。上顎も。狂いそうだ、歯もみがいておくんだった、めちゃくちゃ恥ずかしいっ……。

「ン、んっ……」

角度を変えながら散々ねぶられて疲れ果てたところで、やっとクマさんの舌が勢いをなくしてきた。俺の舌を吸いつつゆっくり口を離していく。瞼《まぶた》をあけると、目があった。

「おまえ、まさかキスは好きな奴としかしないとか言うタイプ?」

間近にあるクマさんの訝《いぶか》しげな眉《まゆ》、睫毛《まつげ》、瞳、に思考力を奪われて、息ができない。

「俺キス魔だから、悪いけど好きにやらせてもらうぞ」

べつに、とようやく声がでた。

「べつに、……そんなぬるいこと、言わねえし」

「強がるわりに下手《へた》なんだよ」

「へ、下手って言うな」

「下手だ。自覚ないのか？」

「もっと言葉考えろよっ」

　俺の顔をじっと見てクマさんが黙る。冷淡な目で凝視されていると、自分が秘めている嘘もこの目に一個一個見透かされていっているような錯覚が湧《わ》いてきて、そらして伏せた。

「突っこんでイくだけのセックスしか知らないってことか。ヤりまくってるガキの、女みたいな反応も面白いな」

　だから口悪《わり》ぃんだよクソ。

「あんた三十五のおっさんと思えないよな」

「巧《うま》いだろキス。ああ、下手なお子さまには巧さもわからないか」

「そっちの話じゃねーから」

　顎を上むかされてまた口を塞《ふさ》がれた。真っ白になっているうちに、俺の口をこじあけて舌をねじこんでくる。

　やっぱない、こいつに恋愛なんかできるわけない。せいぜい外見で好かれて捨てられるタイプじゃね。それで人間不信で恋愛はますますしなくなりましたって感じ？　あー、ありそう。

「……は、」

　呼吸のタイミングがわからなくて必死に息を吸った。それでも緊張しすぎてうまく空気を吸えなかった。

ふわ、とクマさんの口から歯みがき粉の味を感じる。態度でかいくせに、ちゃんとケアしてくる繊細なとこもあるんじゃん。はは。ウケる。……でも、俺とキスやセックスをするために準備してくれる人がこの世界にいて、いま会えたのは、ほんのちょっと、本当にちょっとだけ嬉しいな。

「うん……おまえは俺がキスしたらそうやって舌だけだしとけ。余計なことされるとリズムが狂う」

「リ、ズム？」

ほうけている間《ま》にベッドの上へ倒された。バスローブの紐《ひも》を解いたクマさんの左手が脇腹につく。そのまま胸まで撫《な》であげられた。おなじゲイの人に、初めて身体を触られた。

クマさんは唇をまげて、淡泊《たんぱく》で無関心そうな表情をしている。『ガキだったのか』と微妙に苛《いら》ついていたし、この人こそ俺の年齢や性格や体型が好みじゃなかったのかもしれない。

そう思ったらふいに、上半身を屈《かが》めて近づいてきたクマさんに首筋を吸われた。

「ぐ、ぁ」

変な声がでた。胸にあった手に右の乳首をつままれて、右半身全部が戦慄《わなな》く。

「あのさ、」

セックスに慣れた感じ、慣れた感じ、と頭を働かせてクマさんの背中に手をまわしてみる。

「私服、で、会社員、って……どんな仕事してんの」

「は？」

「流行《はやり》の、ＩＴ系とか？　知りあいにもいるよ。結構偉くって、いい人なんだ。尊敬してる」

首筋から喉仏《のどぼとけ》まで舌で舐められた。湿った舌先でかたちをたどるように執拗《しつよう》に舐められて、くすぐったさといやらしさに顔が破裂しそうになる。

「腹の立つ話をするガキだな」

「な、ぇ？」

「それがおまえの片想い相手か」

ただの知りあいだし、話してないと保《も》たねえだけだし。

「黙ってろ。おまえとセックス以外の話をする気はない。俺はおまえに興味もない」

首もとを噛《か》まれて「わぁ」と悲鳴めいた声をあげてしまった。噛み千切られるかと思った。

「怯《おび》えすぎだろ」

「あんたが悪いんだよ」

「おまえだ」

舌うちしたクマさんが不愉快そうに俺の左腕を持ちあげて、腋《わき》の下に唇を埋めた。

「全体的に毛も薄いな。赤ん坊か」

腋のラインを舐めてから吸われて、今度こそ本気でくすぐったくて「や、やっ」と身をすぼめて逃げたら、腕を摑《つか》んで押さえつけられた。

「や、ほんとにやだ」

「ここが弱いんだな」

「ばかじゃないの、くすぐったいだけに決まってる」

「腋ぐらい舐められたことあるだろ」

「ない、ねーよっ」

「あ？　それこそねえよ」

やけくそっぽく拘束されて、くぼんだ奥のほうまで唾液で濡れるほど強引に嬲られた。そのあいだ与えられる刺激がくすぐったくて苦しくて辛くて、身を捩《よじ》って暴れながらほとんど泣いていた。

気づいたら、ベッドの真んなかまで移動している。

「ひでえな、舐められてりゃだんだんよくなってくるもんだろうが」

「なんねーよ、ただの嫌がらせだっ」

「この野郎……」

左の乳首をきゅっとつねられて、「いたっ」と叫んだ直後に咥《くわ》えこまれた。唇で覆って口に含んだまま、舌で先を転がしてくる。

「あ、わ、ぁっ」

どうしよう、これは……すごく、気持ちいい。

「もっといい声で喘《あえ》いだらどうだ」

「ン、な、」

「んなじゃねえよ。喘ぎまで下手か」

吸いあげられて、気持ちよさに肩が竦《すく》んだ。右側の乳首も舌でいじったり唇で吸ったりして、交互に刺激してくれる。さっきまでの拷問《ごうもん》みたいな腋攻めとは全然違う、よすぎて脳みそまで溶けていきそう。

「ン、は、ぁ……嘘、みたい……気持ちい……なにこれ、もっと、してほし、」

「今度はねだるほどいいか。たいして特別なことしてないのに」

「おっぱい、舐めんの……すごい、巧いよ」

「俺を赤ん坊にするなばか」

顔が、身体が熱い。快感が胸から全身にひろがっていって、下っ腹が重たくなっていく。焦《じ》れて脚をこすりあわせていたら、バスローブを割《さ》いていきなりそこを握られた。

「は、わっ」

「おい、おまえもしろ」

「へ……おっぱい？」

「こっちだよ。おまえの処女みたいな反応じゃ勃《た》ちもしない」

右手を摑まれて、バスローブ越しにクマさんの股間に押しつけられた。悲鳴は、もう驚きすぎてでなかった。

触った……触らせてもらえた、初めて、男のここ。

「しょ、処女じゃ、ないぞ」

否定してからバスローブの奥に指を入れて探り、しっとり生っぽい塊《かたまり》に触れてどきっとした。

半勃ちじゃん……っ。

「なににやけてるんだよ」

クマさんが不快そうな表情で俺を見おろしている。

「え……だって、勃ってるから」

俺の身体でも反応してもらえて嬉しかったし安心した。

「勃ってねえ」

なのに思いきり顔をしかめて否定された。

「勃ってるよ、かたいもん」

「こんなの勃ってるうちに入るか。しっかり勃たせて、ヤリチンってこと証明しろガキ」

カチンときて、勢いのまま握りしめた。さすがにこれは自分のとおなじだから、それなりに気持ちよくしてやれるはず。

「ガキって言ったこと、後悔させてやるからな」

「すでに痛い」

「えっ、嘘だね」

手をしっかりのばして掌にある性器をこする。自分の感じる裏筋とか先っちょのあたりを指先でたしかめながら扱《しご》こうとするんだけど、根もとのほうは距離があって手が届かない。手首の角度が悪くてちゃんと握ることもできない。

「苦痛だ。ますます萎《な》える」

文句を言われた。

「寝っ転がりながらじゃ巧くできないよ」

「大口叩《たた》いておいてなんなんだおまえは」

「だって握りづらい」

「不満を言っていいのは努力した人間だ」

「ちんこ勃たすことで仕事みたいな叱《しか》りかたされたくねえよっ」

「本当に最悪だ」

クマさんが言い捨てて起きあがる。

え、飽きられた？　とゾッとしたら、俺も腕をひいて起こされた。

横の棚からローションのボトルをとったクマさんが、枕《まくら》に背中をあずけて「乗れ」と自分の膝《ひざ》をしめす。騎乗位《きじょうい》かな、俺が乗って重たくない……？　と恐る恐る跨《また》がると、腰をひかれておたがいの性器がつきそうなほど密着させられた。……俺のも、クマさんのも、半勃ち。

「もの珍しそうにまじまじ見るなよ」

「や、……うん」

これが俺のなかに挿入るちんこ。初めて触らせてもらったちんこ。

……俺のより大きい。セックスできるかな。ちゃんと一緒に気持ちよくなれるかな。好きな男が相手なら、もっと嬉しかったのにな。

「ぼうっとするな」

クマさんがボトルからだした液を掌にのせて、俺のと自分のをまとめて握りこんだ。

「やっ」

すべりがよくなってめちゃくちゃ気持ちいい。

「おまえも手だせ」

陶然《とうぜん》としつつ、言われたとおり俺も性器に手を添える。ローション、すごい。

「あ、あっ、」

クマさんの性器と手に扱かれているっていう事実と、途方もない快感に、意識が遠退《とおの》く。

俺のがかたくなるのを追いかけるように、クマさんのもかたく勃起してくるようすもひどく官能的で、背筋がぞくぞくした。その背中にクマさんの左手がまわって、支えられながらまた乳首も吸われてたまらなくなる。

だめ……こんなの、エロすぎる。

「あ、はっ、……クマさ、クマさん、俺、」

イキそう、と続けようとした口を、キスに塞がれた。

「やめろ、〝クマさん〟に吹く」

それからまた乳首と性器を攻められる。指は俺の裏筋と先端あたりも絶妙な力加減で刺激してきて、狡《ずる》い、それ俺がしようとしてたやつっ……と悔やんだ瞬間イッてしまった。

「まあ、早漏はこっちも楽だからいいっちゃいいよ」

不名誉な褒めかたをされて、ぐったり脱力した身体を再びベッドへ横たえられた。

「まだ、……クマさん、イッてないじゃん」

「だからクマさんって言うのやめろ」

右脚を持ちあげて、股をひろげられた。クマさんの濡れた指が俺の尻の孔《あな》につく。わっ、と心臓が跳ねるぐらい動揺したのをなんとかごまかして目をとじた。

すぼまりのところを容赦なく円形になぞるように撫でてつつかれる。ローションのおかげでつるっと奥まで一気に入ってきたときには、また心臓が口から飛びだしそうになった。

中指だけでも、結構クる。

「……おまえ、ほんとうに処女じゃないんだろうな。こっちは未経験の奴と面倒くさいことになりたくねえんだよ」

背筋が冷えた。

「違《ちげ》ーし」

反論したら、指が二本に増えた。これはだいぶ苦しい。

「痛そうな顔してるじゃないか」

「違う……感じてるだけ」

「嘘ついてもすぐばれるぞ」

「嘘じゃ、ねえ」

「じゃあ挿入《い》れる」

左脚も持ちあげて、孔までまるだしにされた。羞恥心《しゅうちしん》の整理もままならない間に、クマさんの性器の先がついて、ぐっと押しつけられる。

強烈な圧迫感と痛みをともないながら、かたい性器が凶器みたいに突き刺さってきた。怖い、痛い。

「わあ、ぁっ」

「きっつ……」

あまりの痛さに全身が強張った。怯えて震えると、余計に尻が痛くなった。クマさんも俺の上で息を殺している。

「……クソっ、ふざけんなよっ」

痛すぎて、痛いとも言えない。裂かれるような激痛が、クマさんがちょっと動くだけでじわっとひろがる。切れてそう、痛い、痛い。……痛いっ。

「クマさ……いっ……抜、て……抜ぃ、」

「泣きたいのはこっちだばか野郎！」

吐きそう、気持ち悪くなってきた。朦朧《もうろう》として動けなくて、小刻みに震えて涙をこぼしていたら、クマさんがそれでもゆっくりそっと俺を気づかいながらひき抜いて、そして、俺の上で自分のを扱き始めた。

額《ひたい》に、汗が浮かんでる。苦しげにとじた目、唇から洩れる荒い息、揺れる髪……。

怠《だる》くて痛くて、痺《しび》れる下半身を一ミリも動かせなくて、ただぼうっとクマさんを見あげていると、やがて彼が「はっ、」と声を洩らして達し、俺の腹に精液を放った。液体の生温《なまぬる》さが、徐々に腹に浸透してくる。

「最悪だ」

怒鳴って、はあ、はあ、と肩で呼吸していたクマさんが、俺の頭をぱんと叩いた。

ベッドをおりて、浴室のほうへいってしまう。

怒られるのは当然だと思ったから、どうしようもなかった。右腕に力をこめて、身体を横に傾けると、また尻がぎりっと痛む。加減しつつベッドサイドにゆるゆる手をのばし、クマさんが飲んでいたスポーツドリンクをとった。失礼して、数口もらう。自分の尻がいまどうなっているのか、怖くて知りたくない。涙に濡れた顔を拭《ぬぐ》う。

しばらくしてクマさんが戻ってきた。服もきちんと着て、帰り支度をすませている。

「『アニパー』の登録は切った。携帯番号も消した。おまえもそうしろ。——いいな、二度と連絡してくるなよ」

それだけ言い残して、さっさと部屋をでていってしまった。

ごめんなさいと、謝る隙《すき》ももらえなかった。

幼少期の戯《たわむ》れじみたものじゃなく、確信と意思を持って初恋だったと言えるのは高校のころの片想いだ。バイトしていたコーヒーショップの店長で、三十歳の穏和で知的なノンケ。

自分が結構乙女《おとめ》思考なのは自覚している。というか、あの初恋で自覚した。

好きで好きで、店長のためならどんなこともできると想った。実際、彼中心の生活をした。ほかのバイト店員が急に休んだからきて、とヘルプをかけられれば必ずいったし、残業もした。常に名前を呼んでいたい衝動に駆られてたまらず、授業中にノートへ書き連ねたりもした。

恋人たちが楽しむ行事がくれば店長と過ごす妄想をした。優しい彼ならゲイの俺も受け容れてくれるような気がした。受け容れてくれなくても、温かく断ってくれると信じられた。

それで勇気をふり絞って告白したら、想像していたとおりオッケーをもらえて恋人になれた。

傍《そば》にいると幸せだった、離れていても傍に感じた。朝起きる、電車に乗って学校へいく、授業を受ける、テスト勉強をする、バイトへいく、きちんと食事をして、寝て、健康を維持する、明日も生きようと思う、そのすべての原動力が、彼たったひとりの存在によるものだった。

店長を最後の恋にするつもりでいた。彼を忘れて次の恋をする未来の自分は見たくなかった。

そんな未来がくるならいま時間をとめたいと切望した。店長の恋人のまま、彼がいる店で明日も明後日も働いていく、このいまの自分、時間を、永遠に生きていたい。そう祈って泣いた。

――店長、本宮《もとみや》とつきあってるってまじすか。

――うん、ホモだよホモ。面白いんだ彼、男相手なのにめちゃくちゃ一途でさあ。

――ははは、なにそれひっでえ。単に遊んでやってるって感じじゃないっすか。

――そりゃ本気でつきあえるわけないもんねえ。

――え、じゃあどんなつきあいなんです？　セックスは？

――冗談じゃないよ。ホモって尻孔つかうんでしょ？　そこまでは無理、くさそう～……。

店長と店員の会話を聞いたのはつきあい始めて二ヶ月経ったころだった。あ、俺、夢ばっか見て現実を生きてなかったんだな、と我に返ったときには、片想い期間含め二年経っていた。

ただ、本当にばかなのは、あんなひどい失恋をしたのに三年経ったいまでも店長を憎みきれない性分だと思う。高校時代の大半を、幸せな気持ちで過ごさせてもらって感謝しているし、結果はどうあれあの時間は嘘じゃなかったと納得している。〝最低の恋だった、全部忘れたい〟と投げ捨てることはできない。したくない。

だからなのか、やっと自分の人生を自分らしく楽しく生きようと前をむき始めたのに、自分の選択が本当に正しいのかどうか、迷いを拭い去れずにいる。

「――えー……そうなんだ、忍《しのぶ》君って本当にゲイなんだ？」

「はい」

「じゃあその指輪ってもしかして恋人とペアリング？」

「そうですよ」

俺がゲイとして生きることに前むきになったきっかけは、こいつとの出会いにもある。性指向をオープンにして、恋人がいることまで公言している豊田《とよだ》忍は、今年の春うちの大学に入ってきた一年。おなじデジタルサークルに所属しているせいで嫌でも会う。

大学でカミングアウトってどうなんだろう。サークル内でも受け容れられているようでいて偏見を持っているメンバーには陰で嗤《わら》われている。分別をわきまえて、世間とは距離をとりながらうまくやっていくべきだ。そうしない豊田も、そうとう浮かれポンチの乙女野郎だと思う。思いながら、羨《うらや》んでいる。……どうやって恋人つくったんだ、おまえ。

「口だけじゃなくて手も動かせよ」

注意したら、豊田と話していた後輩の女子に「いいじゃないですか、学園祭も終わったんだしー」と不満たらたらに返された。

「学園祭だけが活動の目的じゃないだろ」

うちのサークルはデジタル関係のことならなにをしてもいい。パソコンをつかってゲームづくりや作曲、絵の制作に動画配信、と個々に好きなことへ没頭する。市場調査と称して、ソーシャルゲームを延々とやって帰る奴もいるぐらい自由度は高い。ちなみに俺は絵を描いている。

「あたしもゲームでもしよ。忍君、いまなにかやってるソシャゲかネトゲある？」

「いろいろあるけど、まあ続いてるのは『アニパー』だけですかね」

「ああ、あれねー。みんなやってるよねー。そういえば本宮先輩って『アニパー』の会社で仕事してるんですよね？」

ペンタブを動かしながら彼女を一瞥した。

「あんま大声で言うなよ」

「なんでですかー」

「面倒くせえから」

「面倒って、」

そのときスマホが鳴りだして、「はい」と応じながらここぞとばかりにサークル室をでた。

『結生《ゆき》？　お疲れさま。いま時間平気？』

大柴賢司《けんじ》さん。噂をすれば、の『アニマルパーク』通称『アニパー』を運営している会社の副社長だった。

「はい、お疲れさまです。どうしたんですか？」

サークル室がならぶ廊下をすすんで、人けのない突きあたりの窓辺へ立つ。すでに日が暮れ始めている空は青と桃色と橙《だいだいいろ》色の静謐《せいひつ》なグラデーションに染まっていて、校庭では運動部の人たちが楽しそうに活動している。

『依頼してた絵、もう一枚あったと思うんだけど、デザインは終わってる？』

「あ、はい。先々週、安田《やすだ》に渡しておきました。まだ届いてませんか」

『うーん……まだなんだよね。誉《ほまれ》も全然電話にでてくれなくて』

「そうですか。じゃあこっちからも電話してみます。無理なら家にいってみますんで」

『ごめんねえ、お願いできると助かるよ』

「いえ、こちらこそ締め切り破ってすみません」

俺は怪獣やモンスターのデザインをしている。作画の才能はないから、中学で知りあった友だちの安田誉とコンビを組んで〝ヤス&ユキ〟名義で仕事をしていた。もともと絵を描いていた安田が俺のモンスターを気に入って清書して色を塗り、ブログに投稿してくれるのを内輪で楽しんでいただけだったんだけど、それを見つけて声をかけてくれたのが大柴さんというわけ。

当時高校一年生だった俺たちを子ども扱いせず、『才能に対価を払うのは当然のことだから』と仕事を与えて真摯《しんし》につきあってくれた。

あのころはまだ『アニパー』もさほど流行っていなかったうえに会社も小さくて、大柴さんが直々に動いている仕事も多かったから俺らの担当をしてくれていたんだけど、その関係は『アニパー』のヒットとともに会社の規模が大きくなった現在も続いている。

『……あのね結生。これまで結生と誉に素晴らしい作品をつくってもらってきたからこそ言いづらいんだけど、ふたりにとっていい話だと思うから、ひとつ相談させてくれないかな』

突然不穏な物言いをされて、神経がわずかに張りつめた。

「え……担当変わるとか、安田とコンビやめろとか、そんなあれですか」

『んー……微妙に違うけどあってもいる、って感じ』

「なんですか。担当が変わったら相性に不安もあるし、俺は安田がいないと仕事にならないんです。どうせ来年は就職活動だから、場合によっちゃ、俺は、」

『落ちついて。まあそうなんだよ、結生の将来も気にはなってる。ただ本当に悪い話じゃなくてね、すこし仕事を増やしてみないかっていうオファーです。しかも他社で』

「え、他社？　俺ら売られるってこと？」

はははっ、と大柴さんが笑った。

『売らないよ。俺だって結生たちを育ててきたぶん、思い入れがあるしね。他社っていうのも、うちの社長の兵藤《ひょうどう》と俺の、後輩が立ちあげた会社だよ』

「後輩？」

『氷山緑《ひやまみどり》っていいます』

会社名も教わって、二回復唱して記憶した。緑さん……しとやかな女性っぽい名前。

『氷山のところで今度モンスター育成系のソシャゲをつくるみたいで、結生のデザインがどうしても欲しいらしい。つまり結生個人への依頼ね。うちの作品見て、前から結生のキャラデザに舌を巻いてたそうだよ。その新作では結生に全面協力してほしいんだってさ』

俺だけ。全面協力って……俺がデザインしたモンスターのみでつくるゲームってことか？

いままで俺たちは複数のイラストレーターが絵を寄せている作品にしか参加したことがない。しかもそのすべてが、メインは人間で、俺たちの怪獣やモンスターたちは脇役か悪役だった。なのに育成。大人に成長するまでユーザーが愛《め》でてくれる、俺たちの憧れのジャンル。

「あの、なんで俺だけ？　安田とコンビじゃ駄目なんですか」

大柴さんが苦笑している。

『俺もできればコンビで考えてほしいって打診したんだけど、残念ながら今回欲しいのは結生だけみたいでね。氷山の会社でもイラストレーターやＣＧデザイナーはちゃんと所属してるから必要ないそうなんだ』

「必要、ないって……」

申しではありがたい。でもデザインしかできない俺の支えになってくれていた安田を放って、ひとりで他社のオファーに乗れるわけがない。

『重たく考える必要はないよ。誉との仕事も続けていけばいい。あくまで結生の仕事の幅がひろがるだけの話だ』

「……はあ」

『誉もイラストレーターとして本当は自立したいんじゃないかな。自分の個性を評価されたいと願わないアーティストは皆無だと思うよ。結生が誉に申しわけないと思うのなら、誉も結生に気づかって言いだせないだけかもしれない。結生がこの仕事を受けて、きっかけをつくってあげては？』

「きっかけって、離れるきっかけってことですよね」

『ふたりのメインはコンビ活動にある。いままでとなんにも変わらない。ただ、そのコンビの知名度をあげるために個々でできることをして評価を得るのは、俺はいいことだと思うな』

……大柴さんは副社長なだけあって口がうまい。無論、助言に対する信憑性《しんぴょうせい》も高いけれど、この人はビジネスもこみで俺らを導いているにすぎない。ビジネスって理由で割りきれない俺たちの精神面の問題は、俺たちで話しあって決めないと。

「時間をください。安田とも話してみます」

『かまわないよ。でもどうかなあ、誉はいまひきこもり中だからね……長びきそうだし、俺は氷山と試しに会ってみてほしいな。だめ？』

可愛くねだられた。こういうところも大柴さんは狡くてうまい。

『当然、会ってすぐ決断しろとは言わないよ。こっちの主張ばかり押しつけるんじゃなくて、氷山の結生に対する情熱も聞いてやってほしいんだ。でないとフェアじゃないでしょう?』

「大柴さんは誘導上手で困ります」

『困ってくれたついでにもうひとつ報告すると、俺来週出張だから氷山とは今週末に会いたいんだよね。それまでに誉と話しあってもらっていい? 出張中でも絵は確認できるようにしておくから、そっちも誉によろしくね』

微妙に弱味も握られていて強くでられない。

「……わかりました、ひとまず安田と早急に連絡とります」

『はーい』

電話を切るにこやかな声を聞いて、あ、勝ちを確信してるな、と知る。ふり切るように安田に電話したが、でない。しかたなく『大事な話がある、週末までに電話でて』とメールした。

大柴さんの目論みどおりに事が運びそうだな……と、ため息をついてサークル室へ戻る。


怪獣やモンスターは、子どものころから好きだった。四歳のころ恐竜のティラノサウルスのぬいぐるみを買ってもらったのが始まりだ。俺はそのぬいぐるみを大事にしていた、という意識しかないけれど、父さんには『四六時中抱いて連れまわして、風呂にまで〝身体洗ってあげるんだ〟って入れたがったから、母さんに叱られて泣いてたな』と、いまだに苦笑される。

落書きじゃなく、もっと本格的に描き始めたのは恐竜図鑑を手に入れたあと。鋭い眼光、隆々とした筋肉、大きな牙《きば》、尖《とが》った爪《つめ》、肢《あし》、肌の質感、と、どこを描いていても飽きなかった。

世間の流行に乗ってテレビゲームや携帯型ゲームをやるようになったら、勇者が倒すドラゴンにも魅入って、続けて、可愛かったり格好よかったり、不気味だったりするモンスターや魔物たちにもどんどん惹《ひ》かれていった。

モンスターや魔物は恐竜と違って、自由に創造する余地がある。小学生のころは台風がくるだけで〝雨を食べちゃうモンスター〟とか〝雷《かみなり》を浴びて強くなる魔物〟とか考えて、鉛筆と色鉛筆で熱心に描き、みんなの生いたちや日常を妄想して過ごした。

安田が声をかけてくれたのも、ノートの端に描いたモンスターの絵を見られたせいだった。

——……か、可愛いね、それ。

——うわ、見んなよ恥ずかしいっ。

いわゆるオタクタイプの奴で、他人の目を見ずにうつむきがちにしゃべる内気な印象だったのに、安田は興奮したようすで絶賛してくれて、『ぼくにも描かせてくれない』と申しでてくれた。それで翌日、パソコンで俺のモンスターをめちゃくちゃ可愛く描いてきてくれた。

安田に描いてもらうと〝命が宿った、生きてる〟と思えた。自分の下手で雑な絵では力の及ばなかった部分を補って、安田は俺の妄想と理想を〝現実〟にしてくれる。

当時からブログなどをつかって絵を発表していた安田に、『これも載《の》せて』と頼んだのは俺だ。そうしたら『可愛い』ってコメントが返ってきて、ふたりで喜んだ。

また描こう、これも載せよう、と一緒に何枚もの絵や四コマ漫画を完成させて次々発表し、ネット上の人に応援してもらえるようになって、口コミですこしばかりひろまったりもした。わくわくして、創るのが楽しくてしかたなくて、毎日輝いて充実していた。

その投稿が途絶えたのは、高校へ進学するための受験勉強が始まってから。

やがて俺はごく普通の公立、安田は美術科がある私立へ入学して接点も消えかけていたころ、今度はブログのログを見つけた大柴さんが仕事の誘いをくれたのをきっかけに再会した。

しかし、学校が違ううえに家も遠い。そして俺と安田のあいだに担当の大柴さんが入ったことで、再会後は友だちでもあり仕事のパートナーでもある、という複雑な関係になっていた。

安田とのやりとりは、基本的に大柴さんをとおしてする。デザインができたら直接メールで送るけど、完成品は大柴さんを経由して俺のもとへ届き、色や質感などの再現に不満があれば、また大柴さんを介して修正して仕上げていく。

〝仕事を円滑にすすめるため〟と大柴さんには言われたが、要するに、コンビ同士が喧嘩して制作に支障がでたら困る、って意味なんだろう。

例外があるとすれば、今回みたいに安田の調子が悪いとき。安田はたまに締め切りを破る。高校卒業後に絵の専門学校へ進学して以降、『課題で忙しい』『私生活が大変』と言いわけして逃げるようになったから、そんなときだけ〝友だち〟に戻ってようすを見にいくのだった。

——本宮は、自分がデザインしたものをぼくに描かれてるだけで嫌じゃないの。

——嫌ってなに？　俺は作画できないもん。おまえに生かしてもらうのが俺の仕事だよ。

——そう……。

俺と安田の才能は別物だ。仕事が終わればふたりで遊びにでかけて創作の話もするけれど、俺にはイラストレーターとして闘っている安田の懊悩《おうのう》のすべては慮《おもんぱか》れないと思う。なにを迷ってるのか、なにが不満で辛いのか、うち明けてくれれば一緒に悩むこともできるだろうに。

結局、数日かけて大学の帰りに安田の家へ寄ったり電話をしたりメールを送ったりしても、どれも無視されて空ぶった。このまま氷山さんに会うしかないんだろうか——と諦めかけていた木曜の夜、大柴さんから電話がきた。

『どう？』

ほとんど〝きてくれる〟と確信している、笑みをはらんだ声。

観念して、俺も安田の状況を把握できないことと、締め切りを破っていることを謝罪した。

「……本当にすみません」

『いいよ、なんとかしておく。じゃあ氷山に会うのは明日でいいね。七時ごろから夕飯食べてゆっくり話そう。結生が好きそうな日本料理の店を予約しておくから楽しみにしておいて』

食べ物でもつる、この巧妙さ。

「俺だけじゃ無理ですよ。動物しか描けなくて、デッサンとか背景の勉強もしたことなければパースも曖昧《あいまい》だし、作画ソフトもつかいこなせてない。大柴さん知ってるじゃないですか」

『結生は脳で、誉は手だ。氷山は脳だけ欲しいって言ってる。問題ない』

きっぱり断言されて奥歯を嚙む。

「……大柴さんって、怖いって言われるでしょ」

『ははは。心外だな、結生に怖いことした憶《おぼ》えないよ？　社内でも兵藤は厳しくて、俺は癒《い》やし系でとおってるんだから』

「表むき穏和ではあるけど」

『恋人にも格好よくて優しいって言われてるしね』

リア充爆発して。

「俺を氷山さんに会わせるのって、後輩にいい顔したいって欲もありませんか」

『はは。面白い疑いかたするなあ……どっちかっていうと氷山と仲よかったのは兵藤なんだよ。今回の話も兵藤にきた依頼で、俺は結生の担当としてあいだに入ってるだけ。いい顔するのは俺じゃなくて兵藤の仕事かな』

「そうですか……」

『俺は結生たちふたりにとって、実りある道を拓《ひら》いてあげたいと思ってる。欲があるとしたらそれだけだよ』

……わかった。長いつきあいの大柴さんになら、もういっそ騙《だま》されてもいいや。これからの未来にどんな選択肢があって、俺と安田がどういう道を選ぶかは結局、俺ら次第なんだから、新しい環境や刺激を知る前に警戒しすぎて逃げるのも、きっと自分たちのためにならない。

就職活動を前に、これがいい転機になるかもしれないんだ。会うだけ会ってみよう。

「わかりました。なら明日の夜、よろしくお願いします」

『こちらこそ。待ちあわせの場所はスマホに送っておくね』

はい、とこたえて通話を切った。直後に時間と場所のメールがきたから、大柴さんの奴、俺が折れると踏んでとっくに予約してたな……と苦い気分になった。

安田にもう一度電話をしてみる。でない。『締め切りは待ってくれてるよ。それ以外の件で話したかったから、いい加減時間くれよ』とメールした。

スマホを机において、椅子の上であぐらをかいて仰《の》け反《ぞ》る。

安田に最後の一枚のデザインラフを送った日のことは鮮明に憶えている。もう三週間も前。クマさんに会った日だ。

友だち登録は彼の言葉どおり切られていた。だから俺も電話番号を消して繋がりを断った。こっちもどうにかしたいな。セフレ探しはやめて、やっぱり恋人をつくるべきか。

——冗談じゃないよ。ホモって尻孔つかうんでしょ？　そこまでは無理、くさそう〜……。

またあんなふうに傷つくのが怖くて怖くてたまらなくて、ゲイの自分の身体はくさくて汚いものだと沈みこんで三年過ごした。身体だけでもクマさんが求めてくれて全部夢じゃないかと、本当は心が震えまくって信じられない気持ちでいた。

胸も腋も舐めてくれた。ちんこすってくれて、俺にも触らせてくれた。お尻も、くさいなんて言わなかった。指を入れてくれた。口にキスまでしてくれた。この身体も世界に存在していていいものなんだと感じさせてくれた。最悪だ、と言わせたのは俺だ。

あんな冷たく捨てていかなくてもよくね、ってむかつくところもあったけど、でも、せめて謝罪ぐらいしたかったな。

「――え」

翌日の夜七時、駅の改札口で大柴さんと落ちあい、氷山さんを紹介された。

「彼が氷山緑。それで、この子がヤス&ユキのデザイナー本宮結生君です」

女性だと思っていた氷山さんは男性だった。男性で、しかも――。

「クマさん……」

三週間前、関係をきっちり断ち切って別れた〝クマさん〟だ。

彼も俺を驚いた顔で見ていたけど、すっと不愉快そうな表情になって、そして頭をさげた。

「初めまして本宮さん、氷山です。お目にかかれて光栄です」

「あ……いえ、こちらこそ、ありがとうございます……」

仕事とプライベートはべつってことか、と身がまえていたら、クマさんは「すみません大柴さん」とむきなおった。

「じつは俺、このあと急な仕事が入ってしまったんですよ。だから彼とふたりだけで、手短に話をさせてくれませんか」

「ふたりだけで？　ちゃんと紹介したかったのになあ、店も予約したし」

「本当にすみません、こちらの都合で。三人で会うのはぜひまた改めてゆっくりと」

やばい、怖い。

断って大柴さんっ、と念を送るも、彼はうーんと唸《うな》って考えたあと「しかたないね」と受け容れてしまった。

「先に伝えておいたとおり、結生は普段コンビで仕事をしてる子だから強引に仕事の話に持ちこまないで、あくまで顔あわせってことで頼むよ。相方とはまだ交渉中だから」

「はい、わかってます」

「うん。――結生、氷山はクリエイターの扱いもうまいから、騙されないようにね」

「あ、はい……」

いや……騙すとか以前の問題なんです。

「じゃあ残念だけど俺はここで。会社に戻ってるからなにかあれば連絡ちょうだい」

大柴さんが微笑《ほほえ》んで手をふり、再び駅の改札へむかっていって人ごみにまぎれて消えていく。

往き交う人の足音、学生の楽しそうな笑い声、アナウンス。

「――おい、いくぞ」

怒気を含んだ声色は、間違いなく〝クマさん〟のものだった。

「大柴と共謀してなにかたくらんでるのか。最初会ったのもおまえらの罠《わな》じゃないだろうな」

喫茶店へ入って料理の注文を終え、おたがいの飲み物がきたあと、早速ひどい疑いをかけられて睨《にら》まれた。

「たくらむってなんだよ……俺は大柴さんの会社で仕事してて、『アニパー』も前から登録してたけど、大柴さんとはなんにも関係ないよ。氷山さんこそ、大柴さんの後輩っていったって他社の社長なのに、なんで『アニパー』でセフレなんか探してたわけ？　スパイ？」

「ばか野郎、声がでかいんだよ」

　厳しく制した氷山さんが腕と脚を組み、ため息を吐く。

「俺が慕ってたのは社長の兵藤さんだ。大柴のことは学生時代から嫌いだった」

「嫌いって……なにそれ」

「細かい事情まで話す義理はない」

　短く切り捨てられて、こっちもため息がでる。

「そりゃ大柴さんをどう思ってようと口だすつもりないけど……とりあえず騙してはいない。大柴さんも俺が氷山さんと会ってたことなんて知らないし、本当に無関係だよ。俺大柴さんにゲイってことカミングアウトもしてないからね」

　周囲の客に聞こえないよう小声で言って紅茶を飲んだ。たとえ大柴さんたちが氷山さんを騙してなにか得するとしても、それを俺に、身体をつかってまでやらせるわけがないだろう。

「なるほどな。おまえの片想い相手は大柴ってことか」

　紅茶を噴きそうになった。

「はあ？　なんでそうなるんだよ、好きじゃねえよ」

「嘘つきなガキの言いぶんは信じられないな。つうか、あいつのかわりにされたのかと思うと余計腹が立つ」

「違うって言ってるだろっ。その嘘つきっていうのもさ、謝らせてくれなかったのはあんたのほうじゃないかっ」

　睨み返したら、氷山さんの眼鏡の奥の目がさらに鋭く細まった。

「反省してるのか」

「……そりゃ、してる」

「じゃあなんであんな簡単にばれる嘘ついたんだよ」

「未経験だって言うと、誰も相手してくれなかったから」

「処女好きも探しゃいるだろ」

「『アニパー』では会えなかった」

「SNSはいくらでもある。そんなに〝大柴さんの『アニパー』〟がよかったのか、え？」

「っ……。そうだよ。動物のアバター可愛いし、あそこはいい人が多いから、ガチゲイむけのゲイアプリより安心できた」

横の席の女性が、こっちにちらりと好奇な視線をよこした。はっとして口を噤《つぐ》んだのと同時に、料理もきた。俺はオムライス、氷山さんはカツカレー。

やっぱり最初にセフレ探そうとしたところからなにもかも間違ってたんだ。俺がばかなことをしなければ、大柴さんに対する暴言を聞くことも、セックスに失敗してこの人に迷惑をかけることもなかった。和《なご》やかに出会って、仕事づきあいだけしていけたかもしれないのに。

「……日本料理食べられたはずだったのにな」

自業自得だ、と嘆息を洩らしたら、スプーンを持った氷山さんが「おい」と苛立った。

「人が作ってくれたものに文句を言うな」

「自分がばかだったせいで全部おかしくなったんだって、悔しくなっただけだよ」

「悔しい、ね……。ここはカツカレーがうまいんだ、憶えておけ」

「えっ、じゃあ先に言ってよ、そうしたら俺も頼んだのにっ」

「あほか、嘘つき野郎と仲よく一緒におなじメニューなんて冗談じゃない」

「ほんっと、ほんっとにむかつく……」

　歯ぎしりして睨みつけながら、俺もスプーンを持つ。氷山さんは右側の口端をひきあげて、してやったりと笑む。

「で？　謝罪とやらを聞かせてもらおうか」

　嫌な奴、嫌な奴、嫌な奴。

「……嘘ついてすみませんでした」

「〝大柴さんのかわりにしてごめんなさい〟だろ」

「してないってば。本当に恋愛感情ないから。大柴さん恋人いるし」

「彼女持ちだから諦めたってことか」

「違うって、しつっこいな」

「じゃあなんで恋愛抜きなんて条件つけてセフレ探してる」

　口に含んだオムライスが苦くなった気がした。脳内に店長の笑顔と、あの辛辣《しんらつ》な言葉が蘇《よみがえ》ってくる。ノートの端に書いた名前、妄想しまくったデート、ロマンチックなキス、セックス。

「……昔失恋したから。いろいろあって、ゲイとして自立して生きていこうと思ったんだよ」

「セフレ探すのが自立なのか」

「ゲイってセックスと恋愛を別個に考えてる人も多いでしょ。性欲を満たしたいっていう男の性に理解あるから、一回きりのセックスもスポーツ感覚で気軽にするって。恋人がいても心の浮気をしなければ、べつの男とセックスするのを許す人だって結構いるとか聞いた」

「はあ」

「俺も自分のこと受け容れて、そうやって楽しく自由に生きたいって思ったんだよ」

「それで嘘ついて大泣きした挙《あ》げ句《く》頭さげてるんだから世話ないな」

カトラリーセットからフォークをとって氷山さんのカツにぶっ刺し、ひとつ奪ってやった。

「おまえっ」

「あんたがセフレ探してる理由あててやるよ。わかってるんだよ、あんたは性格悪いから恋愛しても長続きしなくって、しかたないからセックスだけしてるんだろ」

カツを口にねじこんでまるっと食べきる。氷山さんは俺の言葉を責めるような眼ざしで数秒凝視したのち、口をひらく。

「残念ながらおまえの推測は間違ってる」

……なに、その反応。

「あれから誰かと寝たのか？」

すぐに空気をもとに戻して、氷山さんもカレーを掬《すく》って食べる。

また隣の席の女性がこっちを見た。氷山さんも気づいて、俺は声をひそめた。

「……寝てない。次も失敗したら悪いから」

「トラウマになったのか」

トラウマ、といえば、そうかもしれない。『アニパー』の友だち欄に〝クマさん〟がいなくなったのを見て以来、ログインすらできなくなっていた。

隣からこそこそ話《ばなし》と、嗤い声が聞こえてくる。……ああ、こりゃばれたな。

「食べたら場所変えるぞ」

氷山さんが冷たく言った。

スマホで検索する素ぶりも見せず、どの街にいようとここへ人を案内できる氷山さんの過去ってどうなってるんだろうと思う。

「……なんでラブホなんだよ」

「おまえの大好きなセックスの話が気兼ねなくできるだろ」

「大好き言うな」

男同士で入れるラブホは少ないらしいのに、部屋まで迷いなくさくさく誘導されて困惑する。彼の思惑も判然としないせいで、どんな態度をとるべきなのかもわからない。

「結生、こい」

名前を呼ばれてどきっとした。「気安く呼ぶなよ」と唇を尖らせつつ、氷山さんが座ったソファに腰かける。

「真面目に言う。正直なところおまえの才能は欲しい。じゃなかったら、大柴に会って媚《こ》びなきゃいけない仕事をしたりしなかった」

きちんと膝に両手をおいて、氷山さんが社長の顔をしている。

「……あ、りがとうございます」

「今後は一緒に仕事をしていきたい。だからここで、これまでのことは全部チャラにしよう。〝もう二度と嘘はつきません〟って誓うなら、おまえのトラウマを払拭させてやる」

「は？　どういう意味？」

「セックスのよさを、この身体に教えてやるって意味だよ」

右手の人さし指で、胸の真んなかを突かれた。氷山さんの目に茶化すような色は一切うかがえず、真摯さのみが伝わってくるから、顔面が一気に熱くなる。……セックスの、よさ。

新しく出会う誰かとまた怯えながらセックスに挑むより、最初失敗した相手で、こっちの事情もすべて聞いてくれた氷山さんがトラウマ払拭につきあってくれるなら、そりゃあいちばん嬉しい。こんな簡単に俺の身体を抱くって言ってくれるのも嬉しい。仕事のためだとしても、全然かまわない。嬉しい。

「……セックス、教えてほしいです」

頭をさげて頼んだら、軽くぱんと叩かれた。

「いたっ」

「嘘はつかないって誓え、って言ったんだよヤりたがり」

あ、そうだった。

「二度と、嘘はつきません。……ごめんなさい」

羞恥心もあいまってさらに深々頭をさげると、叩いたところを撫でられた。

「じゃあもう一度訊くけど、本当に大柴を好きなわけじゃないんだな」

「まじでしつこいなっ」

憤慨して怒鳴った俺に、氷山さんが顔を寄せてくる。息がつまるほど間近でまばたきもせずに俺の目を覗きこみ、右手で顎を上むけてきた。

「……本宮結生か」

なんで名前、という疑問はキスではね飛ばされた。唇の隙間に舌を押しつけられて、そうだ、俺も口あけて舌をださなきゃ、と慌《あわ》てて教えられたことを実行する。いいぞ、と褒めるみたいに氷山さんの舌に掬って舐めて吸いあげられた。ぞくりと腕に鳥肌が立って、「ンっ」と、思わず声がでる。また、この人とキスできると思わなかった。

「氷山さ、ン……今日まだ、シャワー浴びて、ないよ」

「うん」と角度を変えて舌先を俺の口の奥へ忍ばせながら、氷山さんの左手は俺のシャツのボタンをはずしていく。き、器用……。

「一緒に入るぞ」

下唇を吸われつつ唇が離れていく。眼鏡があってもキスはできるものなんだな……。

「……俺も、氷山さんのボタン、はずしてみてもいい？」

ずっと憧れていた恋人同士のセックスみたいなことをしてみたかった。

「どうぞ」

氷山さんは鼻で笑って委《ゆだ》ねてくれる。今日もお洒落《しゃれ》なカーディガンを着ている彼の身体に手で触れて、小さなボタンをはずさせてもらう。脱がす、っていうただこれだけの行為に、眩暈《めまい》がしそうなぐらい昂奮《こうふん》する。俺に身体を見せることを、ここまで無防備に許してくれているのが信じられなくて嬉しい。

「おまえ目がやばい」

くっ、と氷山さんが顔をそむけて笑った。反論したいのに、できなかった。

「……ごめん、こんなことさせてもらえて、嬉しくて」

　カーディガンのボタンをはずし終えて、次にシャツのボタンにも指をかけたら、氷山さんが左手で眼鏡のずれをなおした。

「おまえいったいどんな失恋したんだ？」

「……恋人になってもらえたけど、ゲイ嫌いのノンケだった、みたいな」

「は？　からかわれたのか」

「やめて。いいんだ、好きになったこと後悔はしてないから」

　だんだん氷山さんの胸板が見えてくる。半分はずしたところで右手を摑んでとめられ、また口にキスをされた。

「そんな奴はただのクズだ、せめていまは忘れろ」

　え、慰めてくれた……？

「……うん、ありがとう」

　びっくりした。ゲイの俺の失恋を、忘れろって言ってくれる人がいるなんて。

「変な遠慮するな。好きに触ればいい」

　摑まれていた右手を、氷山さんの胸に押しつけられた。他人の皮膚の感触と、生温かい体温、掌の下の乳首。……いま、俺、絶対顔真っ赤になってる。

「セックスには感情も大事なんだよ。ばかみたいに緊張するから孔までかたくなる」

「げ、下品な奴だなっ」

「おまえの気持ちが昂《たか》ぶるのはどんなセックスだ、教えてみろ」

「昂ぶるって……ぜってえ嗤うから言いたくない」

「ははは」

「おいっ」

「はい、もう先に嗤っといた。聞いても嗤わないから言え」

どういう根拠だよ……。

「なんか……だから……しょ、少女漫画みたいなやつ」

「知らねえよ。寝て起きたら終わってるセックスか？」

「違う……めっちゃ可愛がってもらって、きゅんきゅんときめくようなの」

「ひくわ……」

左手で肩を叩いてやって抗議する。

「あんたには無理だよなっ、ああ言うんじゃなかった！」

「少女漫画って壁ドンとかじゃないのか？」

「なんだよ、ちゃんと知ってんのかよ」

「ネットを見てれば嫌でも情報は入ってくる。けど可愛がるっていうより女はマゾってイメージだ。ガキに壁まで追いつめられて『おまえは俺のもんだ』とか言われるのがいいんだろ？」

「や……うん、俺は、大事にされるほうがいい」

「ひくわ」

「二回目っ」

もう一度叩いてやったら、俺の反撃をねじ伏せるみたいに唇をむさぼられた。もう、ほんと……キスって、どんなふうだろうと可愛がられているような、好かれているような錯覚に陥るから無駄に胸にきてしんどい。

「じゃあお姫さまを浴室へお連れするか」

ふいに背中と膝裏に腕をとおして抱きあげられた。おっ、おひめさまだっこ……！

「お姫さまじゃねえしっ」

「王子さまがいいのか」

「ちがう、そういうことじゃないっ、めちゃくちゃ恥ずかしい、無理っ」

「こういうことがされたいんだろ？　文句言うなよ」

「〝されたいんだろ〟って態度がすでに間違ってンの！」

「注文の多い野郎だ」と、殴るかわりにこめかみのあたりに歯を立てられた。舐められて髪がちょっと湿った。

ドアをあけろ、と指示されて、手をのばしてあける。今日のラブホはベッドルームとソファセットの真正面にガラス張りの風呂があって、青いライトがおりる円形の浴槽がしっかり視界に入る。横にある洗面台へ、寄りかかる体勢で丁寧におろされた。むかいあって立って顎をとられ、何度となくあたりまえにキスをされる。身長差にあわせて氷山さんは屈んでくれて、俺は背のびをする。気持ちが、高揚してくる。

「ネコもタチもできるって大見得《おおみえ》切ってたけど、本当はどっちがいいんだ」

「ネコでいいよ。……てか、ネコがいい」

「そうか、乙女だもんな」

右耳の縁を舌でなぞって吸われた。「ン」と感じた声をあげたら、小さく笑われた。

「乙女は処女を大事にしなくていいのかよ」

「ンっ……そんなこだわりは、ない。セックスしたいし」

「乙女でスケベって、おまえのテンション難しいな」

「どうしたって男ってことだよ」

「そうだったか？　疑わしいからおまえのオトコの子確認させてもらう」

「ふはっ、なに言ってんのばか」

笑う俺の口端と頬にキスをしながら、氷山さんがパンツのホックに手をかける。ホックがはずれると、ジッパーをおろしつつ唇もさげて、右側の乳首に舌先をつけた。舐めて、吸って、甘噛みして、そうやって乳首をしゃぶるあいだに下着ごとパンツもおろしてくれる。

すごく官能的で、羞恥心が溶けていく。

胸から鳩尾《みぞおち》、おへそ、脇腹、と唇が下へ移動していくのにあわせて氷山さんも俺の前に跪《ひざまず》き、「こっちの脚あげろ」と片脚ずつ下半身に身につけていたものをすっかり脱がせてくれた。

「ウーン……これは女の子かもな」

「失礼！」

シャツをひきさげて隠したら、氷山さんが「ははは」と楽しそうに笑った。……笑った。

「……氷山さん、普通に笑うと格好いいんだね」

眉間《みけん》にしわを寄せてやや苦しげにほころぶ彼の笑顔には、さっきまでの厭味《いやみ》な笑いかたとはうって変わって驚くほどの無垢《むく》な温かみがあった。

「あ？　笑わなくても格好いいだろうが」

「この性格だけがな～……」

口の奥で笑って俺の右の内腿《うちもも》をわずかに吸ってから、氷山さんがまた立って俺の腰を抱き、肩からシャツも脱がせてくれる。俺が氷山さんのシャツのボタンもはずしていたせいで、胸と胸がじかに触れあってこすれる。人肌って温かくて気持ちいい。

「……俺も氷山さんの服脱がさせて」

「いいよ」

ごく、と緊張と昂奮を呑みこんで、半びらきになっていたシャツのボタンを全部はずした。それから自分よりひろい肩幅に苦戦しつつ、カーディガンとシャツを脱がした。

氷山さんは筋肉のついた綺麗な色の身体をしていて、まさに理想そのものだった。

「俺きっと、三十五歳になってもこんな格好いいスタイルになれない。いいな……」

「おまえは細っこいからな。でもおっさんもスタイル維持には苦労してるんだよ」

「サーフィンしてんの？」

「ＩＴ系社長のイメージだろそれ」

「うん」と笑いながらうなずいたら、後頭部を小づかれてもっと笑えた。

「けど、ほんとすごいね……裸を見せてもらえるってとんでもないことだと思う。気を許してるっていうか、信頼してるっていうか……俺、男の裸一生見られないと思ってたもん。あ、セックスするためにって意味ね。えっと、だから、なんか……ありがとう」

へへ、と照れてお礼を言ったのに、氷山さんは思いきり顔をしかめて怒りの形相になった。

「おまえの失恋相手はいったいどれだけのクズだったんだ」

「わ、忘れろって言ってくれたじゃん」

「おまえがいちいち感動するせいだろ」

俺まで責められた。

「や、ごめん、いいってまじで。なにも言いたくない」

「庇《かば》うのか」

「愚痴《ぐち》ったり陰口言ったりして、想い出汚したくないんだよ。高校時代のほとんどを費やした恋愛だから、不満吐いたら俺の青春が真っ黒になっちゃうじゃん。片想いしてた期間も、恋人になってもらったあいだも、楽しかったのは本当だもん。俺が幸せだって納得すれば、それは真実だよ。男見る目なかった俺も悪いしさ。いーの」

俺も意思を持ってきっぱり言い返したけど、氷山さんの表情は険《けわ》しくなる一方だ。

「おまえは高校のころにはデザイナーとして働いてただろ。そっちを青春にしろよ」

「ん〜……まあそれも青春ではあるけど、仕事と恋はべつじゃん？」

舌うちした氷山さんも眼鏡をとり、パンツと下着を脱ぎ捨てて「ちょっと詳しく聞かせてみろ」と浴槽のほうへいく。

「詳しくって？」と返して、俺もついていく。

「相手はおなじ高校のガキか？」

「あ、ううん。バイト先の店長」

「おっさんかよ」

素《す》っ頓狂《とんきょう》な声をだして、氷山さんは湯を身体にかけてから浴槽へ入る。「うん」と俺もおなじようにして入った。薄暗いバスルーム内で、青いライトの光に照らされて揺れる湯が綺麗。どうやって光ってるんだろう、めっちゃ素敵。

「で、どんなつきあいした？」

「どんなってこともないよ。バイト終わりに家まで送ってもらっただけ。メールと電話もただのバイト店員のときよりは頻繁《ひんぱん》にしたかな」

「デートは」

「んー……」

しなかった、と声にするのが嫌で笑ってにごした。浴槽のひろさを堪能したくて、腕を前にのばしてクロールのしぐさですすもうしたら、うしろから腰を摑んでひき戻された。浮力を利用して脚をひらかされ、「わ」と驚いている間に氷山さんとむかいあう格好で膝に座らされる。もう逃げられない。

「――結生。言ってみろ、なにがあった」

氷山さんは軽蔑《けいべつ》して怒ってるんじゃない、俺を心配してくれている。いまそうわかった。

「嫌だ」

うつむいて、せめて氷山さんの視線からは逃げる。俺の左腕を摑んでいる氷山さんの手が、でかくてかたくて強くて痛い。

「結生」

「嫌だよ」

「言え」

「嫌だったら！」

叫んだら心臓が痛くなった。……あれ、なんで？　気持ちの整理はついているはずなのに、もう終わったことなのに、辛くないはずなのに、三年経ってだいぶ風化したはずだったのに。

「おまえの傷は誰が癒やして守るんだ。ここにずっと燻《くすぶ》ってるんだろう？」

左の掌を、氷山さんが俺の心臓にあわせる。あったかい。

「おまえを傷つけた奴は、こうやっておまえに赦《ゆる》されてのうのうと生きてる。おまえは誰かに相談できたのか？　辛かった、っていままで一度も誰にも吐きださなかったんじゃないのか？　ゲイに理解ある友だちはちゃんといたのか？」

「……守られたくて人を好きになるわけじゃないからいい。恋は傷つくのも覚悟のうえだろ」

「俺は愚痴れって脅してるんじゃない、教えろって頼んでるんだよ。なにがどう辛かったのか、おまえは俺に報告するだけだ。そこから暴言吐くのは俺の仕事だから気にするな」

「それ俺が告げ口するってことじゃんか。告げ口の〝ぐち〟は〝口〟じゃないよ、〝愚痴〟だから。〝告げ愚痴〟だから」

「頑固が。自分を受け容れて楽しく生きていくんだろ？　そいつに縛られるのはもうやめろ。俺のために言え。俺の自己満足のために」

「勝手だなっ」

抗議しても氷山さんは俺を厳しい顔で見て怯《ひる》まなかった。

胸にまだ彼の掌がある。おまえの傷は誰が癒やして守るんだ、という言葉が襲ってくる。

店長たちのあの会話を聞いたあと、俺は嗤い声の響くバックルームへ入っていくことができなくなり、エプロンをはずして、それだけ片手に持って家へ帰った。

別れてください、と告げたのは俺だった。ほかに好きな人ができたんです、と嘘をついた。そうか、残念だよ、と店長はそれだけ言って別れてくれた。

残念、って言葉を選んでくれるぐらいの好意はあったんだと思うようにした。デートをしなくても、メールと電話を恋人としてさせてもらえて嬉しかった。〝学校楽しい、勉強は大変、店長はどんな一日？〟と話しかければ、〝お疲れさま、ぼくも勉強は苦手だったな。今日は新商品の発売日だったからお客さんがたくさんきて忙しかったよ〟とこたえてくれたし、バイトが終わると車をだして、わざわざ俺のために時間を割き、家まで送ってくれた。そうやって労力をそそいでもらえた事実が幸せだった。

傷ついても別れても、一回も泣かなかった。泣いたら店長に傷つけられた、と責めることになる。責めたくなかった。それでよかった。傷つけられたことを責めるより、幸せにしてもらったことに感謝して生きていきたかった、そういう初恋にしたかった。

「おまえが大事にしたいのは想い出だろ。そいつがクズだってことはわかってるはずだ。たとえいまおまえがそいつを貶《けな》したところで、これだけ頑固な価値観が容易《たやす》く変わるわけがない。おまえの想い出は汚れない」

大事にしたいのは想い出。……それはたしかに、そうかもしれない。

「言っておくけど、俺もそいつの被害者として巻きこまれてるんだぞ。おまえにヤリチンだって嘘をつかれて散々な目に遭った。俺には愚痴る権利もある」

胸と腕から氷山さんの手が離れて、腰をゆるく抱かれた。

「教えろほら。ゲイ嫌いの奴はどんなふうに俺らを傷つけるんだ。俺も今後の教訓にする」

……教訓。

セフレ探すとか、新しい恋をするとかして行動を起こすことより、本当に大事なのは俺のこの頑《かたく》なな価値観を変えることなんだろうか。

氷山さんのハシビロコウかってぐらい尖った鋭い目を見る。怒るっていう優しさがあることを思い出した。それをこの人は、ゲイの俺の失恋に対してむけてくれている。

「……ホモは、冗談じゃないって。……お尻の孔、くさそうって」

涙がふくれあがって視界がぼやけ、湯にばたばたこぼれていく。雨降ってるみたい、すげえ。

やっぱり声にすると、傷ついた、って思いが現実味を帯びてしまって認めざるを得なくなる。

ああ……俺こんなに辛かったんだ、哀しかったんだな。

辛かった、哀しかった、傷ついた。

店長にも恋してほしかった。メールや電話をしながらどきどきしてほしかった。キスしたいって想ってほしかった。セックスしたいって欲してほしかった。〝ごめんね、あれは世間体を守るためについた嘘だよ〟と言ってくれたらいいのにと願った。〝別れたくない〟とできればどうかとめてほしかった。怖くてなんにも望めなくて言えなくて、これ以上想い出が汚れないことだけ祈った。

「想像以上のクズさで、はらわた煮えくり返ったわ」

氷山さんが身をのりだして俺の背中をひき寄せ、後頭部も掌で覆って抱きかかえてくれる。

俺の泣き顔を隠すように胸もとへ埋めてくれる優しさが苦しくて、しんみりしたくないから笑おうとしたのに、口をあけたらうわぁぁと泣き声がでた。うわあんだって。人ってこんなふうに泣くんだね、って、あとでちゃんと笑い飛ばしたい。

「俺はおまえのその歳のころに男の尻孔追いかけまくってたよ」

「孔、とか……下品」

「くさくねえよ、汚くもない。そんなクズに泣かされるのも癪《しゃく》だから今日のこれで終わりにしろ」

「う、んぅっ……」

「最初のときあんまり綺麗な処女色してたから〝本当にヤリまくってるのか？〟って疑ったんだ。桃色の果実だよ、デザートでスイーツだ。今夜俺がしっかり可愛がってつかえる孔にしてやるから。そうしたら、おまえと寝たがる奴が大勢いるってすぐわかってくる。自信持て」

「……うん、あんがと。……でもやっぱ、ちょっと、下品だし恥ずかしい」

ひぐひぐ格好悪くしゃくりあげて笑った。

氷山さんは仰むけの姿勢になるよう背中をずらして身を沈め、俺を肩まで湯に浸けてくれる。そうしてやや乱暴に背中を撫でてくれる。

「心の汚れてる奴が、いちばん醜いんだからな」

「うん……ありがと」

かわりに愚痴ると言っていたのに、店長のことを責めるより俺を慰めるほうに神経と言葉をつかってくれた。果実とか……どんな顔で言ってくれたんだろ。笑えるし照れるし、泣ける。

湯の熱さで火照《ほて》る身体同士が、重なってこすれて心地よかった。こうして自分よりひろい胸と太い腕に包まれていると、思考力も危機感もどろどろに蕩《とろ》けて無防備に安心すること、初めて知った。いまならうしろから刺し殺されても、気づかないで笑顔で死ねるな……。

「慰めてもらって嬉しかった。……これで自立したゲイになれるかな」

「してやる」と、氷山さんが俺の顎をひいて口にキスをくれる。

湿った唇のやわらかさが気持ちよくていつまでも味わっていたくなる。この体勢だと氷山さんがキスしづらいだろうなと思い、唇をくっつけたまま慎重に上半身を起こした。

こうやって俺が上になると、口を離すタイミングも俺が調整できる、気がする。氷山さんの舌に俺も舌を搦《から》めて、下手ながらも存分に吸った。離されそうになったら、追いかけて舌をさし入れ、捕まえてしばらく続けた。今夜の氷山さんはカレーとコーヒー味。

満足してようやく離すと、反撃だと言わんばかりに背中をひき戻されて、口端を噛まれた。瞼をあげて見つめた瞳は、怒っているかと思いきや、甘く細まって苦笑いを浮かべていた。

「……お尻の孔って、果実ってか、菊っていうんでしょ」

照れすぎて、ごりごりの下《しも》ネタを口走ってた。

「あー……花で表現することは多いな。〝処女を散らす〟とか言うし。どっちかっていうと、こっちのほうがデザート感ある」

にや、と笑んだ氷山さんも話に乗っかって、俺の性器をやんわり握る。

「ンっ……バナナ的なね。ここは、口にも入れるからわかる」

「花も食べるだろ」

「え、ほんとに？　それはさすがに洗わないと汚い」

「おい、おまえが汚い言うな」

　ふたりで笑った。

「氷山さん、俺ちょっと歯みがいてきていい？」

　このあいだも今日もなにもケアしていなかったのが急に恥ずかしくなった。すると彼も「あ、じゃあ俺も歯ブラシとってきて」と言うから、浴槽をでて、洗面台のところからささっととって戻った。シャワーの水でブラシをゆすぎ、歯みがき粉をつけてふたりならんでみがく。

「最初のとき、氷山さん歯みがきしてくれてたでしょ。ああいうふうに、キスするぞ！　って準備してもらえたのも、ちょっと感動しちゃった」

　でへへ、と笑ったら、呆れたように目を細めて睨まれた。

「いま洗面所いくおまえ見てて思い出したけど、尻もデザートだわ」

「ん？」

「桃」

「どこ見てんのっ」

　憤慨して笑いあって、氷山さんが先に口をゆすぐ。「氷山さんのぐちゅぺは男らしいね」「は？」「人によって水の吐きだしかたも個性あるじゃん。俺の友だちに〝シャッ〟てだす奴がいて〝ウォータージェット〟って呼ばれてた」「ははっ」とまた無駄話をしつつ俺も終える。

「ほれ姫さま、キスするぞ。……セックスもな」

　肩を抱いて、改めて口を塞がれた。

二度目のお姫さま抱っこは恥ずかしがるどころかむしろ、お願いします、ありがとうございます……という気分だった。バスローブまで着せてもらってされるがままだ。

ベッドへ横たえてくれた氷山さんが顔を覗きこんでくる。

「結生、身体辛いか？」

「……イき疲れただけだよ」

「こっちは」と怖い顔で腰を撫でられて、苦笑してしまった。この人、優しくしてくれるときになんで怒った顔するんだろ。

「ちゃんと気持ちかったけど……すこし痺れてるかも」

口にキスをくれてから、氷山さんがベッドを離れていく。

風呂で丁寧に、ゆっくり指を増やしながら氷山さんは俺の孔をほぐしてくれた。俺がそっちにばかり意識をもっていかれて苦しい顔をするたび、指を抜いて舌で舐めたり、性器をこすってしゃぶったり、乳首や口にキスをしたりしながら、本当に時間をかけて丹念に根気強く。何遍もイかせてもらって、気持ちよさと風呂の熱さのせいでぐったりへとへと。

「飲みな」

戻ってきた氷山さんはペットボトルの水をくれた。身体を起こして「ありがと」ともらう。冷たくて飲みやすくて喉からすうっと身体の体温がさがっていき、俺がぷはーと口を離すと、隣に座った氷山さんも「くれ」と一緒に飲んだ。

「これでやめておくか」

「え？」

「セックス」

「はっ？　嫌だよ、氷山さんイッてないじゃん」

なに言いだした？　と仰天しても、氷山さんは水を飲んで蓋をしめ、ごく冷静に息をつく。

「俺はいい」

「俺の身体じゃ昂奮しない……？」

思いのほか不安げな声色になって恥ずかしかったけど、目はそらさなかった。

彼は濡れた唇をひいて小さく笑い、俺の頭をぽんぽん叩く。

「やっぱり初めてはちゃんと好きな人にしてもらえ。あとになって思い出す相手が俺じゃ酷だ、おまえは乙女君だからな」

……ああそうだ、恋愛抜きのセフレがいい、って言う人だった。この人は。

あまり彼好みの体型でもなかったのかも、とまた疑い始めると、いいよやろうよと自分を押しつけることもできなくなって、「……それもそう、かな？」と笑っていた。

間違いなく優しさだとわかるのになんだかすごく淋しい。

氷山さんが左側から顔を寄せてキスをしてきた。この数時間で何度もしれっと自然にくり返してきたけれど、これだけは理由のあるキスだと察した。……最後のつもりなんだな。

舌をだして応えたら、ベッドへ倒してむさぼられた。歯をひとつずつ味わうようになぞって、上顎を舐めて舌の根から吸いあげられる。

なんだよ、めっちゃ情熱的にしやがる……好きになんぞばか。

「――さて、ここからは仕事の話だ」

「へ」

ちゅっとキスをしたあと、氷山さんは身体を起こして鞄のところへいき、名刺入れを持って戻ってきた。バスローブの前をあわせてきちんと座り、名刺を両手で持ってさしだしてくる。

「氷山緑です」

「知ってる！」

「本宮さんの作品は五年前のデビュー当時から拝見していて個人的にファンでした」

「ふぁっ？」

「お仕事できたらと願ってはいたのですが、生憎《あいにく》連絡先も探しあてられず、他社さんに所属してお仕事なさっているかたなのかなという懸念もあったりで」

「……え、えっと、はい、仕事用のブログとかはやってないけど所属ってわけでもないです」

「大柴さんからもそううかがって安心しました。今回本宮さんにお願いしたいのはモンスター育成ゲームのキャラクターデザインです。年々ユーザー確保が難しくなってきているこの業界で、長く愛される育成ゲームをつくろうという企画が弊社で立ちあがり、わたしは本宮さんにメインでデザインをご担当いただけるなら、その願いも叶うと思ったんです」

「願いってそんな、」

「社長の兵藤さんへ連絡するのは、大学でお世話になったOBとはいえ憚《はばか》られました。ですがこの企画は現在弊社でもっとも力を入れているひとつで、スタッフ全員本宮さんに期待を寄せています。だからこそ彼らの期待も背負い、恥《はじ》を忍んでここまできました」

「ラブホだねここ……」

「本宮さんならいけると判断したのもわたしです。たとえ本宮さんにご協力いただけなくとも、スタッフは素晴らしいゲームを完成させてくれるだろうと信頼していますが、わたしの夢は、あなたがいなければそこで終わりです。わたし自身があなたのモンスターを育てたいんです。どうかよろしくお願いいたします」

あなたのモンスターを育てたい——照れて、いたたまれない気持ちで聞いていたのに、胸にぐさりときた。やりたい。

「やりたいです。……大柴さんに仕事とゲームの内容を聞いたときから魅力を感じてました。でも、俺もともとコンビで、その相手とまだ連絡がとれてないんです」

氷山さんが訝しげに首を傾《かし》げる。

「イラストレーターさんはフリーとしても活動しているって感じでは……」

「ないんです。ずっとコンビで仕事をしてきました。だからひとことの報告もなしにいきなり仕事を受けるのは気持ち的に納得いかなくて。彼と話すまでお返事待ってもらえませんか」

「……。そいつがいまの片想い相手か？」

急に素に戻った氷山さんの胸を「くっ」と叩いてやる。氷山さんも笑う。

「もういいよ素で話して。テンション違いすぎて調子狂う。ファンとか嘘つく必要ないしさ」

「それは本当だよ」

「え？」

「この業界にいて兵藤さんの会社の動きを見てない奴なんかいない。俺もリリースされるゲームはチェックしてる。……おまえがデビューしてきたとき、やられたと思ったよ。こんないいデザイナーをどこで見つけてきたんだ、また負けた、ってな」

「負けって、」

「人気ゲームをつくるには、キャラクターのイラストやデザインの魅力も重要になる。おまえはリアルで躍動感のあるドラゴンも、ファンシーな可愛いモンスターも幅ひろく創れるだろ。しかも個々に物語のある、愛情あふれた創りかたがなによりの武器だ」

「褒めすぎです……」

「俺がとくに好きなのは〝もくも〟と〝おかげ〟だ。スマホの待ち受けにもしてる」

「えっ」と驚いたら、氷山さんが「待ってろ」とスマホをとってきて見せてくれた。

〝もくも〟は雲を食べてもくもく太るクモで、恋人を亡くしてからは糸をつくるのもサボっていつも雲に乗ってゆらゆら日なたぼっこをしている。だから常に淋しく眠たげな顔をしている。

〝おかげ〟は人間の影がモチーフ。黒くて物静かであまり見つけてもらえないけど、あなたがいないとぼくは生きられないんですよ、という感謝の気持ちを持っている優しくて孤独な子。

どちらも俺が一作目のバトルゲームで創ったモンスターなんだけど、氷山さんのスマホの待ち受けには、綺麗にトリミングされたふたりがいた。今日のためのしこみ……じゃ、ないっぽい？　と思えるのは、氷山さんの目が心から愛おしそうにその画像を見てくれているからだ。

「もくもを眺めてると、俺も〝今日は怠《なま》けてもいいかな〟って切ないながらも安らぐ。おかげは自分を生んでくれる相手に感謝できるいい子だ。勇者がこの子を倒すたびに〝おまえには人の心がないのか、ぜってー勇者じゃねえだろ〟って腹が立ってた」

子どもみたいな無邪気さで、氷山さんが熱弁する。

「それ、俺たちもコンビで思ってた。勇者もおかげの気持ちわかってくれたらいいのにって」

「だよな、間違ってる」

「でも最初大柴さんに『倒される役だけどいいの?』ってとめられたのに、いいって言っちゃった俺たちも失敗だったんだよ」

「俺なら、意地でもおかげメインのシナリオをつくるぞ。おかげの淋しさに勇者が気づいて、勇者も〝おかげがいるから自分も生きてると思えるよ〟って感謝するような。影が人間の存在のおかげでできるなら、人間だって影のおかげで〝自分には身体がある、生きてるんだ〟って実感できるだろ?」

「うん、……うん、ほんとに。素敵だよそのお話」

俺も一緒になって興奮した。なにより嬉しかったのは、氷山さんが俺のモンスターたちを〝この子〟と言ってくれることだった。〝一体、二体〟〝一匹、二匹〟って言わない。死ぬだけの不要な脇役ではなく、生きている人間と変わらない存在だと思ってくれていることが、無意識の、些細な言葉のチョイスからしっかり伝わってきて震えた。

「氷山さんと仕事したいです」

「お、大柴に幻滅したか」

にや、とする氷山さんの胸をまた叩いてやった。

「氷山さんとつくる子たちが、どう成長していくのか見たくなりました」

「……うん、俺も見たいよ。結生の子たちの成長を、俺にも見守らせてほしい」

「はい。……やばい、めっちゃ嬉しい」

ふへへ、と頬をゆるめたら、氷山さんがまた右手を俺の頭においた。

「本音を言うと、おまえに氷山さんって呼ばれるのも変な気分だ」

憧憬《しょうけい》にも似たあったかい瞳で見つめられて面映《おもは》ゆい。

「じゃあ、クマさんって呼ぶ？」

「やーめろ」

「なら……緑さん？」

ぽんぽんと後頭部を叩かれた。

「これからは氷山社長なんじゃないのか？」

あ、そうか……。

「もし万が一まかり間違ってプライベートでまた会えたら、緑さんって呼んじゃうぜ」

「なんだそれ」

はは、と氷山さんが笑った。

それから俺も自分の名刺を持ってきた。「これコンビの名刺なんだけど、俺のメアドと携帯番号もあるから渡しておきます」とさしだすと、彼は「やった」と右手でガッツポーズした。

「あんたこのあいだ自分で登録消しただろ」

「結生先生の連絡先は喉から手がでるほど欲しかったんですよ？」

「うわ社長むかつく～……」

そろって笑う。

「この名刺、どこで配ってた?」と氷山さんが訊く。「大柴さんの会社の忘年会パーティ」とこたえたら、「やっぱりか……名刺配ってるなら会いにいけばよかった」と唇を嚙んだ。

「招待されてたの?」

「兵藤さんから〝くる?〟ってかっるい電話は何度かもらってた。用事があっていけなかったんだけど、まあ、なまじ知りあいなだけにクリエイターのひき抜きには慎重になる。フリーで活動してくれてたならまたべつだけどな」

うまい料理が食える、ってだけでいそいそでかけていたパーティに、何年も前から氷山さんが自分を求めて〝いくか否か〟と思い悩んでくれていたのかと思うと不思議な気分だった。

「外からは、俺が大柴さんのところの専属デザイナーに見えるんだね」

「そうだ。……どれだけ探してもおまえとおなじか、それ以上に理想的なデザイナーには会えなかった。悔しくてたまらなかったよ。新作がでるたびに嫉妬《しっと》した。でもこれで、俺も繫がりを持てた」

氷山さんは心底純粋な喜びの表情を浮かべている。

「『アニパー』であんな出会いかたしたのも、まあ運命だったのかもな」

……運命。らしくないこと言うなよときめく。

「大柴さんと共謀して罠にかけたのか、とか言ってたのはどこの誰だかー」

「ユキがあほな嘘ついてゲイルームで男漁ってる奴だと思わなかったからなあ」

「あほですみませんでしたねっ」

「おかげで親密になれたよ。孔の色までわかるぐらいに」

肩を叩いてやると、今度は笑いながら手を捕まえられた。お行儀悪いぞ、というふうに膝の上へ戻されて、俺も苦笑する。

「ちゃんと仕事とプライベートはわけて接するけど、なにかあれば気軽に連絡してこい。仕事の相談でも、菊のお花の悩みでも」

「ど下ネタ！　もうー……とりあえず、相方と話したあと連絡します」

「ああ。結生自身は、うちの仕事に前むきだと思っていいか？」

「はい。やりたいって交渉してくる。でも俺、本当にデザインしかできませんよ」

「俺らは結生の創造力に惹かれてる。受けてくれる意思があるならいい返事しかもらわない」

「強引～」

　なんか……なんだろうか、この状況は。数時間前大柴さんに紹介されたときは怖くてビビっていたのに、食事しながら喧嘩して謝罪をし、なぜかラブホでお尻の孔をほぐしてもらって、最後はキャラクターデザイナーとして口説かれまくっている。

「結生の専用フォルダもあるぞ」と、氷山さんがスマホを操作して画像をだす。サイトにあるキャラクター紹介のものや、ゲーム画面のスクリーンショット。俺たちが過去に携わったゲームの全部を網羅している勢いだ。

「レアキャラもちゃんとスクショしてあるね……」

「優秀な課金ユーザーだろ」

「いくらつぎこんでくれたの……って、訊くの怖ぇ」

「値段じゃねえんだよ、愛だ」

ファンって本当なのか、と驚嘆したら、ふと画面が切りかわって着信音が鳴りだした。

え、登録名〝病院〟ってなってた……？

「――はい」

氷山さんが素ばやく応じて立ちあがり、足早に出入り口へ続く廊下のほうに姿を消す。

かすかに聞こえてくる話し声に「様態は」とか「ぼくも近々いきますので」とか深刻そうな言葉がまざっている。……誰か、体調を崩している知りあいがいるんだろうか。

「悪い」

戻ってきた氷山さんが一変して緊迫感のある表情をしている。

「大丈夫……？」

俺も立ちあがって声をかけたら唇だけであからさまに笑顔を繕《つくろ》った。

「ン、そろそろ帰るか」

「あ……はい」

スマホと名刺入れを鞄に入れて、氷山さんが帰り支度を始める。俺も洗面所からおたがいの服をとって戻り、氷山さんに彼のぶんを渡した。「ああ、ありがとう」と受けとった彼が、俺の顔をなにか言いたげに見つめる。綺麗なかたちの二重、睫毛、黒い瞳。

「……ひとつやり残したことしていいか？」

やり残し？　と声にする間もなくいきなりベッドへ倒して左腕を持ちあげられ、バスローブを割いて腋に顔を埋められた。

「わーっ」

唇をつけて吸って、舌で舐められる。くすぐったくて「あははっ、やはは、やっ、やっ」と声をあげて身を捩り、最初の日みたいにベッドの上でぐるぐるまわって笑い疲れた。

「最悪っ」

「俺は腋フェチなんだよ」

「なにそのいらん情報！」

氷山さんも笑っている。あ、氷山さん元気でた……？　てか、俺のこと気づかってくれた？

「今後は仕事づきあいよろしくな、本宮先生」

この無垢で格好いい笑顔の裏に、この人はきっといろんなものを抱えている。

「……はい。よろしくお願いします、氷山社長」

でも俺はもう、それを訊いていい立場にない。

明るくて熱い陽光が瞼を刺してくる。ゆっくりこじあけて、真っ白い太陽の光を目にすこしずつなじませ、窓ガラスやカーテンや本棚の輪郭がはっきりしてくるのを待つ。待ちながら、氷山さんどうしてるかな、と想った。

ああ、ほんとに……まじで俺どんだけちょろ助なんだ……。

眩《まぶ》しいから布団を被って寝返りをうつ。でもさ、フラれた経験しかない童貞の半処女なんだからちょろくてもしかたなくない？　あんなちゅっちゅちゅっちゅキスされまくった挙げ句、『心の汚れてる奴が、いちばん醜いんだからな』って慰められて、『やっぱり初めてはちゃんと好きな人にしてもらえ』からの『ファンだった』だろ。ふざけんなよ好きになるなっていうほうが無理だよ少女漫画ばりの駆けひき上手かよばーかばーか好き……。

世界がひっくり返って明日から氷山さんと恋人になれたりしないかな……宇宙人に氷山さんの脳みそいじってもらって俺を好きにさせたりできない？　できないな……。

あれから三日経ち、今日は週もあけて月曜日。昨日は安田とも連絡がとれて、氷山さんの仕事の依頼を受ける許可ももらえた。

――賢司さんから話は聞いたよ。ぼくはかまわないしいいと思う。賢司さんも言ってたけど、コンビの知名度あげていけたらいいよね。一緒に頑張ろう。

締め切りをすぎていたラスト一枚のイラストも送っておいた、と報告も受け、電話じゃなんだから今度食事にでもいこう、と約束もかわし円満解決。都合よく手持ちの仕事も落ちついたおかげで、いよいよ氷山さんの会社の作品へ集中していける状況になりはした。

新鮮な期待と緊張を感じて気がひき締まる反面、今後二度と氷山さんとラブホへいくことはないんだろうと思うと哀しくなる。ちゅっちゅキスすることも、セックスすることも当然ない。望むだけ無駄だ。

恋愛拒否してセフレを求めてる男って段階で、こっちが告白しようものなら即効でフラれてさらに距離ができるのも目に見えている。仕事で繋がりもありながら夜はセックスで奉仕するような、都合のいい情人になる、って手もあるけど、それってどうなんだ。いや、それだって断られそう。根は真面目だから、仕事相手となると完全拒否じゃないかな。

これ以上好きになる前に、新しい出会いを探すべきなんだろう。いまの俺は視野が狭すぎて、想いが一直線に氷山さんへむかっていって運命を感じまくっている。もっといろんな男と会って恋愛経験を積んでいけば、執着心も薄れて〝お尻の孔をほぐしてくれただけの男〟になっていくはずなんだ。

いったん忘れよう、うん。と、起きあがったら、スマホが鳴った。時間は午後二時。ベッドの横にあるこたつテーブルに手をのばし、そこにおいていたスマホをとる。

画面に、氷山緑さん、と表示されている。

『お世話になっております、氷山です』

「ぁ、こちらこそ、お世話になってます、……本宮です」

氷山さんがすこし笑う。丁寧に話すのおかしいな、みたいに。

『じつは今夜から数日、東京を離れるんです。なのでお仕事の件、お返事をちょうだいできたら嬉しいなと思いまして。その後相方さんと連絡はとれましたか？』

「あ、はい。オッケーもらえました。……これから、よろしくお願いします」

突然、電話のむこうで騒がしい歓声と拍手があがった。

『よかった。スタッフも全員喜んでます』

「え?」

『いまガッツポーズして教えたんですよ、聞こえません?』

「あ……なんか、拍手とか」

『みんな本当に本宮さんに期待してるんです。ありがとうございます、わたしも嬉しいです』

「や、とんでもないです……」

誰だ、この人。本当に腋フェチクマさん?

『じゃあ早速ですが、本宮さんの担当になる草野《くさの》にお電話かわりますね』

「え、あ……氷山さんが担当ではないんですね」

まあ、そりゃそうか。

『はい。草野も本宮さんの大ファンなので安心してください。もし困ったことや心配なことがあればわたしに相談していただいてもかまいませんから』

「わかりました」

『では、わたしはこれで失礼します』

ぷ、と通話が保留されて音楽がながれだし、数秒後再び応答があった。

『初めまして。わたし本宮さんの担当をさせていただきます草野香緒里《かおり》と申します』

「はい、初めまして、本宮結生です」

『あ〜、嘘みたい、本当に嬉しいです。氷山をはじめ、うちの社員はみんな本宮先生が大好きだったんです。聞こえます？　いま社内がちょっとしたお祭り騒ぎですよ。あはは』

「いや、そんな……」

草野さんは明るくてハキハキしゃべりよく笑う女性だった。散々持ちあげられたあと『育成ゲームのフォーマットはすでにできているので、モンスターの絵が完成したらすぐリリースできる状態なんです』と仕事の説明も受けた。

『細かいことはあとで書面でもお送りしますのでご確認お願いします。それで問題がなければ、ご相談させていただきつつ、作業に入ってもらってかまいませんか？』

「はい」と俺も笑顔でこたえて頭をさげる。この電話のむこうのオフィスに氷山さんがいる。考えてみれば、大柴さんの会社の兵藤社長とも、忘年会パーティでしか会ったことがない。氷山さんも、もうそんな遠い存在なんだな、と思った。


夕方、大学からひとり暮らしのアパートへ帰ってカップラーメンを作っていたら、大柴さんからも電話がきた。

『まんまとやられたなあ』

諸々報告したあとの第一声がこれ。まいった、って感じではあるものの声は笑っている。

「俺から連絡して伝えるべきだったのにすみません」

『いや、氷山が〝ふたりで話したい〟って言ったときから予想はついてた。俺に仕事内容を聞かれちゃ不都合なんだろうとも思ったけど、要はうまいこと口説かれたんでしょ？』

「あー……うーん……うまいことっていうか……あはは」

巧いことお尻をほぐしてもらったことまで想い出されていたたまれない。

『あいつは昔からそうなんだよ、クリエイターを落とすのがうまいから油断ならない』

「……それって、嘘をついて相手をその気にさせてるってことですか」

『ううん、違う。本気で好きになって口説くから困るって意味だよ。氷山は自分が〝創る〟ことをできないって自覚してるぶん、クリエイターに対する敬意がすごいんだ。〝どうやったらこんなこと創造できるんだ〟って子どもみたいに尊敬して好きになって、口説いちゃう』

「そうなんだ……」

ほっとしたうえに〝できないから尊敬する〟という氷山さんの素直さと純真さを知ってまたきゅんときた。もくもとおかげを褒めてくれたときも、そんな純な表情してくれてたね。

『誉はなんて？』

「あ、電話で〝いいよ、応援してる〟って言ってくれました。電話じゃあれだし、今度時間とって食事でもしようって約束もして」

『そうか。それはよかった。じゃあまた氷山の仕事のスケジュールと相談しながら、こっちも次の依頼させてね』

はい、とこたえて通話を終えた。……はあ、とため息をついてカップラーメンの蓋をとり、のびかけの麵に箸《はし》を入れる。大柴さんとの会話から見えてくる氷山さんにすらときめいていたら、俺のほうこそあの人に落ちる一方だ。

ふんっ、と鼻を鳴らしてもう一度スマホをとり、ひさびさに『アニパー』を起動してみた。

森に可愛い動物たちがいる絵のローディング画面が表示されたのち、俺のオーナーページ〝ユキの部屋〟がでてくる。

ユキは白いトラで、きりっとつりあがった目の凜々《りり》しい顔をしている。服装はフードつきコートにパンツとブーツ。プロフィール画面の文章は〝セフレ募集中〟のままだったから『恋人募集中！　東京、二十歳、ネコ』に変更し、交流広場へ移動した。

『アニパー』は畑ゲームやカジノゲームなどもひとりで楽しめるけど、メインはユーザー同士の交流にある。おしゃべりしたいときは、自分の部屋から公園の『中央広場』へ飛び、遊具で遊びつつ出会いを探したり、さらに話題や年齢別の部屋へ移動して仲間を求めたりする。

俺の目的は恋愛だから、話題別リストにある『恋の丘』へいく。ここは真んなかに〝幸福の鐘〟という鐘が設置されている景色のいい丘で、周囲には〝♂・♀〟〝♀・♀〟〝♂・♂〟の看板がついた小屋がある。俺はもちろん〝♂・♂〟の小屋。

――『こんばんは』

ドアから入室して挨拶したら、ユキの頭上に漫画の吹きだしみたいに文字がでた。暖炉を囲むかたちでソファが数個設置されているロッジふうの室内に、ひとりだけ人がいる。

――『こんばんは。初めましてユキさん』

白いキツネだ。一緒にいると商売繁盛しそうな縁起のいい感じの人じゃん、幸先いいぞ。

彼の額のあたりをタップしてプロフィールをひらくと『都内住み／三十一歳／会社員／タチ』とある。こっちも条件ばっちり。名前はゴウさん。

――『初めまして。今日はまだゴウさんおひとりですか？』

話しかけて、ゴウさんが座っているソファの隣席へユキを腰かけさせた。
——『そうですね、まだ時間がはやいのかもしれません。ここは夜が更《ふ》けるにつれ人が増えていくから』
——『そっか、まだ九時ですもんね』
優しそうな人だな。いきなり『おまえ寝る相手探してるのか』って訊くクマさんとは違う。
——『ゴウさんは彼氏さんいるんですか?』
あ、俺もクマさんと変わんねえな。
——『はい、彼氏になってほしいと想ってる相手がいますね』
ちっ。
——『残念』
——『あはは。ユキ君にぼくは歳上すぎるんじゃない?』
——『俺、歳上好きですよ。二十代より三十代の大人の男にときめきます』
——『甘えん坊なんだ』
——『へへ。優しくて頼りになって、尊敬できる人が好きです』
——『可愛いね』
なんでこの人フリーじゃないんだよ神さまー。
——『ゴウさんも優しそう。もっとはやく会いたかったな』
俺の吹きだしの文字が浮かんだ瞬間、ドアの前にぱっと新しい人の姿が現れた。白いクマ。
——『相変わらずお盛んだな、ユキちゃん』

うわ……最悪。
――『なんでここにいるの。出張中でしょ、仕事は？』
――『帰宅途中』
――『帰りに男ひっかけにくるとか、クマさんこそ出張中もお盛んですねー』
ユキににっこり笑うしぐさをさせながら、フンっとラーメンをすすった。
――『あれ、ユキ君お相手いるんじゃないですか。クマさん初めまして、ゴウです』
ゴウさんも微笑んで椅子を立ち、ぺこりとおじぎのしぐさをして再びソファに座る。
――『初めまして、ゴウさん。ご安心ください、俺はただの知りあいですから』
おなじように頭をさげたクマさんも俺たちのむかいのソファに歩いていってとすんと腰かけた。今夜のクマさんは灰色のスーツ姿で格好よくキメている。素敵すぎていっそむかつく。
――『ゴウさん、こんな人放っておいてお話ししましょ』
――『はは、仲がいいんだね』
――『違います。ほんとに違います』
クマさんの頭上にも『違いますよ』と吹きだしが浮かんだ。
――『ユキは真剣に恋人を欲しがってます。俺はヤれる相手を探してふらふらしてるだけ。だからどうぞ、俺のことは無視してユキの相手してやってください』
白いクマは目つきの悪い眠たげな顔でソファに姿勢よく座り、淡々と話す。
――『じゃあ、たとえばぼくが本気でユキ君を口説いてもクマさんに影響はないんですね』
――『もちろん。俺は恋人をつくる気がないんで』

――『ふたりは価値観があってない感じなんだ』
――『ええ。恋愛なんて俺には嗤い話です。こいつは乙女で、恋して幸せになりた～いとか思ってるタイプだからおかしくておかしくて。ゴウさんもおなじタイプならぜひ相手してやってくださいよ』
……ほんとに、ほんとにむかつく。〝おかしい〟まで言うことないじゃんか。
――『クマさんはどうして恋愛しないんですか？』
――『仕事のほうが好きだからです』
――『でも仕事で疲れたあとに、恋人の癒やしが欲しいものでは？』
――『それなら空いた時間に気持ちいいことだけできるセフレで充分なんですよ』
――『甘えん坊の歳下の恋人は面倒と』
――『仕事の疲れが倍増するじゃないですか、想像するだけでゾッとしますね』
ああくそ、びーびー泣いて慰めさせた罪悪感が胸に刺さるぜ。
ふと、またドアの前に人がぱっとやってきた。今度は水色のイヌ。名前はヨシとある。
――『ぼくの連れがきました。また会えたらお話してください。ふたりともお幸せに』
ゴウさんがにこと微笑んで頭をさげ、ヨシさんのところへいってそろって消えてしまう。
クマさんとユキだけがソファにむかいあって、ふたりぽつんととり残された。
――『相手いたんじゃないか』
クマさんの吹きだしが浮かんだ。
――『うん。片想い中なんだってさ』

俺もこたえた。
――『知ってたのかよ』
――『会って最初にフラれたよ』
――『それはご愁傷さまで』
立ちあがって机の上においていたスマホスタンドをとり、再びこたつへ入って正面に設置した。ラーメンを食べながらスマホ画面を操作してユキをソファからおろし、とんとん歩かせてクマさんの隣に座らせる。すかさずクマさんがソファをおりて、べつのソファに逃げていった。
もう一回おいかけて隣に座る。
――『くっついてたらまた疑われるぞ』
うっさいばか。おなじ場所にあんたがいたら、どうせ俺はほかの誰も好きになれないよ。
――『出張ってどこなの？』
訊いたら、すこし沈黙があった。
――『青森《あおもり》』
青森……？
――『氷山さんの会社、青森に支社なんてあったっけ。接待とか営業？』
――『名前だすなよ』
――『ふたりだけだからいいじゃん』
――『またすぐ誰かくるかもしれないだろ』
――『じゃあクマさんの部屋に連れてって。そこなら誰もこないでしょ』

ラーメンがのびきって不味《まず》い。最後の一本の麺を食べて、箸と一緒に横へよける。
――『部屋に戻ったらナンパできなくなるから嫌だね』
――『デリホスでも頼みなよ』
――『あーそれいいかもな、好みの顔と身体の子を選べるし』
好みの顔と身体。
――『氷山さんにも好みってあるんだ。孔があればどんなでもいいんだと思ってたー』
――『おまえと真逆のタイプが好みだな』
やっぱり渋々シてくれてたんだ。身体触るのも舐めるのもお尻ほぐすのも、キスも。笑ってくれた瞬間の無垢で格好いい表情が脳裏を過《よぎ》って心臓が痛くなった。抱いて慰めてもらったのも、一緒に歯みがきして笑いあったのも、全部眠ってるとき見た夢みたいだ。淋しい。
――『嫌われてたって、こっちはお尻つかえるようにしてもらって感謝感激～恋人つくって幸せになりますよ～だ』
ネットだと笑ってるふりできてありがてーな、泣いてんのもばれやしない。てか俺、こんなに簡単に泣く奴だったっけ。身体を嫌いって言われるのがいまだにコンプレックスだから？なんかいっぱいぱらぱら落ちてきて困るんだけど。
――『孔が綺麗って言ったのは本当だよ』
フォローしてくれた。お尻の孔褒められるとかまじウケる。はは。大丈夫だよ、店長のこと怒ってくれたのは本心だってわかってるから。
――『べつに氷山さんがどんな好みだって、俺関係ないから平気なんだけど～？』

——『またぎゃん泣きするだろ、おまえは』

——『ぎゃん泣き言うな』

ネットならごまかせるっつってんのに見透かすなよ。

とん、とユキをソファからおろした。夕飯も食べたし。氷山さんもヤりたくて忙しそうですし～』

——『ほんじゃ帰ろかな。氷山さんはこのままナンパ待ちするのかな。それとも

デリホス呼んでガチムチの格好いい男とずこばこしてキスしまくるのかな。……ちくしょう、

羨ましいぜ。俺にもまた順番まわってきたらいいのに。面倒くさく甘えないから。仕事の邪魔

もしないから。一回でいいから最後まで氷山さんと恋人みたいなセックスしてみたかったよ。

ああもうクソちょろ助だな俺は。たった二回セックスの真似事したぐらいでこんなに落ちて

ばかかよ。ばかだな。ばかだよ。あーばかばか。

——『俺の部屋くるか』

え。

——『いく』

——『くるのか。帰るんじゃないのかよ』

——『誘ってもらえたらいくし』

もうすこし氷山さんを独占していられるの嬉しいから。

——『じゃあこい』

うなずいてクマさんのお腹あたりをタップし、でてきたメニュー画面から〝この人の部屋に

いく〟のアイコンを押した。しばらく経ったのち、画面に部屋の内装が表示されていく。

真四角の部屋の正面にガラス窓、その左横にベッド、右側に本棚と花、中央にソファセット。課金しないと手に入らないレアな家具が勢ぞろいしている。
ドアの前に立って眺めていたら、クマさんもやってきた。
――『すごく立派な課金部屋だね』
――『ついな』
つい、で課金するのか……。
――『俺の部屋は無料のソファとテーブルぐらいしかないよ』
――『あら可哀相』
クマさんが歩いていってソファに腰かける。
――『部屋にきて満足したか？』
満足って訊かれるとうなずけない。友だち登録を切ったせいで、俺たちは今日みたいに偶然会うでもしなければおたがいの部屋を往き来できなくなってしまった。だから二度とこられないと思うと、もっとしっかり堪能したくなる。……あ、そうだ。
――『氷山さん、恋人になろう』
数秒、間があった。慌てて言葉をつけ足す。
――『「アニパー」で恋人登録しようって意味だよ。これこのあいだ追加された新機能でね、登録したふたりだけができるアクションもあるんだって。それ試してみたいから』
友だち登録より、さらに特別なのが恋人登録だ。友だち以上にできる機能が充実していて、『アニパー』担当の大柴さんも『遠距離恋愛中のふたりにもおすすめだよ』と鼻高々だった。

――『リアルで恋人つくってそいつとしろよ』
ですよね。嫌がられるのはわかる。
――『すぐ切ればいいんだし、今夜だけつきあって。氷山さんの大好きなキスもできるよ』
――『俺が好きなのは生のキスだ』
――『それは俺もだけど。できないからここでしたいんじゃん』
これじゃ面倒くさい甘えん坊だわ。まじで俺、嫌われ要素しかねえなー……。
――『虚《むな》しいだけだろばか』
駄目か……と苦笑して涙を拭っていたら、ぽこんと通知がきた。『クマさんから恋人登録のお誘いが届いています』とある。……くれた！
――『ありがとう氷山さん』
即効タップしてお誘いに応えたら、俺の友だちリストのなかにクマさんが〝恋人〟とハートマークつきで加わった。画面下のアクションアイコンもいくつか増えている。
――『恋人になれた、めちゃんこ嬉しい！』
――『アバターでこんなことしたってな』
――『キスしよう』
まだドアの前に突っ立ったままいたユキをクマさんのところへ移動させた。いさんで唇マークのアイコンを押すと、ソファに座っているクマさんの口にユキが目をとじてちゅとキスした。
――『子どものキスじゃないか』
ふたりが一瞬で離れて、クマさんが文句を言う。俺もちょっともの足りない。

――『しょうがないね。アバターの限界だよ』
――『おまえの大好きな大柴さんに、ディープキス増やしてって頼んでおけよ』
――『この可愛い動物たちがディープキスするのも、なんか、世界観が違うのかも』
――『世界観ね』
クマさんもソファからおりてユキにキスをしてくれた。おたがい立っている状態だと抱きあえるらしく、ふたりとも手をのばしてぎゅっとしてちゅっと離れる。
――『これじゃ勃ちもしない』
――『下品クマ！』
このむすっとした眠そうなクマがリアルじゃ性欲旺盛な社長なんだから変な気分だ。
――『は？』
――『エッチもしよう』
――『できるんだよ、ベッドがあれば。ここは豪華なベッドがあるからバッチリ』
俺が大きなハートマークのアイコンを押したら、ユキがとんとん走っていってベッドの横に立った。クマさんはソファの前で立ったまま動かない。
――『しないじゃないか』
――『セックスは双方の合意がないとできないんだよ。氷山さんもおっきなハートのアイコン押してみて』
しばらくするとクマさんもとんとん走ってベッドの横にきた。そしてふたりして布団のなかへ入っていき、まるくふくらんだ布団の周囲にハートが飛びかい始めた。

――『大柴先輩は頭がどうかしてらっしゃる』
笑ってしまった。嬉しいものの、たしかに虚しさも半端ない。
――『エッチできたね。俺たちはシなかったのに、アバターは仲よくなっちゃった』
――『生がいちばんだな』
――『生言うな』
数秒でセックスを終えたふたりが、ベッドをでてまた横に立つ。
――『早漏だ』
――『ほんと下品クマだね』
実際、はやかったけども。
――『セックスは世界観的にいいのか？』
――『愛を育む行為は世界共通で素晴らしいんだよ』
――『動物は単なる発情だろ』
――『「アニパー」には愛があるの』
――『都合のいい世界観だ』
なんとでも言って。
――『俺は氷山さんのハジメテもらえて超嬉しいからいい』
しししし、とユキにいたずらっぽく笑うしぐさをさせる。
――『挿入れたのは俺だろ？』
――『そっちの意味じゃないよ、クマさんの初めてのセックス相手はユキだってこと』

――『ならユキのバージンも俺のものだな』
それ現実で言ってくれ……。
――『クマさんはバージンを守り続けてるんだね』
――『一度ネコやるとハマるって聞くけどな』
――『いまのはクマさんの話。氷山さんのことじゃないよ』
――『どっちもおなじだろ。挿入れたのはクマだから』
――『こだわるなあ、そこ……』
ちょっと笑って涙で湿った頰をティッシュで拭い、ペットボトルのレモンスカッシュを飲んだ。
氷山さんは帰宅中だって言ってたけど、チャットしていて大丈夫なんだろうか。スマホに表示されている時計は十時半を告げている。
――『氷山さん時間大丈夫？』
――『もうしばらくしたら落ちようかな』
お別れだ。
――『うん。つきあってくれてありがとう』
――『いや』
ベッドの横でぼんやりやる気のない顔して立っている白いクマを見つめる。表情のわりにスーツがやけに似合っている。愛嬌があって格好よくて、アバターの姿すら恋しくなってきた。もしまたほかのアバターがいる場所ですれ違っても、きっと特別に光って見えると思う。

――『ここでは氷山さんが社長のしゃべりかたじゃなくて嬉しかったよ』
――『クマさんはプライベートだ』
――『ギャップすごいよな』
クマさんがにっこり笑う。可愛いけどこれは不穏だ。
――『歩きスマホしないで、気をつけて帰りなね』
恋人登録を切っておくべきかな。知らないうちに切られてたらショックでかいし。
――『おまえと話せてよかった』
へ……。
――『今日は疲れた。ひとりでいたくなかった。気をつかうのも怠かったから、結生が相手してくれて楽しめたよ』
……口をあけてほうけた。は、と我に返って文字を打つ。はやく。叫ぶみたいに。
――『いつでも声かけてよ、俺飛んでくよ』
――『トラが飛ぶのか』
――『おうよ！　氷山さんも俺のこと慰めてくれたから、その恩返し』
絶対支える。社長の大変さなんて俺は全然理解できていないだろうけど、それでも癒やしになれるならなんだってする、すぐいくよ。
――『わかった。ありがとうな、おやすみ結生』
クマさんがユキを抱きしめてキスしてくれた。でもユキじゃなくて結生って呼んだ。
――『おやすみ氷山さん』

嬉しすぎてくらくらしながら、俺もお返しのキスをする。口をあわせるだけの子どものキスを一瞬したあと、クマさんとユキがうつむきがちにむかいあった。

クマさんが手をふる。俺もユキに手をふらせた。そうしてクマさんが消えてから、ひとりでクマさんの部屋に佇《たたず》む淋しげなユキを見つめ、画面を消した。

氷山さんはどんな日常を過ごして、どんな悩みや辛さや焦燥や哀しみを抱えて生きている人なんだろう。話してくれなくてもいい。一生わからないままでもしかたない。そのかわり俺は、もしまたもう一度ここで、プライベートで会えたなら、楽しくって面白い話をたくさんして、氷山さんを笑わせてあげられるような毎日を生きようと思った。これが、明日も朝から起きて頑張る理由。


『──じつは、本宮さんがいつもモンスターにつけている物語も、そのままゲームに使用しようと氷山から提案があったんです。ユーザーの思い入れも強くなって、長く可愛がってくれるだろうって』

「はい。えっと……嬉しいです」

『じゃあ三面図と一緒に物語も送っていただいてよろしいですか？　わたしも楽しみです』

草野さんと話していても、氷山さんの姿がちらつく。

「俺、本当にこういうモンスターとか、動物の絵しか描けないんです」

『はい、かまいません。とっても上手で大好きですよ』

「大学で生物関係の勉強はしてるんですけど、美術的な、デッサンとかパースの勉強までした経験はないんですよ。だから絵はほとんど独学で、自信がなくて」

『安心してください。楽譜が読めないのに評価されてる歌手だっているじゃないですか。その人がなぜ愛されているかというと、ずば抜けた歌唱力があるからです。わたしたちも本宮さんの創造力や発想力に多大な魅力を感じています。人物がうまく描けたって、勇者の剣《つるぎ》や鎧《よろい》のデザインができない絵描きはたくさんいますよ。みんなでできることを分担して素晴らしい作品を創りあげていくんですから、いまの本宮さんの可愛い絵と創造力に自信持ってくださいね』

……草野さんはやる気をださせるのがうまい。

「わかりました、じゃあひとまずいつもどおり好きに創ってみます」

『はい、楽しみに待っています！』

氷山さんの会社の仕事に入った。まずは癒やし系、格好いい系、面白い系の三種類のモンスターを創ろうということになり、意識をそのみっつの感覚にむけながら支度して家をでた。

癒やし、格好いい、面白い——心のなかで反芻《はんすう》し、街を歩く、気になった店へどんどん入る、公園でぼうっと人間やペットを観察する、映画を観る、動物園へいく、水族館にも寄る。

俺はデザインをするとき、外の刺激をめいっぱい受けることから始める。空を眺めて朝昼晩の景色の違いを体感する、晴れの空の下を散歩する、雨の商店街を歩いてみる、自転車に乗って走ってみる、遊園地のアトラクションで遊んでみる、海へいって浜辺の貝殻を拾う、河原へいって水の流れを眺める。したいと思ったことを実行して、心が震えたものを写真に撮って、気づいたことをメモして、〝感動〟をたくさん集めて積みあげていく。

そして数日かけて集めたその感動から、目的の感覚にぴったりシンクロしたものを作画する。三日間ほど遊んで歩きまわって、なんとか最初の三人が生まれた。

癒やし系は〝いしし〟。石ころがモチーフのまるくてごつごつした子。成長するにつれ手や脚が生えて人型になる。腕力があり身体もかたくて傷つかないから、みんなが苦手な力仕事を手伝ってくれる頼りになるモンスターだ。ただし海や河は沈んじゃうから苦手。当然カナヅチ。いししって笑うのがくせで、いつも笑顔で他人を癒やしてるけど、そのせいで泣きたいときも笑ってしまう。哀しみには誰も気づいてくれない。いしし本人はみんなを笑わせてあげたいから、それでいいやと思っている。

面白い系は〝おくさ〟。雑草がモチーフで、常に両手をあげて横にふり、草のワンピースのスカートを揺らして、にこにこ陽気に踊っている。頭にひとつ蕾《つぼみ》を持っていて、それがすごくくさい。みんなを踊りで楽しませてあげたいのに、匂《にお》いで困らせてしまうのが悩み。ところが成長すると世界でもっとも綺麗で香《かぐわ》しいと評されるお花が咲く。成長するためには一生懸命踊らないといけない。だからお花が咲いて踊りとお花でみんなを喜ばせてあげられるようになるまで、おくさは「くせーな」と嫌われても頑張ってにこにこ踊る。

格好いい系は〝のらこ〟。トラがモチーフではあるものの、幼少期の外見はほとんどネコ。しかも薄汚れた野良ネコだ。〝だにこ〟っていうダニがモチーフの虫が身体にくっついていて相棒でもある。他人《ひと》からご飯を盗んで暮らしているのらこは嫌われ者だけど、だにこはのらこの血を吸って生きているから、のらこを守る。生きるためにふたりで懸命に戦っていくぶん、喧嘩も強い。それで成長するとのらこは背中に羽の生えためっちゃ格好いい姿になる。

「んー……」

いししはともかく、おくさの花とのらこの外見が問題だ。

「どうしたんですか」

大学のサークル活動中にも植物図鑑と動物図鑑を持ちこんで考えていたら、正面の席にいた豊田に話しかけられた。お洒落眼鏡と茶色い髪と、左手の指輪。相変わらずチャラい。

「ちょっと考え事」

仕事の話をするわけにもいかないからごまかす。

「新しいキャラクターデザインの仕事のことですか？」

なのに豊田はつっこんできやがる。

「言えねえの、そーいうことは」

「ここでやってる本宮先輩が悪いと思うんですけど」

「わかってるから放っておけよ」

「ふたりだけなんだし会話ぐらいしましょうよ」

豊田の言うとおり、今日はほかのメンバーがいない。俺も豊田もノートパソコンを手前においてふたりきりで黙々と作業をしている。外はいまにも雨が降りそうな曇天で、北のほうでは雪も降っているらしい。サークル室は寒いからこういう日はみんな欠席だ。

「おまえチャラいから怖い」

しかたなく話題をふってやったら、「ふっ」と吹いて笑われた。

「俺、大学デビューですよ。昔はもっと真面目でした」

「は？　黒縁眼鏡の黒髪秀才君みたいな？」

「まさにです。彼氏にダサいって言われて、大学進学も決まったし自由にするかって感じで」

……しれっとのろけやがった。

「お幸せそうでよろしーこった」

豊田が視線だけじろと動かして俺を見つめ、にぃと笑う。

「本宮先輩は俺の陰口言いませんよね」

こいつ自分が嗤われてんの知ってたのか。

「女性に対するあたりも強いし。ていうか、あたりが強いのは俺にもか」

鼻で笑う。あーもう……どうしてこういう奴ばっかりまわりに集まってくるんだろう。

「俺、本宮先輩みたいなタイプが好みなんですよ」

「俺はおまえ嫌だ」

「先輩ってネコみたいで可愛いですよね」

クソっ、歳下のくせに。

「彼氏だけ可愛がっとけばーか」

「ふふふっ……このふたつ歳上と思えない感じすげえツボ」

「おまえみたいな歳下はタイプじゃねーから」

……。あ。

「へーそりゃ残念」

にやけた目を俺にむけたまま、豊田が眼鏡のずれをなおす。……やば。ばれたかも。

うつむいて図鑑に視線を落とし、植物写真に意識を集中しようとするのに動揺が邪魔をする。氷山さんの『ゲイに理解ある友だちはちゃんといたのか？』という言葉が脳裏にちらつく。

ぎっ、と椅子を鳴らして豊田がいきなり席を立った。どきっと跳ねた心臓をなんとか押さえつつ平静を装っていると、歩いていった豊田はストーブの前へ立ち、ボタンをいじり始めた。

「この部屋、設定温度マックスでも寒いんですね」

ぼやいて、今度は自分の荷物がある椅子から赤いマフラーをひっこ抜き、こっちへくる。

な、なんだ。ビビって狼狽《うろた》えていたら、横からそれを首に巻かれた。知らない男の匂い。

「どうぞ」

にっこり微笑む豊田を茫然《ぼうぜん》と見あげる。やべえ、こいつただもんじゃねえ……。

大学をでて帰宅しようとしたところで、中学時代の友だちから呑みのお誘いメールがきた。今日は金曜だし、ひとり淋しく弁当食べて過ごすよりよっぽどいいってことで早速移動する。

氷山さんとは月曜に話して以来『アニパー』でも会っていない。もし今夜会えたらデザインが完成に近づいていることと、キモい後輩がいるってことに加えて、この呑み会での楽しかった出来事があればそれも話して笑わせてあげたい。

「――そういえば結生、おまえ安田とケータイゲームの仕事してるんだよな？」

「うん、してるよ」

「おまえほんと顔ひろいっつーか、あんなオタクともつるめるんだから面白《おもしれ》ーよな」

「あんな言うな」

今夜のメンツはオタク趣味をばかにしているタイプの三人だ。心根はいい奴らなんだけど、この手の話題になると面倒くさい。

「安田って美大落ちて、専門でそっちの勉強してるんだろ？」とべつの奴も煽《あお》ってくる。

「あ～美大落ちたんだっけ。試験すげえむずいって聞くもんな」

「高校は金かけて私立の美術系いったっつってたから、大学もそうなんかと思ったら駄目だったって噂《うわさ》聞いたわ」

「でも結生と仕事してンならいいんじゃね？　プロってことだろ？」

曖昧な笑顔をはりつけて厚焼き卵を箸で千切る。隣のテーブルからただよってくる煙草の香り、居酒屋の店員のかけ声、喧噪、グラスのぶつかる音。

「安田は才能あるよ。助けてもらってんのは俺だから、俺は安田がいないとプロって名乗るの気がひける」

「へ～。それって将来食っていけんの？」

「……まあ、そこまでは安定してないかな」

「だよな」

三人がそろって「来年就職活動かー……」とため息をつく。

「どうするよ。俺、やりたいことねえし院にいこうかなあ」とひとりが呟《つぶや》き、話題が変わってほっとしたのも束の間、俺も加わって四人でどんよりした。

「女なら〝結婚する～〟とか言えんのにな」

「おまえいつの時代生きてんだよ。いまは女だって専業主婦なんか無理だっつの」

「俺ヒモになりてえ～」

「まず彼女つくれや」

あははは、と全員で笑う。

「でも子どもははやく欲しいよな」

「だからまず女つくれって」

三人の会話を聞きながらからあげにレモンをかけて頬張った。この話題は俺の苦手分野だ。からあげの下のレタスがしょぼくれて不味そう。正面に座っている友だちのカシスソーダは鮮やかなルビー色。俺のレモンサワー、そろそろなくなる。みんなの会話を邪魔しないタイミングで追加したい。次はなに食べよう。ホッケか刺身か。肉じゃがもいいな、あの天ぷらも。

「結生は彼女は？」

ぎく、とする。

「いねーよ」

「おまえまだ童貞かよ」

「うっせー」

俺は恋人ができたとしても一生童貞な人種だよ。

「高校のとき、海に旅行いっても結生だけ全然だったよな」

「みんなもナンパ空ぶったろ」

「俺らはがんがんいって空ぶってんの。逃げ腰のおまえとは違《ちげ》ーんだよ」

今度は俺がみんなに笑われた。

高校もみんなばらばらだったけど、時折会って遊んでいた。海へ旅行にいったのは高校二年の夏休みだ。みんなが彼女をつくりたがっているのも知っていて、気乗りしないながらも参加した。普通の友だちにまざっていれば、自分も普通になれるんじゃないかとあらぬ期待をした。でももちろんそんなことはなかった。

「とりあえず、まっとうな人生生きたいよな」

正面にいる奴が言って、俺以外がみんなうなずいた。ひとりが苦笑してビールを呑み、つられて笑ったひとりが刺身をつまみ、もうひとりがため息をつく。騒がしい居酒屋の喧噪さえ孤独感を誘う刹那。

「すみません、レモンサワーひとつお願いしますー！」

手をあげて叫んで、「おまえ空気読めよ！」と隣にいた奴に爆笑しながら頭を叩かれる。

居酒屋をでると外は雨が降り始めていた。夜中の雨にみんなで文句をこぼし、それぞれに「俺タクシー拾う」「俺は駅いくわ」と手をふって散り散りに家路へつく。俺は歩いて帰った。

ひとり暮らしのアパートの部屋は、雨が降っているといつもより狭苦しく感じる。すでに深夜二時をまわっていて、風呂へ入るのも寒くて億劫《おっくう》だから、と眠ることに決め、着がえて灯《あか》りを消してベッドへいった。

布団を背中にかけてくるまり、真横にあるガラス窓から外を眺めてみる。ここは二階で、道を挟んだむこう側にひとつ外灯があるおかげで深夜でもすこし明るく視界がいい。道の上に雨が落ちていくのを、外灯の橙色の光がぼんやり照らしている。幻想的で綺麗で、スマホのカメラで写真を撮った。近所の家のなかはどこも真っ暗。数軒先のでかい家だけ、まだひと部屋灯りがついている。夜更かし仲間がいる。

氷山さんに会いたい。たった数日の空白が彼を遠くさせて、一緒にいたころの時間も奇跡にさえ感じさせる。本当はキャラデザをするためにあちこちでかけていた期間にも、話そうと思っていた楽しい出来事がいくつもあった。けれど『アニパー』でも会えずじまいで断念した。

いまデザインが完成に近づいていることも話せないまま日々がすぎたら、とっくに完成して、次のデザインに入って、それも完成して、いずれ〝もう話すことじゃないな〟と消えて失くなっていくのかもしれない。キモい豊田の話も、氷山さんにいまさら話してもな、って感じでながれて忘れていくのかも。

『アニパー』を起動してみる。メール機能の〝お手紙〟で伝えてみようか。……や、でも俺、氷山さんの友だちじゃないしな。あの人は世話になってる会社の社長だし、メールも変だよな。

窓に額をつけて目を瞑った。……氷山さんはノンケの人とどうやって接しているんだろう。俺が中学の友だちといるときに覚える孤立感や、やるせない心細さを、氷山さんも知っているんじゃないだろうか。生きる世界が違う人種だ、というういたたまれなさ。自分だけが見えている壁にかたくとざされているような失望と、悪意なく輪から弾きだされているような疎外感。そんな話も一緒にしてみたかった。でもこんなの、楽しい気持ちにはさせてあげられないか。

——今日は疲れた。ひとりでいたくなかった。気をつかうのも怠かったから、結生が相手してくれて楽しめたよ。

今日氷山さんは楽しいことあったかな。笑って過ごせたかな。

青森も雨が降っているらしい。氷山さんの明日が笑顔でいっぱいの一日になりますように。

三人のモンスターのベースが完成すると、土日を利用して五段階の成長過程と瞳や脚などの動作を描き、パソコンへとりこんだ。そして色を塗って詳細な物語と一緒にメールで送った。最初は三十人のモンスターを創ることになっている。この十倍。気を抜いてはいられない。

月曜の午後、大学で講義を終えたあと次のモンスターのために街をぶらついてクレープを食べていたら、草野さんから電話がきた。

『すごくすごくよかったです……！　おくさは面白い系って言ってたのに、お話を読んだら泣いちゃいました。本宮先生のキャラクターはとても人間味があって、ただ〝可愛いね〟って愛でるだけにならないんですよね。それぞれの子と一緒にお茶しながら人生相談したくなります。ユーザーもモンスターのなかに〝これ自分だ〟って感じる子がひとりはいるはずですよ。モンスターなのにみんなわたしたちと対等なんです』

「褒めすぎです……」

『ほかのスタッフも、氷山も感激してました』

氷山さん。

「氷山さんも、気に入ってくれましたか」

『はい、メールと電話の報告になってしまったんですけど、電話口で声つまらせて最高だってくり返してました。あれきっと泣いてましたね～』

「そんなにっ」

草野さんがいたずらっぽくくすくす笑う。

『わたしと氷山は本宮さんがデビューしたころからのファンなんです。おたがいたまたま本宮さんのデビュー作をプレイしてて、モンスター可愛いですよねって意気投合してからは新作がでるたびにふたりで躍起になって本宮さんのキャラクターコンプしてました』

氷山さんのスマホに保存されていた画像が思い出された。

『本宮さんの参加されてるゲームってほとんどカードゲーム系だったので、2Dか3Dで可愛く動かしたいねーとか、わたしたちならモブキャラにしないで大事にするのにねーとかよく話してたんです。だから夢が叶って、氷山もそうとう嬉しいはずですよ』

そっか……俺もすこしは氷山さんを喜ばせてあげられたのかな。草野さんが担当になってくれた理由も得心がいった。こんな話を聞いてしまったら、緊張感が増して気あいが入る。

「恐縮です。でも、まだ三人しか創ってないので、このあとも頑張りますね」

完成した三人はCGデザイナーさんの手に渡って作業が続いていくと教わり、俺は今度は、可愛い、セクシー、怖い、をテーマに新しい三人を創ることに決まって通話を終えた。

チョコバナナクレープの崩れたクリームを見おろす。道路を横切る自動車、母親に手をひかれて歩いていくショートカットの女の子、カラフルなマフラーをして友だちと笑いあっている女子高生。道に転がっている黄色い落ち葉。

……カードゲーム系じゃなければ、安田に清書して色を塗ってもらう必要はなくなるんだな。俺がひとりで仕事をできるとは思わなかった。

冷たい風が吹いてきてマフラーを巻きなおす。最後のバナナをチョコレートのついたクリームと一緒にまるごと頬張った。可愛い、セクシー、怖い、と頭のなかで反芻しながらゴミくずを捨てて、自転車に跨がる。晩秋の夕暮れどきの空は灰色が強くてすこしくすんで見える。

メールと電話で報告したってことは、氷山さんはまだ青森にいるんだろうか。

声をつまらせてくれた、という彼のようすを、俺も直接感じたかったな。


夕飯の弁当を買って帰宅すると、靴を脱いでいるときに母さんから携帯メールが届いた。

『年末の帰省はいつからか、決まったら連絡ちょうだいね。お父さんは話しかけても相変わらず無愛想で気に食わないわ。結生が帰ってくるの楽しみです』

週三日パートで働きながら家事をしている母さんのメールには、いつも必ず父さんへの愚痴が書かれている。父さんは寡黙で温厚で、堅実に働いて家族を支えている人なのに、なにをそんなに愚痴りたいことがあるのか理解しかねる。俺は母さんのメールが嫌いだ。

ため息を吐き捨てて弁当とスマホをこたつテーブルにおき、洗面所へ手を洗いにいく。またスマホが鳴っているのが聞こえて、はいはい返事の催促ですか、とうんざり部屋へ戻ったら、表示されていた通知は母さんのものじゃなかった。『アニパー』に届いたお手紙だ。

ログインして確認すると送信者はクマさんだった。

『今日デザイン受けとった。三人とも素晴らしかった。おまえの創る子たちがうちにきてくれて嬉しい。うちでこの三人が生まれたことが嬉しい。大事にします。仕事のことをこんなかたちで伝えるのは間違ってるけど、いてもたってもいられなかったので。　緑』

突っ立ったまま二回読みなおして、いてもたってもいられなかったので、という最後の一文を茫然と眺めながらへなへな崩れ落ち、こたつのなかへ脚を入れた。

——(本当に飛んできたな)

突然、プライベートチャットの窓がひらいて話しかけられた。白いクマのアイコンと短い文字が表示されている。氷山さん。

——(お手紙の通知届いたの見て、それで)

プライベートチャットは一対一でできるチャットで、メールみたいにアイコンと吹きだしの文字が下から浮かんでくるようになっている。

——(いま手紙送った直後におまえがログインしてきたから笑った)

笑ってくれた?

——(ちょうど家に帰ってきたところだったんだよ。氷山さんはまだ青森なんでしょ?)

——(数時間前東京に戻って、いま会社で休憩中)

——(そうなんだ。会いにいってもいい?)

——(は、会社に?)

——(違う、クマさんのとこ)

ぷわ、ぷわ、と風船っぽくおたがいのメッセージが届く。

——(いいよ)

小さくて短い風船メッセージをもらってすぐ、クマさんの部屋へ移動した。画面が切りかわって、徐々にクマさんの部屋の内装が表示されていく。

──『氷山さんこんばんは、お疲れさまです』
ドアの前にユキが現れると挨拶した。
──『お疲れさま』
こたえてくれたクマさんは部屋の真んなかに立っている。ひさしぶりに会えた。
──『手紙、ありがとうございました。喜んでもらえて嬉しかった』
──『礼を言うのはこっちだ。素晴らしかった。草野に伝えたけど直接言いたくてついな』
──『泣いてたって教えてもらったよ』
──『大げさだ』
はは、と笑ってユキにも笑うしぐさをさせた。
──『おくさは結生か？』
訊かれて、頬が熱くなる。
──『違《ちげ》ーよ、そこまで自分に酔ってねー』
──『たまたまか。でもおまえの創る子は他人だと思えない。親近感が湧く。おまえが兵藤さんのところでゲームをつくるたびに羨ましくてしかたなかったから、本当に嬉しいんだよ。俺もはやく育てたい』
照れくさくて思わずにやけた。
──『ありがとう、一生ぶん褒められてるよ。まだ三人しか創ってないのにさ』
ぽっ、と赤くなって照れるしぐさをユキにもさせる。
──『大柴さんが、氷山さんは心からクリエイターを好きになって口説くから油断ならないって言ってたの、わかる』
――『あの人そんなこと言ってたのか。へえ、いい気分だ』
クマさんもにやっと笑うしぐさをした。悪い顔～。
――『その笑いかた、課金しないと手に入らないやつ』
――『そうだよ』
――『大柴さんのこと嫌いって言いながら、しっかり課金して貢献してるの面白い』
とんとん走ってきたクマさんに、つっこみのしぐさで肩をばしっと叩かれた。
――『課金はお布施《ふせ》だ』
――『お布施！　社長だからそういう価値観になるのかなあ』
ライバル会社にもお金で敬意をしめすところが氷山さんらしい。
――『めぐりめぐっておまえにも還元されるだろ』
――『えっ、俺のための課金なの？』
――『そう思いたければどうぞ』
『わーい』と、ユキに両手をあげてぴょんぴょん跳ねる〝嬉しい〟のしぐさをさせた。けど、内心どきどきしていた。やめろよばか嬉しくて沸騰《ふっとう》する……。
どさくさにまぎれてキスのアイコンも押した。にこにこ跳ねていたユキがクマさんを抱きしめてキスをする。
――『ばかなことよせ』
クマさんがユキをぐいぐい押し離して、数歩ぶん距離をとった。

——『ばかじゃないよ』
——『ばかだ。虚しいだけなんだよ』
『アニパー』で会えて嬉しいのに、現実で会えないから触れて幸せなのに、恋人になれないからキスだけでも奇跡だと思うのに、ばかとはなんだばか。氷山さんにとってどんなに虚しくて無意味だろうと、俺が感じるのはそれだけじゃない。この程度の夢くらい見せてくれ。
——『そんなに生がいいかエロ社長』
——『当然だ処女にゃんこ』
——『ネコじゃない、トラだ』
——『どうせネコ科だしセックスでもネコだろうが』
クソ……処女食ってくれなかったのは氷山さんだってのに。
——『だったらほんとに氷山さんのとこに会いにいってやるぞ!』
ユキに右脚をだんだん踏んでぷんぷん怒るしぐさをさせた。クマさんは相変わらずの眠そうな顔で、冷めたようにユキが怒っているようすを眺めている。
——『ああ、こい』
え……。え?
——『いっていいの?』
——『生でされて嫌じゃないならな』
頬どころかスマホを持っている指先まで全身一瞬で熱くなった。心臓がどくどく鼓動する。
——『言いかたエロい』

――『エロい話してるんだろ』

――『会社でそんなこと言ってエロい』

――『文句あるなら最初から誘うな』

――誘ったのか俺……氷山さんを、セックスに。

――『文句じゃないよ、すごく昂奮する』

――『もう発情してるのかよ。相も変わらずヤりたがりのネコちゃんだ』

――『会社ですんの？　オフィスメイクラブ？』

――『ばか野郎そんなわけないだろ、なに想像して昂奮してるんだよ』

――『ごめん……だって会社にいるんでしょ？　こいって言うから、無理やり机に押し倒されるの想像しちゃった。ネクタイほどいて手首縛られんの。ドラマとかでよくあるじゃん』

クマさんは〝あほだなこいつ〟みたいな顔で黙って立っている。呆れられてる……とスマホを両手で持ったままつっ伏したら、クマさんの頭に吹きだしが浮かんだ。

――『笑わせるなよ』

あれ、笑わせてあげられた？

――『喫煙室でひとりで笑ってる俺もばかみたいだ。てか、期待裏切って申しわけないけど俺は今日もスーツを着てないし、手まで縛るのはAVかレイプだけだろ』

――『もうやめて、真面目にこたえないでめちゃんこ恥ずかしい』

――『ばかネコ』

いまの〝ばか〟も甘く聞こえた。まじでばかだ俺……。

――『九時に最初会った駅までこい。仕事片づけて迎えにいく』

俺がいくって言ったのに、迎えにいくって言葉狡くないか。

――『わかった。仕事頑張ってね』

ユキにまたキスをさせた。クマさんにちゅとしてほんの一秒ほどで離れる。するとクマさんもユキを抱きしめてキスを返してくれた。そしてぱっと消えてしまった。

憎らしい、と想わせながら、氷山さんは俺を恋に落としていく。

九時十分前に駅へ着いて待っていたら、電話がきて『外のロータリーにこい』と呼ばれた。誘導された場所へ移動すると、氷山さんはシルバーのセダンに乗ってそこにいた。

「今日は荷物が多いから車だったんだよ」

てっきりこのあいだのラブホへいくんだと思っていたから驚いたし、運転席にいる氷山さんが格好よくて眩暈がする。

「そうなんだ」となんでもないふうに返して助手席へ腰かけた。似合いすぎる襟《えり》つきのニットカーディガンの袖《そで》をまくってハンドルを握っている腕、眼鏡をつけたすこし疲れたようすの表情……ちょっと直視できない。

「――結生」

肩にかけていたショルダーバッグをおろしたら低い声で呼ばれた。え、とふりむくと、腰に手がまわって顎をあげられ、いきなりキスをされた。

とじた唇を甘く食《は》まれるだけのキス。思考が停止して、周囲を歩いている他人も夜の暗さも時間もなにもわからなくなった。ひらいたままの目が、口を離していく氷山さんを捉《とら》えている。視界のピントがあって、すぐ傍にいる氷山さんの真剣な瞳と、目があった。

「……こういうの好きだろ？　乙女君」

笑い飛ばせたらどれだけよかっただろう。胸が痛くて、自分の顔が一気に紅潮したのもわかって、うん、とうなずきたくて、キスし返してやりたくて、好きだって怒鳴ってやりたくて、抱きついて縋《すが》りたくて、悔しくて悔しくて好きで好きで大好きでたまらなくて泣きたくなった。

「……ふざけんなっ」

懸命に強気なふりをして肩を叩いてやる。「ははは」と氷山さんが笑う。

「やっぱり生がいちばんだな」

うたうような調子で言って車を発進させる彼の横顔が、欲しくて遠い。

「……生、言うな」

三十分ほど走って着いたのは都内の立派なマンションだった。広々したエントランスにはソファセットまである。

「ここ、もしかして氷山さんの家？」

「ああ」とエレベーターへ乗って氷山さんが七階のボタンを押す。

「……俺セフレなのに、家まできてよかったの」

「仕事で世話になってるデザイナーでもあるだろ」

どちらも家にきていい間柄なのか判断しかねる。

「セフレっていうほど気持ちいい思いさせてもらった記憶もないしな」

おまけに鼻で笑われた。

氷山さんは大きな鞄をふたつ持っていて、開錠して家へ入るとひとつを玄関においた。

廊下をとおって、ひろいリビングへ招いてくれる。正面がガラス張りで、都内の夜景が一望できるようになっている。十人ぐらい人がきてもゆったりできそうなソファセットも、本棚も大きな液晶テレビも、家具は黒で統一されていてシックにまとまっていた。

「すごい……素敵な部屋だね」

「荷物整理してるからおまえはシャワー浴びてこい。いまきた廊下の右のドアあけるとある。バスタオルも脱衣所の棚にあるから適当につかえ」

うん、とこたえると、氷山さんはソファに腰かけて鞄のチャックをあけた。やっぱり疲れて見える。失礼して自分の鞄とコートもそばにおかせてもらい、浴室へ移動した。

脱衣所も浴室もひろくて綺麗だった。社長なんだな、と実感させられる内装で、高級感にどぎまぎしつつ服を脱いでシャワーを浴びる。今日もお尻の準備のために一度風呂へ入ってきたから冷えた身体を温めて髪を軽くゆすぐだけにとどめ、早々にでた。あ、バスローブがない。

「氷山さーん」

ドアを半分あけて呼ぶ。聞こえていないっぽいので、もう一回。

「呼んだか？」

すると、むかいのドアがひらいて氷山さんがでてきたから「わあ」とびっくりした。「洗濯してたんだよ」と、さっき玄関先においていた鞄を片手に教えてくれる。なかが空っぽだ。

「なんだ……。ごめん、あのね、バスローブとかないからなに着たらいいかわかんない」

口をまげて呆れた顔をされた。

「裸でいいだろ」

「……それ本気で言ってる？」

単純に寒いのと、自信のない身体をさらして闊歩《かっぽ》するっていうのに抵抗がある。

「もったいぶってるのか？」

にや、と悪く笑んだ氷山さんが俺の腰を抱きあげて歩きだした。

「ぎゃあ、なにしてんのっ」

かろうじて腰にタオルを巻いているもののほかは裸だぞ。冷気が肌を冷やして俺も氷山さんの首にしがみつく。

「寒いっ」

「すぐ暖めてやるから」

「エロいっ」

ははっ、と氷山さんが楽しそうに笑ってくれると、それでもどうしたって拒絶できなくなる。

リビングをとおって隣のドアをあけ、寝室へ入ったら、そこにあるベッドへそっと座らされた。

氷山さんは自分のニットカーディガンを脱ぐ。

「ほら」

そしてそれを俺の背中にかけてくるみ、横から抱きしめてくれた。

「暖かいだろ」

カーディガン自体が暖かくて、氷山さんの体温を感じる。

「……エロい」

嬉しくて苦しくて、可愛くない言葉しか言えない。態度も不満げになる。

「暖房も入れてある。お仕事していただくためにも風邪はひかせねえよ。俺も風呂入ってくるからすこし待ってろ」

「なんか……複雑」

くくっ、とまた笑ってキスをしてから、「すぐ戻る」と氷山さんが部屋をでていった。

しんとしずかな寝室にひとり残されて、周囲を不躾に眺めまわすのも躊躇われ、おずおずうしろをふりむいた。リビングとおなじようにガラス張りになっていて街のネオンが遠くまで見渡せる。

ベッドから立って腰に巻いていた邪魔なタオルをとり、ガラス戸へ近づいた。ガラス越しに夜気が感じられて寒い。右の掌をあわせると冷たかった。街の灯りが眼下に海みたいにひろがっている。動いている光は車だ。金色や赤の光。白い街灯。自分の家から見る街並みとはまったく違う。星屑が落下したようなきらびやかな輝き。綺麗。綺麗だけどにぎやかすぎてひとりで見ているのと淋しくもなる。氷山さんはこの部屋で毎日どんなことを思うんだろう。

「誰に裸見せてるんだ」

戻ってきた氷山さんが薄く微笑んで近づいてきた。タオル一枚の裸だ。

「俺のことめっちゃ大事にしてくれる未来の恋人」

適当に嘯《うそぶ》いたら、「は？」と顔をしかめられた。

「どこだよ見えねえなあ、眼鏡はずしたせいか？　いるか？」

　わざと目を細めてきょろきょろしやがる。むかついて睨んだらうしろから抱きしめられた。

「……どこだよ」と右耳に囁《ささや》く。湯あがりの氷山さんの身体が背中に熱い。

「あそこ」と俺はコンビニの看板の横にあるマンションあたりを指さした。

「誰もいねえよ」

「いる」

「いないって」

「いる」

「幻じゃないのか？」

「純粋な心の人にしか見えないんだよ」

「おまえの恋人は幽霊か」

　腰にまわっている氷山さんの腕を叩いたら、彼のふふっという笑い声と吐息が頬にかかった。そこにキスをされる。頬が唾液で湿っていく。

「見てごらん」

　ふと氷山さんが左手に持っていた自分のスマホを俺の胸もとへ傾けた。もくもとおかげがいる待ち受けから画面が切りかわって、画像が表示される。

「いま届いたんだよ」

　それは、俺の描いたおくさが腰をふって踊っている動画だった。

「え、これって」

「うちのデザイナーにGIFでいいから動いてる画像つくってみてくれって頼んだんだ。可愛いだろ」

「可愛い、動いてるっ」

にこにこ笑っているおくさが、両手をあげて草のスカートをふって踊っている。頭にまるい花の蕾をのせて、くさいって嫌悪されても涙をこぼさない健気さで。

「すごい、嬉しいっ。こんな三面図のラフの状態で、ありがとう」

「礼を言うのはこっちだって言ったろ。本当に可愛い。嬉しいよ」

たぶん数コマの簡単な動画ではあるけれど、おくさの動きが理想どおりリアルで、氷山さんの言葉も嬉しくて心を震わせながら見入った。

「氷山さんはおくさを気に入ってくれたの？」

「もちろんみんな好きだよ。でもまあ、おくさはちょっと特別かもな」

ファンだったとか、大柴さんに嫉妬していたとか、完成した子たちを大事にするとか、どの言葉も氷山さんの心からまっすぐ生まれた真実の告白なんだなと、こうして接して想いを見せてもらっているうちにきちんと実感していく。俺にやる気をださせるための方便じゃない。マニュアルにある褒め言葉を吐かれてるって感じない。なにげない言動からこぼれて見えるから、上っ面じゃないってわかる。信じられる。

「……俺、絵を描く才能はなくてさ、一枚の画に仕上げることができないんだよ。デッサンも色塗りのしかたも中途半端で、いちばん駄目なのは、いま以上にうまくなりたいって思えないことなのも自覚してる。描くのは好きだけど、なんていうか……技術をみがいていこうとする気力がないんだよね。コンビ組んでる安田に会ったとき、そのこと完璧に気づいた。自分の子をめっちゃ上手に清書してもらって悔しいって思えなかったから。あ、描いてもらったほうが素敵、ってなっちゃったからさ」

　ははは、と笑う俺に反して、氷山さんは重たく真面目に「……うん」と相づちをくれる。

「仕事させてもらってても、俺がしたいのはキャラデザなんだなって思う。怪獣も魔物もモンスターも、創るのが好き。自分だけの子を創るのが。でもこれって、子どものころにやってた遊びの延長なんだよ。だから、才能とか技術とかなんにもないまま子どもみたいに遊ばせてもらってるだけなのに、お金もらったり褒めてもらったりするの気がひける。……ほんとはね」

　こんなこと言ってごめんなさい、と謝って苦笑いしたら、腰を強く抱かれた。

「凡人の俺には、結生は子どものころから才能が開花してたんだなとしか思えないよ」

「えー……」

「俺は絵だろうと作文だろうとそもそも興味がなかった。学校の美術の授業なんかも面倒なだけだったよ。やりたいと思う神経が理解できないレベルな。芸術全般できる奴はすげえな、意味わかんねえなって遠巻きに見てるタイプだった。だから尊敬する。子どもの遊びの延長って、おまえが言ってるのすごい言葉だぞ」

「そうなのかな」

　氷山さんが俺のこめかみに唇をつけた。

「おまえピアノできる？」

「できない」

「ピアニストが〝子どものころからやってた遊びの延長です〟って言ったらどう思うよ」

「ふざけんなすげえってなる」

「だろ？」

ふはっ、とふたりで笑った。

「おまえは生まれながらの創作家だ。おまえが今日まであたりまえにやってきたことは、ほかの誰もができることじゃない。そしておまえが創ってきた子たちは、おまえにしか生めない。俺はそれが欲しい。おまえの創る子たちが愛しいんだよ」

おくさが表示されたスマホと一緒に、氷山さんが俺を抱き竦める。言葉にも、氷山さんの腕の力にも敬意と想いを感じて眩暈がする。幸せが大きすぎて、受けとめきれない。

「この五年間、喉から手がでるほど欲しかった。何遍でも言うけど、大柴が結生の担当だって知ったときも猛烈に嫉妬したし腹が立ったよ。結生の子たちを殺させてるのはあいつかってな。ほんと昔からむかつく野郎だ」

「や、担当はしてくれてるけど、ゲームの企画まで携わってるかどうか……」

「いつかおくさたちのグッズをつくろう。ぬいぐるみとか可愛い」

「まだ三人しか創ってないのに気がはやいよ……この素敵な部屋にぬいぐるみもあわないし」

「大丈夫。ぬいぐるみができたらリビングにならべて飾るぞ。うちの子だ、って自慢する」

「……氷山さんって、俺のモンスターを自分の娘や息子って感じで言うよね……嬉しいけど、めちゃんこ照れくせ〜……」

真っ赤になっている顔をうつむいて隠したら、笑いながらうなじにキスをされた。

「じゃあ子づくりするか」

　低い声で囁きつつ、肩をひいてむかいあわせにされる。たぶん耳まで赤くなっているけど毅《き》然《ぜん》と睨みあげた。

「……できたら認知してよね」

　恐ろしく格好よくて悪い顔で微苦笑された。掬うように唇を塞いでむさぼられる。

「俺の子ならな」

「ふざけんなっ」

　腰に腕をまわしてまた軽々抱きあげられた。「あんたこそ何人隠し子いるんだか」と、どきどきしてしかたがないから強気で受けてたつ。なのに氷山さんは「それな」と悪びれもせずに笑って、俺をベッドへ横たえた。スマホをサイドテーブルにおいて、リモコンで灯りも消す。

「それなって、最低すぎる」

「じゃあなんて言ってほしいんだ、お姫さまは」

　俺の上にきた氷山さんの目に、ほのかな優しさがにじんで見える。あったかい目。楽しそうにカーブしている唇。くっついてる脚と脚。裸の胸。出張から帰ったばかりの氷山さん。言えない。これは氷山さんを笑わせてあげられる言葉じゃないから言えない。

「……姫じゃねえ」

　こたえた直後に再び唇を奪われた。俺が口をひらくのも待たず、こじあけるように舌をさし入れてきて俺の舌に搦ませ、吸いあげて嬲る。髪にも右手の指をとおして、頭ごと覆われた。左手は、カーディガンを割いて乳首をこする。また触ってもらえた。

「あ、」

唇から口端、顎、喉、鎖骨《さこつ》、と氷山さんの唇がさがっていく。乳首、……気持ちいい。

「……ここはいつも反応がいいな」

舌で先っちょだけ転がされた。

「ンっ、……ん、気持ちいい。氷山さ、は……おっぱいしゃぶりの、達人だと、思う」

「どこの素人《しろうと》と比べてる？」

乳暈《にゅううん》の右側を舐めて、吸って、左側もおなじように舐めて吸われて、しまいに乳首の周囲を舌先でまるくねっとりなぞられる。乳首も吸ってくれるかと思いきやまた乳暈をねぶられて、いつまでもまわりばかりで乳首をいじってくれない。次こそ、次はきっと、と願いながら脚をこすりあわせて焦れて、してもらえなくて苦しんでいると、どんどん乳首が痛くなってきた。

「いた、ぃ……も、してほし、よっ……」

「かたくなってふくらんでる。辛そうだ」

あまりのむず痒《がゆ》さに枕を摑んで、力んで耐えていると、「欲しいか」と訊かれた。

「ン……欲し、ぃ」

「誰が欲しい」

顔をそむけて枕に口をつけて、足先を握って震えて、はあと息を吐く。

「……緑さん、が……欲し、」

次にプライベートで会えたら呼ぶって宣言したのを、本当はずっと憶えてた。でもこういう、どさくさまぎれじゃなきゃ怖くて呼べない。

枕を摑んでいた右の掌をひらいて握りしめられ、空気を必死で吸っていた唇をむさぼられた。頭も右手で撫でられる。髪が、乱れる。それから忙しなく乳首を口に含んで、そっちもきつく吸って、舐めてくれた。

「あっ、ぁ……ンっ」

焦らされたすえに襲ってくる快感は嵐みたいに烈《はげ》しくて、喘ぎ声もうわずって掠《かす》れた。

「気持ちぃ……氷山さ、きもち、」

「緑でいいよ」

我慢したご褒美みたいに左右の乳首を執拗に吸って気持ちよくしてくれる。けど刺激が下半身にも響いて、胸ばかりしてもらうのもだんだん苦しくなってくる。力んで、繫いでいる手を無意識に握りしめると、氷山さんも応えるように握り返してくれた。おたがいの汗のせいで掌の真んなかが湿っていく。

「緑さん」

俺の辛さを察してくれたのか、氷山さんが右手で俺の胸から腰のラインを撫でつつ、唇を脇腹やおへそにさげていってくれる。繫いでいた手もそっと離すと、濡れた性器をとって舐めてくれた。根もとから先へゆっくり舌を這《は》わす感触が、やわらかくて優しい。この人は焦らしはしてもどこを愛撫するときも優しい。

こんなふうにほかの男のことも抱いてるのかな。こんな恋人同士みたいなセックス、してあげてるのかな。

「ン、ん……ぁ」

氷山さんの頭を両手で覆って髪に指を絡めた。さらりとした繊細な髪の感触も恋しくて胸が痛くなった。右脚を立てて、左脚も立てながらひらいて、氷山さんにも昂奮してもらいたくて精いっぱいいやらしいと思う格好をしてみる。俺だけ気持ちよくしてもらって、俺は氷山さんの好みの身体でもなくて、ほかのセフレより満足させてあげられていない気がする。哀しい。

「緑さ、緑さ、ンっ……」

呼ぶと音を立てて吸いあげてくれて、強烈な快感が一瞬で背筋を駆けあがり、びりびり痺れながら全身へ弾けていった。呼吸する。気怠い快楽の余韻が全身に燻っている。

俺が容易くイッても、氷山さんはなにも言わなかった。したたる液をすすって、俺が立てた脚に手を添えて内腿まで丁寧に舐めていく。膝も、足の指も一本ずつしゃぶってくれた。どこもかしこも愛でるみたいに、汚くないって思わせてくれるみたいに、大事に。

「緑、さん」

「ん」

「俺も、気持ちくしてあげたい……なにしたらいいか、教えて」

暗闇のなかで氷山さんが唇をひいて笑む。俺の顔の位置に戻ってくると、唇にキスをした。

「……じゃあうつぶせて」

胸やお腹をすべらかに撫でながら囁く。

うなずいて身体を回転させ、枕とむかいあうかたちでうつぶせになった。

「うしろから挿入れるの？　緑さんバックが好き……？」

俺は氷山さんがしてくれてるって感じながら挿入れてもらいたかったから正常位がよかった。

「もうちょっと色っぽく言えよ」

「……うしろからのお挿入がお好きですか」

「ばか」

ふっ、と氷山さんが小さく吹いて前髪を掻《か》きあげる。「腰あげて」とお尻を右手でやわやわ揉《も》まれて、しかたなく膝をついてお尻を突きだす格好をした。

「女ヒョウのポーズだね」

「おまえはトラなんだろ？」

腕はまげたまま枕を抱いた。恥ずかしいけど、このほうがよく見えると思ったから。お尻の孔なら好みもなにもなく昂奮してくれるはず、と期待して。

「やらしい」

親指で孔のところをこすられた。う、と息がつまって、それだけで身体が肩まで火照った。

「まる見えだよ結生」

さらに煽ってくる。顔も熱くてたまらないのを我慢して、枕に右耳をつけてふりむいた。

「……緑さんが、やらしい気持ちになってくれるなら……べつに、いいし」

強がるっていうより、拗《す》ねた感じになって余計恥ずかしくなった。俺のお尻にまでキスして、氷山さんがサイドテーブルを探る。ローションボトルがでてきてぎょっとした。

「部屋にも、そんなのあんの」

セックスするのはいつもラブホだと思ってた。

「おまえがくるって言うからさっき用意したんだろ」

「え……買ってくれたの？　仕事帰りに？」

「そうだよ」

なら、この部屋にきたセフレは俺が初めてってこと？

「なんだ、ローション買ってるのが面白いか？　子どもだな」

「……面白いなんて言ってない」

枕につっ伏して歯を嚙みしめた。……面白いわけない。一週間もの長い期間出張して帰ってきて、ただでさえ疲れてるだろうに、家でゆっくり休みたいだろうに、俺の我儘《わがまま》を聞いて、セックスのための用意をして、駅まで迎えにきてくれて、こんなに丁寧に大事に抱いてくれてるなんて。ちっとも面白くねーよ、嬉しくって嬉しくって涙こらえるのが大変だよ。

「……いっぱいして。緑さんが、気持ちよくなるまで」

「ああ」とこたえた彼の指がお尻につく。とろりとした感触がひろがって指が挿入ってきた。

「すこしほぐしておいてやる。またきつくなったら可哀相だからな」

「ン……」

緊張しないように呼吸して、氷山さんの指を二本受け容れた。摩擦がきつくないよう慎重に指を動かしてくれているのは、もしかしたらこのあいだ〝すこし痺れた〟って言ったせいかな。物言いは厳しいのに、ほんとに、優しすぎるよ……大好きだよ。

「結生」

指が抜かれて、とうとうかと唾を呑みこんだら、「脚とじな」と言われた。

「え」

困惑しつつも、言われたとおりに脚をとじて氷山さんを見る。すると彼は俺の脚のつけ根にもローションを撫でつけて脚のあいだに性器をさし入れた。俺の性器も裏側からこすりあげるように腰をふる。

ショックで、劣情が飛んだ。

「緑さん……挿入れて、いいよ」

返事がない。吐息を洩らして腰をすすめ、前に手をまわして俺の性器も掌でこすってくれる。

「ンっ……緑、さん、てば」

俺はセフレじゃないのかよ、セックスするためにわざわざ会ってくれたんじゃないのかよ。大事にしてくれているのはわかる。でもこんなの全然優しくない。嬉しくないよ。淋しいよ。

「あっ、ぁ、」

イキたくない、と思うのに情欲に勝てない。氷山さんの掌と性器の動きに掻きたてられて、一緒に昇りつめていく。

「結生っ……」

呼ばれたらその瞬間、想いと欲望が弾けた。氷山さんもすこし遅れて達する。はあ、はあ、と乱れた呼吸を整えつつ俺の右隣へきて、ベッドが揺れた。

「なんでっ……」

それ以上言葉にならなくて、俺も枕につっ伏して息を整えていたら、背中に腕をまわして抱き寄せられた。氷山さんの胸のなかへ入れられる。呼吸して上下する彼の胸が汗ばんでいる。

「……大事にしてくれる、未来の恋人がいるんだろ」

疲れた声で微笑んでそう言われた。こみあげてきた涙を喉の奥に押しとどめて、そのひどい痛みにしばらく耐えた。辛くて悔しくて、困らせてやりたくて氷山さんの身体にしがみつく。背中に手をまわして抱きしめる。

「くるしい……」

呟いて、氷山さんはそのまますぅと眠ってしまった。

……目覚めたのは、なじみのない香りが鼻をついたからだった。

「——起きたか」

氷山さんが窓辺のひとり用ソファに腰かけて煙草を吸っている。まだ外は暗いものの、七階から見えるはるか遠くの地平線上には太陽の白い光がにじみ始めている。手をついて上半身を起こすと、左肩からカーディガンが落ちた。氷山さんの服、借りたまま寝てしまった。

「風呂、お湯はっておいたから温まってきたら」

「……うん」

「洗面所にある赤い歯ブラシつかっていいぞ」

はい、とこたえてベッドをおりた。覚醒しきらないぼやけた頭で浴室までいく。裸になって歯みがき粉をつけた歯ブラシを口に入れ、湯で身体を軽くゆすいでから湯船に浸かると、徐々に意識もはっきりしてきた。

セックス目的で訪れた場所で、初めてちゃんと髪と身体を洗った。氷山さんの家にこられたいまのことを、あまさずきちんと記憶しておきたい、と思う。

洗面所にあるドライヤーで髪も乾かして部屋へ戻ったら、太陽が半分顔をだす景色を横に、氷山さんはまだソファに腰かけていた。

「今度は服着てきてよかったんだぞ」

また氷山さんのカーディガン一枚で戻ったら、眉をさげて小さく笑われた。

「氷山さんは俺の裸見てもなにも感じないでしょ」

「は？」

煙草はもう吸っていなかった。部屋には窓から入るにぶい朝日だけがさしていて、その淡い光にひそむ爽《さわ》やかで淋しい静謐感が満ちている。

ヘンリーネックTと下着姿の氷山さんの正面へいって膝に跨がり、首に両腕をまわしてくっついた。

「なに甘えてるんだよ」

「嫌がらせ」

「え？」

意味がわからない、というふうにこたえながらも、氷山さんはごく自然に俺の腰へ両腕をまわして抱き返してくる。嫌がらせだって言ってるのに。

「……綺麗だね」

彼の肩にもたれて窓の外の朝焼けを眺めた。地平線からあがってくる白い光に、上空に残っている藍色《あいいろ》の夜の余韻が溶かれさていく。

「結生、おまえにおみやげがあるんだよ」

「え。おみやげ……？」

俺を抱いて支えながら、氷山さんが正面のテーブルにある白い袋をとって俺にくれる。受けとって「なに」と首を傾げつつ袋をあけると、掌サイズの焼き物っぽい白い鳩《はと》がでてきた。目がまるくて頭に緑の帽子を被り、首に赤いマフラーを巻いている。

「鳩笛だよ。尻尾のところに口つけて吹くと鳩みたいに鳴く」

「本当？」

鳩の尻尾にはたしかに穴があいていた。言われたとおり口をつけて吹いたら、ふぉ～と低く鳴った。鳩の歌声に似ている。

「すごい、嬉しい」

「おまえこういうの好きかと思って。青森みやげ」

「ありがとう……大事にする」

「鳩は幸せを呼ぶんだよ」

眼鏡のガラス越しに目を細めて微笑む。……彼氏をつくって幸せになれって意味かな。俺は氷山さんが俺のために気持ちと時間をこの鳩へむけてくれたことがすでに幸せなんだけどな。

「じゃあ氷山さんも吹きな」

「なんで」

「幸せになれるから」

「俺はいま幸せだからいい」

「吹ーけー」

自分が口をつけたところを軽く拭って、氷山さんの唇に無理やり近づけてやった。「やめろばか」と笑って抵抗していた氷山さんが、そのうち諦めて渋々吹く。ふぉ〜と鳴る。

「これで氷山さんもいまよりもっと幸せになれるよ」

笑いかけたら、氷山さんは目尻をさげて微苦笑した。こんなに傍にいるのに数メートル先の遠くから俺を眺めているみたいな細くしずかな目で、呆れているような、でも淋しそうな孤独そうな、えも言われぬ表情をしている。

左腕をひかれて後頭部も掌で覆われ、唇と唇が重なる位置へ招き寄せられた。キスをする。撫でるように上唇と下唇を吸って甘噛みする〝ありがとう〟の言葉に似たキス。

「……いま以上幸せになったら贅沢者《ぜいたくもの》だな」

顔を氷山さんの右肩に埋められて、抱きしめられた。薄いシャツ越しに浮きでる彼の鎖骨が顎につく。氷山さんの匂いがする。

「……仕事、そんなに好き？」

「ん？」

「『アニパー』で言ってたから」

「ああ……そうだな。結生のゲームも動きだしたし、夢が叶って楽しいな」

頰のあたりに唇をつけてキスをされた。

俺はあとすこししたら支度して仕事へいくよ。おまえは？　と氷山さんが訊く。

午後から大学にいくけど……こんなにはやく？　と訊き返したら、一週間ぶん仕事がたまってるからな、と苦笑いする。

車で家まで送ってやるからおまえも支度しろ、とも言ってくれた。俺は、自分も許されないぐらい贅沢者だと思う。

「……ね、氷山さんはなんで『アニパー』で白いクマなの？」

朝がくる。一日が始まってしまう。次はいつ会えるかわからない。

「……シロクマは、絶滅しそうだからかな」

いかないで傍にいてほしい。


青森で買ってきたりんごパイも袋に包んで、氷山さんは家をでる前に持たせてくれた。

朝ご飯はこれにしようと思っていたら、途中コーヒーショップのドライブスルーを利用して、ひとつ五百円もするばか高いローストビーフサンドイッチとチョコチップコーヒーとグレープフルーツヨーグルトを買い、それもくれた。

「氷山さんてセフレにこんなことまでしてるの」

つい複雑な思いを吐露《とろ》したら、「ははは」と笑われた。……笑うとこじゃねえよ。

「昔ここの豆乳ラテが好きだったんだけど、最近飲むと喉がいがいがするんだよな」

自分のコーヒーを飲んでカップホルダーへおき、氷山さんが再び車を発進させる。

「それアレルギーじゃんよしなよ、アナフィラキシーショック起こすよっ」

「孔ひらき？」

「下ネタ！」

肩を叩いてやる。また「ははは、冗談だよ」と笑われる。

「おまえは可愛らしくはないけど、可愛げがあるよな」

　早朝の街を車で走る彼の横顔は楽しそうにほころんでいる。

「天然のばかっぽい可愛さじゃなくて、ぎゃあぎゃあ騒ぎながらも優しさを投げてくる温かさがある。うるせえのに可愛げもなかったら終わってるもんなあ」

「フン、何人目のセフレと比べてるんだかー」

　窓の外をむいたら、自転車をこぐスーツ姿の会社員がとおりすぎていった。こんなふうに拗ねる自分は全然素直じゃない。可愛くもない。

　氷山さんが小さく鼻で笑う。いきなり右側の頬をぐっと圧迫されて、驚いて視線をむけたらそれが氷山さんの左手の人さし指で、顔が熱くなった。

「いたいっ」

　嘘だ、頬より心臓のほうがはち切れそうに痛い。

「ははははっ」

　氷山さんは笑っている。

　氷山さんの家から俺のうちまでは車で三十分ほどの距離だった。うちの前の狭い道に、まったく似つかわしくないでかい車が停車する。存在感すごい、近所の噂になる、焦る。

「じゃあな。勉強頑張れよ」

「うん、ありがとう。朝ご飯もありがとう。……あと鳩と、りんごパイも」

　左の口端をひいて氷山さんがにっと微笑む。

「少女漫画ならここでさよならのキスをするのが正解か？」

悪いゆがみかたをする唇と、楽しそうににじむ瞳を見た。キス、したい。

「よしとく。……どこで近所の人が見てるかわかんねーもん」

ドアに手をかけて押す。

「おまえはこういうときには〝嫌だ〟って騒がないよな」

いきなり肩ごと強引に抱き寄せられて顎をあげられ、ベッドでするより深い情熱的なキスをされた。氷山さんが俺の舌を吸ってる。離さない。まだ。いつまでも。

「……誰かになにか言われたら俺のせいにしろ」

抱きしめられたまま氷山さんの瞳の奥を見つめた。どんな思いでそんなことを言っているのか教えてほしかった。もう笑っていない目は真剣で、怖いぐらいだった。

氷山さんは可愛くもないし、優しくもない。

「……全部、氷山さんのせいだよ」

氷山さんの下唇を噛んで素早く車をでた。

「あんたも仕事頑張りやがればーかっ」

涙をこらえてドアをばんっとしめ、アパートへ走る。玄関のドアの鍵をあけて部屋に入ったあとに、車のエンジンがかかる音が聞こえてきた。かすかな騒音がやがて遠離《ざか》って消えていく。

……あのクソエロ助。エロ社長のエロ助野郎っ。

靴を脱いで、手に持っているたくさんの袋を抱えて部屋のこたつへ入ってようやく安全地帯へ帰ってこられた、とほっとしたら、涙がじわりとあふれてきた。テーブルにまるい水たまりができていく。むかつくったらない。ほんとに俺、こんなに簡単に泣く奴じゃなかったのに。

このままじゃ駄目だ、あんな悪い男にこれ以上落ちたら俺はちょろいどころか、ただの乙女ばか野郎に成りさがる。たまに会って抱いてくれるだけでいいの、とかあほなこと言いだして、都合のいい男になって、てかどうせあいつも俺に挿入れないから気持ちよくもないんだけど、でもそうやって、優しくされてるって浮かれきってだらだらし続けた挙げ句に〝本命ができたおまえとは二度と会わない〟って捨てられたときにはぴちぴちの二十代が終わってるんだよ。

エロ助とちょろ助じゃ俺が欲しい幸せは得られやしない。俺はやっぱりちゃんと愛しあう恋愛がしたい。ちゃんとセックスしたい。デートもしたい。誕生日もイベントも一緒にいちゃいちゃしまくりたい。自分に恋してほしい、俺もまっすぐ好きでいたい。大好きって言いたい。会いたいってふたり一緒に想いたい。離れたくないっておたがいそろって淋しがりたい。

そうだよ俺にセフレなんか無理だったんだよ。のめりこんじゃいけない。氷山さんに落ちて時間を無駄にしちゃ絶対に駄目だ。ちくしょう、なにが『少女漫画ならここでさよならのキスをするのが正解か?』だクソ眼鏡エロ助社長、べつに少女漫画にはたいして詳しくもねーよ、正解ってなんだよ、知らねーよ、あんたのすることなすこと全部まるっとごっそり根こそぎきゅんきゅんクるよ、あんたが俺の王子さまだよばーかばーか大好きだハンサム眼鏡どエロ助。

「……くそっ」

涙を服の袖で拭って、氷山さんに買ってもらった朝ご飯の袋をあけた。なかからコーヒーのいい匂いがひろがって、おいしそうなサンドイッチとヨーグルトもでてくる。

コーヒーはチョコの甘さが苦みを和らげていて飲みやすい。ローストビーフのサンドイッチなんて、節約生活が強《し》いられるひとり暮らしを始めてから初めて食べた。グレープフルーツのヨーグルトもなにこれ、おシャンティな人種だけが食べていいデザートじゃないのめちゃんこうまい。ありがとう大好き。いや、大嫌い。……ごめん嘘、好き。くそ、むかつく。

あーあ……街の真んなかに巨大生物が現れて氷山さんとふたりで逃げて吊り橋効果的なラブ展開の奇跡が起きて恋人になれたりしないかな。隕石落っこちてきて世界爆発してふたりきりになって、しかたなく俺に惚《ほ》れてくれたりしないかな。しないな……。

――お仕事していただくためにも風邪はひかせねえよ。

勘違いするな俺。あいつが俺に優しいのは仕事相手だからだ。〝邪険にできない〟だけ。

家に連れていってもらったのも、俺専用のローションを買ってくれたのも、青森のおみやげも朝ご飯も、俺を抱こうとしないのも、全部仕事で繋がりがあるからでしかない。仕事が好きでセックスだけできればいい、恋人なんかいらないって言っているあれが本性だ。

俺は自分につりあう男をきちんとつくる。ローストビーフサンドイッチの豪華な男じゃない、しゃきしゃきレタスのハムサンド男がいい。

氷山さんを笑わせてあげたいと思って記憶していた話も、なにも、ひとつもできなかった。三十五歳のイケメンおシャンティ社長に俺がしてあげられたことはなにもない。恋人どころかセフレにもなれてねえ。役立たずのエロガキ乙女野郎にローストビーフサンドイッチ男は贅沢すぎるんだよ。そうだ離れなきゃ。忘れなきゃ。くそ、ローストビーフめちゃうめえっ……。

パンを全部口に押しこんで、両頰をぱんぱんにふくらませた唇からコーヒーを飲んだ。まだ涙がでてくる。乙女のくせになまじ他人の体温の心地よさを知ってしまったばっかりに、余計ばかになった。忘れよう。お姫さま抱っこしてもらったこともキスしまくったことも素股してもらったことも。最初の日、頭に手をおかれて目があった瞬間死ぬほどどきどきしてほとんど落ちてたことも、俺とキスするために歯みがきしてくれて嬉しかったことも。一緒に歯みがきしたことも。お尻ほぐしてくれたことも。あの日も俺のためにセックス我慢してくれたことも。店長の話聞いて抱きしめて慰めてこんなふうに涙が自然とばらばらこぼれるようになるまで、泣きかたを教えてくれた男だっていうことも。

忘れる。終わりだ。仕事だけの関係にする。今日が最後。もう二度と緑さんって呼ばない。

ごく、とパンを飲みこんでコーヒーをおいた。はあ！　と続けてため息を吐き捨て、鞄の奥からスマホをだす。昨夜氷山さんと会っているあいだ全然確認してなかった。切りかえ切りかえ。ここから気分変えていくぞ。

……あれ、安田からメール？

『コンビ解消してほしい』

え。

目を近づけて凝視しても正確に〝コンビ解消〟と書かれている。

電話をかけた。でない。まだ朝の八時前だから寝てるだけ？　どういうことだ。このあいだ他社の仕事をしてもかまわないって電話で話していたのに。〝コンビの知名度あげていけたらいいよね。一緒に頑張ろう〟ってあれ嘘だったのか……？

ひとまずこっちからもメールを返しておくことにする。

『おはよう。悪い、昨日は返事できなかった。コンビ解消ってどういうこと？　ちゃんと話したいから電話できる時間教えて。家いってもいいなら今夜にでもいくしさ』

本気なんだろうか。単に仕事や私生活に悩みがあって、精神的に不安定なだけならいつものことだって安心できるんだけど……なんだか胸騒ぎがする。

ひとまずこの時間じゃなにもできない。連絡待って、大学の講義を終えたあとも音沙汰なかったら安田んちに寄ってみよう。そう決めて軽く唇を噛む。


次の新しいキャラクターデザインを考えようにも気持ちが乗らず、安田との今後について煩《はん》悶《もん》しながら紙ばかり無駄にして午前中を過ごした。

大学でも同様の調子で講義を終え、友だちに誘われて遅い昼ご飯を食べているあいだだけすこし気分がまぎれた。それで奮起して、安田の家へむかった。

電車で移動中、スマホ片手に連絡を待ってみてもうんともすんともない。電話も、メールすら一通も。……あいついつからコンビ解消したいって考えていたんだろう。俺、なにかあいつを傷つけるようなことしたんだろうか。長いことずっと、知らないうちに安田に嫌われていたんだろうか。

駅から歩いて安田の家へ着くころには日も暮れ始めていた。立派な一軒家のチャイムを押す。見あげるとすぐそこにある二階の窓の一室が、安田の部屋だ。あいつが創ることに往き詰まって締め切りを破るたびに、こうやってかよい続けて見てきた風景。

『はい、本宮君？』

でてくれたのは安田のお母さんだった。インターフォンのカメラで姿はばれてる。

「はい、こんばんはおばさん。誉君いますか」

『うーん……ごめんね、ずっと部屋にこもってて食事もしてないの。ちょっと呼んでくる』

これもいつもどおり。

「すみません、お願いします」と頼んでしばらく二階の安田の部屋の窓や、自分の黒い影がのびる夕暮れ色の路地を眺めて待った。

十分か十五分か、ようやく玄関のドアがひらいたと思ったら、現れたのはお母さんだった。

「ごめんね、やっぱり駄目みたい。またちょっと悩んでるのかも」

若くて華奢《きゃしゃ》で愛らしいお母さんは、左耳の下でまとめた髪を揺らして頭をさげる。

「あいつ、どんなようすなんですか。不機嫌そう？」

「うん、そうだね……『ほっといてよ』って言ってる」

お母さんが申しわけなさそうに苦笑する。ここまですべてなじみのやりとりだ。

以前このながれで家のなかへ招かれ、安田が部屋からでてくるのを待たせてもらったこともあったがでてくることはなく、結局お母さんとお茶して談笑しただけで終わった。

「あの子、またお仕事の締め切り間にあってないの……？」

眉間にしわを寄せて、お母さんの表情もだんだん曇っていく。

「いいえ、ふたりで話したいことがあっただけです。心配かけてすみません」

「そうなのね」

「はい」と、からっと笑って、しかたなくひきさがることにした。

さよならの挨拶をかわして頭をさげ、踵《きびす》を返す。すこし歩いてふりむくと夕日を背にお母さんが手をふってくれている。日ざしを照り返す二階の窓はなんの変化もない。

家の鍵をあけているときにちょうどスマホが鳴った。いさんで確認すると安田だった。

『家にくるのやめてくれよ』

は⁉　一日中やきもきさせておいて言いたいのはこのひとことだけかよっ。

苛々しながら玄関で靴を脱ぎ捨て、電話をする。でない。あんちくしょう！

『おまえが連絡寄こさないから会いにいってるんだろうが』

部屋のこたつへ入って返信する。

『ぼくは本宮と違う。本宮みたいになんでもかんでも口にして他人にぶつかっていける人間だけじゃないってなんでわからないの？　世の中には本心とか本音とか言わないつきあいだってあるんだよ。本宮の強引なやりかたがぼくはいつも嫌だった。家にこられると母さんまでがたがたうるさいから本当にやめて』

はあ？　はあ⁉

『俺だって言いたいこと全部言えてるわけじゃねえよ。他人にあわせて我慢してることだってあるに決まってるだろ』

『ぼくには言うじゃないか。怖くないからだよ。ぼくのことを見くだしてるからだよ』

ぶん殴ってやりてえ……。

『安田のことは同い年で対等だと思ってる。でもコンビとしてはおまえを尊敬してるよ。俺はおまえがいたから仕事をもらえてるんだ、って思ってるんだよ。コンビ解消は大事な話だろ、そこはおまえを気づかって、なんにも話しあわないで黙って終わりにする意味わかんねえよ。

そんなの優しさでもなんでもないだろ。逃げるおまえを甘やかすってだけだ。おまえがビビりの根性なしなだけなんだよ』

スマホを両手で持って画面を睨みつけて返事を待った。右の歯を嚙みあわせて焦れていたら、ピピと鳴って短い文章が表示された。

『ごめん。でも電話でちゃんと話せる気がしないからメールで話させて』

ちったあ冷静になったか。

『うん、いいよ』と送ってため息をついた。

キッチンへいき、紅茶のペットボトルをだしてマグカップへそそぐとそれをレンジで温める。再びこたつへ入って紅茶を飲んで待っていたら、やがてかなり長文のメールが届いた。

『このあいだ本宮にひとりで仕事していいって言ったけど、ぼくは二年ぐらい前、高校卒業して専門学校に入ったころから本宮にも賢司さんにも内緒でイラストレーターの仕事をしてた。基本ライトノベルの挿絵《さしえ》とソシャゲの絵が中心で、そっちでは可愛いヒロインとか格好いいヒーローを描いてるよ。担当した作品の評判もよくて、楽しいし嬉しい。本宮のデザインを絵にするのが嫌なわけじゃないし、創ってきたキャラにはもちろん愛着もある。だけどデザインを絵に起こしてるだけじゃぼくは絵を描く楽しみをどんどん忘れていく。自分はなんで絵を描き始めたんだろうって、わからなくなる。本宮のキャラだけ描きたかったわけじゃない。ぼくだって自分で人間やモンスターをデザインして、創って、自分らしい絵を描きたい。高校とか専門学校で、自分より絵がうまい人間のいる環境で毎日劣等感を抱えて帰ってきて、それで本宮からデザインが届くと悔しくてたまらなかった。本宮はいつも楽しく、斬新な、格好いいデザインをしてくるよね。本宮も創る苦しみってあるんだろうけど、ぼくには楽しんでるってことしか伝わってこなかった。ぼくが苦しんでるぶん、本宮は脳天気に好きなことしてられるんだって、勝手な八つあたりもしてたよ。ひとりでやる仕事も最初は楽しかったけど、そんな煮詰まった気分でいるとどんどん余裕がなくなって、ありきたりなものしか描けなくなったりした。本宮に頼めば、きっと珍しい衣装とか、マスコットキャラとかを、完璧にデザインできるんだろうなって思うとますます嫉妬した。でもおなじぐらい罪悪感があって、うしろめたかった。それで去年、賢司さんにはひとりでべつの仕事もしてるってこと話した。いつかちゃんと自分から本宮にうち明けなって言われたけど、今日まで言えなかった。本宮と創っていくのがもう辛い。ぼくも本宮を尊敬して羨んでるから辛い。ぼくは本宮のキャラを描く資格もないと思う。だからコンビ解消してほしい。勝手言ってごめん』

……届いたメールを二回読んで、次に重要な文章を拾いながら咀嚼《そしゃく》して理解しようと努めた。でも気持ちの整理がままならず、自分の感じたことや結論もわからなくて言葉にならない。

『うち明けてくれてありがとう。ちゃんと考えるから時間ちょうだい』

それだけ送ってスマホをおいた。

夕飯の買い物がてら自転車で走りにいこう、と決めて家をでた。十一月の夜はさすがに寒くて、マフラーを隙間なく首にしっかり巻く。けどいまは、すこし刺激を感じるぐらいが頭も冴《さ》えてちょうどいいかもしれない。

澄んだ晩秋の風が吹き抜ける夜道を走る。夜空は透きとおっていて、月も星もくっきり綺麗。

自分はいまどういう感情でいるんだろう。茫然と……いや、愕然《がくぜん》としてる？　なんだかそんな表面的なことさえはっきりしない。

ショックだった。それは事実だ。安田と大柴さんに騙され続けていたから。

安田が俺を憎んだり羨んだりしていたことも、自分が安田の苦しみの原因になっていたこともショックだった。でもそれ以上に、俺は安田の絵に対する情熱に、圧倒されたように思う。

安田の言うとおり、俺はいつも楽しんでいた。安田が清書してくれるから、と安心しきって信頼しきって、デザインする楽しさに没頭していた。子どものころとおなじ無邪気さで楽しく創り続けていられたのは、安田がいたおかげだ。そしてそれを自覚していたから万が一安田とコンビを続けられなくなったら辞める気でいた。あっさり。簡単に。なんの執着もなく。

この仕事に、俺は常に消極的だった。お金をもらっているのも申しわけない気持ちでいた。デザイナーだと名乗るのも気がひけた。学生時代のみのバイト感覚でしかなくて、大学を卒業したら就職して、どちらにしろ辞めるつもりでいた。俺みたいな遊びの延長でやっている奴がプロとしてご飯を食べていけるわけがない、と納得していた。だけど安田は違う。絵を描いて生きていこうとしている。個性をめいっぱい表現して、自分自身の才能を世界に叩きつけて、そうして生活していきたくて足掻いている。

安田の枷《かせ》になりたくない。辞める時期がいまだったたってだけだ。なのになんだろう。なにかが心にひっかかる。

就職しても安田とコンビで仕事をしたいから？　趣味で創り続けるのはもの足りないから？　いや……どれも本音ではある、けどしっくりこない。

前方に弁当屋を見つけて自転車をとめ、メニューのなかで目についた生姜《しょうが》焼《や》き弁当を適当に注文した。できあがると右のハンドルに袋をぶらさげて再び自転車をこぎ、河川敷のサイクリングロードを走って家へむかった。まだ帰りたくないな。そう思ったときスマホが鳴った。

『結生？　こんばんは』

大柴さんだ。

「はい、こんばんは」

河辺へ下り、外灯のあるベンチ横へ自転車をとめておりた。河と草と冬の匂いが鼻を掠める。

『どうしてるかなと思って電話してみたよ。いま外だったかな？』

すべて把握しているような口ぶりで訊《たず》ねてくる。

「外だけどひとりだから大丈夫です。どうしてるかって、どういう意味ですか。……って訊くのは大人げないですよね」

大柴さんが苦笑した。

『ごめん、嫌な訊きかたしたね。もちろん誉のことだよ。昨日結生にコンビ解消の話をしたって報告受けたから、気になって電話してみた』

……やっぱり知ってたんだな。ベンチに座って白い息を吐いた。

「いままだ考えがまとまらなくて悩み中です」

『具体的になにを悩んでる？』

「はあ……。安田が俺のことどう思ってたのかっていうのも、だいたい聞かせてもらえたとは思うんです。それでショックだった事柄ももちろんあったにはあったんですけど、それより、なんていうか……あいつは本物なんだなって感じました」

『本物？』

「負けたくないとか悔しいとか、俺はそんなこと考えないでここまできたから。むしろみんなプロで、俺だけ素人だっていう感覚で、はなから諦めてまわりを見ないようにしてきました。だけどあいつは真正面からぶつかってぐるぐる悩んでる。本気なんです。俺とは違う」

『本気ならコンビを続けてフリー活動もこなせるようになれって、俺は思っちゃうけどね』

　にこやかに言われて、うっ、とつまった。

「副社長は厳しいですね……」

『そう。俺はビジネス目線でしか見られない。クリエイターの気持ちを慮るには、思いやりが足りないと思うよ。常日頃反省してる。こういうところが氷山はうまいんだよなあ』

　氷山さん。

『まあ、それで？　結生は誉のためにコンビを辞めてあげようと思ってるのかな。氷山の仕事を持ちかけたときも〝自分は誉がいないと仕事にならないから場合によっちゃあ辞める〟って簡単に口にしてたよね』

　うつむいて、砂利を左足で掻きまわした。冷えた風がながれてきて草を揺らしている。

「……コンビは、安田の気のすむようにしてやりたいです。続けたとしても俺があいつの足ひっぱるならいい相方とは言えないから。ビジネスむきじゃなかろうとなんだろうと、俺は安田に才能があるって知ってるんです。迷いながら頑張ってるあいつを応援します」

『ふむ。結生自身はどうするの』

「自分のことは、いま手もとにある氷山さんの仕事をこなしてから考えます。安田ほどのプロ意識があるのかって考えると、やっぱりまだわからないし……そもそも自信がないんですよ。俺がデザイナーを続けていけるのか」

『〝自分には才能がある〟って自信満々に確信して仕事してるクリエイターはなかなかいないと思うけどね。たとえ最初自信があっても、仕事をしていれば誰だって迷うものだと思うよ。結生もさっき自分で言ってたでしょ。本気だから誉は悩むんだって』

「あ、はい……や、でも、俺はほんとに、安田に支えてもらって仕事になってただけだから。迷うっていうのも安田とは比較にもならない、次元の低い迷いなんですよ」

子どもが〝遊びを続けていいのか〟って悩むのと、絵描きが〝いまある才能を維持できるか〟って悩むのとじゃ雲泥の差だ。大柴さんが『うーん』と唸る。

『結生はエゴサってしないんだっけ』

「エゴサーチですか？　しませんよ。俺たちのコンビ名って探しづらいし、モンスター名だと『やっと殺した』『うざかった』とかばっかなんで、最初のころ懲《こ》りてやめました」

『そうか。いやね、結生も結構評価されてるんだよって教えてあげたいだけなんだけど』

「評価ですか」

『氷山と話したならわかるんじゃない？　あいつは俺が昔インタビューでふたりのことを紹介したあと、ずっと結生と仕事したいと思ってたらしいからね。キャラデザをしてるのが結生だって知って以来焦《こ》がれてやまなかった、自分には結生のキャラたちをもっと素晴らしいかたちで生かすことができる、その理想がある、ってえらい語ってたな』

「……はい」

どんな表情と熱意で語ってくれたのか容易く想像できてしまう。

「氷山さん、俺のモンスターを〝キャラ〟って言ってましたか」

『ああ、〝ユキの子たち〟って言ってたね』

胸が痛んで、右手で押さえた。

『俺は結生を氷山にひきあわせて仕事を始めれば、親密すぎた結生と誉のあいだの風とおしがよくなって、それぞれが自立した、新しいコンビにレベルアップできるだろうと期待してた。コンビでありながらそこに縛られず、おたがい自由に創作を楽しんでいけるようなね』

「え……俺に氷山さんを紹介したのも、全部大柴さんの計画のうちだったたってことですか」

『ひどいことかな？　全員にメリットがあったんだよ。結果的に喜ばしくない方向へ傾き始めてるけど』

この人の掌の上で転がされていた、と感じてゾッとした。

「や、はい……ひどいっていうと違うけど……大柴さんは相変わらず、ちゃんと自分の利益を考えてるなって思って」

『利益というなら、俺は結生を辞めさせたくない。誉とコンビ解消するのであればうちに就職してキャラクターデザイナーとして働くっていうのはどうだろう』

「えっ」と驚いたのと同時に、寒さで震えて肩が竦んだ。

『うちは結生の才能を求めてるよ。この業界へスカウトしたのも俺だ、道は用意してあげる。それもふまえて今後について結論をだしてごらん』

俺が大柴さんの会社にデザイナーとして就職――そんなの考えたこともなかった。だいたい俺の力は会社に就職させてもらえるに足るほどのものなのか？　創作とか才能で生活していくなんて、自分とは無縁の、夢の世界で生きてる人間だけに与えられる選択肢だと思っていた。

「大柴さんの気持ちは嬉しいです。けど、すこし混乱してきたので……ひとりでゆっくり考えさせてください」

『もちろんいいよ』

笑顔でこたえてくれたのがスマホ越しでもわかる。

いい加減冷えてきた身体をさすって夜空を仰いだ。風に乗って目もとと頬をくすぐる髪まで冷たい。吐く息が白くまるくひろがって消えていく。

「……大柴さんってやっぱ、知れば知るほど怖いですよね」

優しくもあるけれど、敏腕というか策士というか……こういう性格じゃないと、業界大手の会社の副社長は務まらないんだろうなと痛感させられる。

『だから俺は癒やし系だってば。家に帰ったら恋人にもにゃんにゃん甘えてるよ』

「にゃんにゃんですか、へえ……」

大柴さんが『ははは』と笑う。幸せそうな笑い声だった。爆発してほしい。

じゃあまた、と挨拶をかわして通話を切る。は、と息をついてベンチから立ち、スマホをコートのポケットにしまってまた自転車へ跨がった。弁当もきっととっくに冷えてる。帰って、チンして食べよう。

食事と風呂をすませて机へむかってみたものの、仕事は捗《はかど》らなかった。諦めてベッドに座り、窓辺へ寄りかかって外を眺める。

——俺がとくに好きなのは〝もくも〟と〝おかげ〟だ。スマホの待ち受けにもしてる。

——おまえは生まれながらの創作家だ。おまえが今日まであたりまえにやってきたことは、ほかの誰もができることじゃない。そしておまえが創ってきた子たちは、おまえにしか生めない。俺はそれが欲しい。おまえの創る子たちが愛しいんだよ。

自分がなににひっかかっているのかだんだんわかってきた。

昔なら〝辞める〟と言えた。来年から就職活動だし、ちょうどいい時期に転機が訪れただけだと結論づけて終わらせたに違いない。でも俺は氷山さんに会ってしまった。

辞めるって言ったら残念がってくれるかもしれない。俺の創る子たちをもっと見たかったと言ってくれる気もする。氷山さんががっかりする選択はしたくない。あの人が見ていてくれるなら、俺も本気で、真剣に、このささやかなけなしの才能をみがき続ける努力をしてみたい。

殺されるだけの厄介者でしかない俺らの怪獣やモンスターを好きになってくれた人だった。ユーザーに愛着を持って育ててもらおうと言って、いまは生かす場までくれようとしている。

氷山さんとつくるゲームを最後にできるならそれもいい。それも幸せだ。〝死ぬだけだったモンスターを、現在ではユーザーが愛しんで育ててくれています、ちゃんちゃん〟って終えられたら、俺のデザイナー人生物語はとっても幸福な結末じゃないか。だけど大柴さんの会社に就職すれば、物語は続いていく。氷山さんとの仕事やセフレ関係が終わったあとも、どこかで俺の創る子たちを氷山さんが見ていてくれるかもしれない。

ならば仕事を続けていきたい。安田に甘えるのもやめて創り手として自立して、絵の勉強をしながら立派なキャラクターデザイナーになりたい。

安田もこんな気分だったんだろうな。やっていこう、と前をむいてみれば、俺だって劣等感ばかり湧いてくるよ。画力もない、発想力も乏しいって、足りないことや自信のなさが次から次へと浮かんできて恐怖でいっぱいになる。それでも諦めたくないんだろ。俺もおなじだわ。

どうせこれからも家に帰ったあとのひとりの時間にモンスターたちを創っていくことに変わりないし、仕事を継続するか趣味に戻すかってだけの問題だ。そして仕事で続けていく覚悟は氷山さんがくれた。てか、氷山さん中心に生きるのはやめろって話だけどな……。

窓の外で近所の飼いイヌが吠《ほ》えている。深夜の景色は氷山さんの部屋で見たのと全然違う。七階から眺めた街はにぎやかで綺麗だった。俺のとこのはしんとしていて光もほとんどないせいか、人間の気配がなくて寒々しく淋しい。けど感じるものはさして大差ないかもしれない。にぎやかさが生む空虚感と、静寂がかもしだす孤独感はどっちも似ている。

……安田、ほんとにコンビ解消するのか、俺たち。おまえべつの仕事してるって言ってたし、毎度のごとく往き詰まってむしゃくしゃしてるだけで、落ちついたらからっと〝へこんでどうかしてた、やっぱりあれはなしにしてほしい〟って掌くる～なことほざきだすんじゃねえの。大柴さんの言うように、コンビで活動しながらフリーもこなしていけるようにはなれない？そのチャンスすらもうないの。ないか。

中学のころは楽しかったな。〝好き〟っていう思いだけを安田と一緒に追求していられた。ドラゴンの皮膚のしわとか、筋肉のたくましさとか、あいつの線と色の再現力ったらすげえの。

中学生とは思えない画力で、めちゃんこ興奮した。描ける幅もひろくて、可愛いモンスターも理想どおりのキュートさだったりチャーミングさだったりしてさ。

俺、安田の絵が大好きだった。俺が興奮して褒めると、あいつは〝ありがとう〟ぐらいしか言わないんだけど、決まって真っ赤な顔してにっこにっこ照れて笑ってくれた。『また描くよ、デザインしてよ』って催促されると俺も嬉しくて、調子に乗っていくらでも創った。

最近あいつのあんな顔見てなかったな。つうか、あいつが描く可愛いヒロインとか格好いいヒーローってどんななんだろう。人間の絵、もうずっと見てない。俺あいつが担当したソシャゲとかライトノベルの絵、たぶん見つけられない。コンビなのに。

学校で課題やって、仕事で俺のデザインを絵にして、あいつが心から楽しく絵を描いていられた時間ってあったんだろうか。あいつに自分のデザインした子たちを生かしてもらって俺が喜んでいたあいだ、あいつは自分の情熱を発散する場所を求め続けて、ずっと俺にも言わずに我慢して、いままで耐えてくれていたのかな。耐えて、くれていたんだよな。

ぽこん、とふいにスマホが鳴った。

ベッドの枕もとで光っているそれをとって画面を見る。

『恋人のクマさんがオンラインになりました』

え……『アニパー』のログイン通知？　こんなのあったっけ。

今日は仕事がたまってたんじゃないのかよ、と通知の文字を眺めて、う〜……と唸り、顔面をしわくちゃにしかめながら『アニパー』のアイコンを押した。くっそ、追いかけたら駄目だってわかってるのにっ……。

部屋のソファやテーブルが表示されて、白いトラのユキも現れる。友だちリストをひらいてみるとクマさんもオンラインになっている。……セフレ探しにきたのかな。千パーそうだな。声かけたいけど氷山さんがセフレ探してるんなら邪魔するだけだし、どうしよう。

——(タイミングいぃな)

わ、話しかけられた。どきっとさせんなこんにゃろ。

——(あんたのログイン通知が届いたんだよ。だからどうせまたエロいことする相手探してんだろって嗤いにきてやったぜ)

——(あーそうか。恋人には通知がいくらしいよな)

——(そうなの?)

——(この前気づかなかったか? 俺がおまえに手紙送ったとき)

——(気づかなかった。お手紙の通知だけ見てすぐログインしたから)

——(慌てて読みにきちゃって可愛い～)

……むかつく。

——(てか忙しいんじゃないの?)

——(会社で休憩中だよ。今夜は残業)

時計を見ると、そろそろ日づけが変わろうとしている。

——(大変だね)

——(好きなことだから辛くはないよ)

あーなんだろな。こういうとこも好きだな……なんかよくわかんないけど涙でてくる。

――（でもセックス相手は欲しいんだ？）
――（は？）
――（アニパーにくるの、そういうことだろ？）
性欲旺盛なんだよこのクマは。
――（ああそうだな。抱く体力はないからフェラだけしてくれる相手が欲しいな）
フェ……！
――（サイテークマ！）
――（おまえは下手そうだ）
――（したことねーし！）
――（たぶん素質ないよ。おまえがさつだから、がっぷがっぷ噛まれそう）
――（ざけんなっ）
ちくしょう、腹立つ……。
――（つーか氷山さんフェラ好きなの？）
好きなら、もう一度セックスできる機会がもし万が一奇跡的にあったとき、してあげたい。
――（いや、好きじゃない）
えっ。
――（なにそれ、してほしいって言ったくせにっ）
――（どっちかっていうとするほうが好きだし、フェラしてもらうぐらいなら挿入れたい）
そうだった。……俺、肝心な最後の挿入を我慢させてたね。

——（ならエッチする？）
——（どうやって）
——（クマさんの部屋で）
——（またそれか）
呆れたようすの返事を無視してクマさんの部屋へ移動した。
白いクマはマフラーとコートとパンツとブーツの温かそうな格好をしてソファに腰かけている。ただのアバターのクマなのに会えて嬉しい。今日は目まぐるしい一日だったから変に胸がつまるよ。大好きだよ。
——『きてやったぜエロ助ダーリン』
——『ふざけた呼びかたするな』
とんとんと歩かせてユキを傍へいかせると、クマさんもソファからおりてきてユキに近づき、いきなりぎゅっと抱いてキスしてくれた。
——『結生、おまえ本当にヤりたがりだな』
——『どっちが』
——『若いってことか』
——『氷山さんの下半身には敵《かな》わねーよ』
俺もクマさんを抱きしめてキスをする。ちゅ、として終わり。外国人の挨拶のキスって感じだな。大柴さんまでディープキス増やしてくれないかな。
——『じゃあしよう』

俺から誘って、エッチするアイコンを押した。ユキがベッドの横へ走っていく。すこし間をおいてクマさんも走っていった。ふたり仲よく布団のなかへもそもそ入っていく。そしてふくらむ布団と、飛びかうハート。

――『虚しいな』

大きくふくらんだ布団の上にクマさんの言葉が浮かんできた。

――『そんなことないよ。ユキがいまフェラしてあげてるよ』

――『いたたた』

――『おいっ』

――『牙が刺さってる、辛い哀しい』

――『気持ちよくしゃぶってるってば！』

――『苦行だ』

こいつっ……。俺たちが言い争っているあいだにクマさんとユキはベッドからでてならんだ。どことなくすっきりした顔に見えて恨めしい。

――『俺だって教えてもらえたら気持ちよくできるんだからな』

――『そうか。そいつが羨ましいな』

ん？　そいつって……あ、俺の未来の彼氏ってことか？

――『おうよ。俺の旦那さまは毎日俺にフェラされて腰砕けだぜ』

――『お幸せに』

どうでもよさげな素っ気ない返事がきた。……フン。

——『そろそろ仕事に戻る。いい息抜きになったよ』
さよならだ。
——『うん。俺も楽しかったよ、ありがとう』
ごめんね。結局セフレ探しの邪魔しちゃったけど、ほんの数十分でも相手してもらえて嬉しかった。
——『氷山さんさ、いくら仕事が好きでも疲れはたまるんだからあんまり無理するなよな』
日も変わった。深夜まで仕事ご苦労さま。弱ってた今夜だから氷山さんに会えてよかったよ。くだらない話をしてても相手が氷山さんなら胸が弾んで温かくなる。太陽がそこにいるみたいに眩しくて熱くて溶けそうになる。困って腹立つぐらいにな。
さよならの挨拶がわりに結生に手をふらせると、クマさんがユキの正面へ歩いてきて、また抱きしめてキスをした。
——『おやすみ結生』
ひとこと残して消えてしまう。クマさんの部屋にぽつんとユキだけひとりになる。

『コンビ解消のこと考えた。俺は安田に甘えてたところがたくさんあったなって改めて反省したよ。俺のほうがこのまま続けていきたいなら、ひとりで頑張っていかなくちゃいけないことに気づいた。おまえがいま仕事してるなら落ちついたころにでも会おうよ。コンビじゃなくなったらただの友だちなんだから、いつもみたいに遊ぼうぜ』

安田にメールをして、俺もまた仕事に本腰入れてむきあった。一日経った夜に返事が届いて『月末にいまやってる仕事が終わるから、そうしたら会えるよ』とあり、そのあたりでもう一度連絡をとりあって会う約束をかわした。

大柴さんにも報告した。

『わかった。ふたりで会って、正式にコンビ解消したらまた教えてくれる？　結生も就職の件で知りたいことがあればいつでも聞くよ』

安田は就職ってどうなんですか、とも訊ねてみた。

『うちに所属してもらうと他社で仕事をさせてあげられなくなっちゃうからイラストレーターは難しいんだよね。誉の画力ももちろん欲しいけど、本人がそれを望まないんじゃないかな』

安田は自分の絵をいろんな場で描いていきたがっているからたしかに嫌がりそうだ。一緒に就職して、またいずれコンビで仕事する機会を期待するのも無駄ってこと。

大柴さんには懐いてると思うんだけどな。いつの間にか〝賢司さん〟って呼んでたし。でもまあ、それと絵を仕事で描いていくっていう志はべつだろうな。

日が経つにつれ、だんだんと冬が深くなっていく。街は華やかなイルミネーションと音楽に彩られて、恋人たちの季節って雰囲気がむんむん。コンビニへいくと、クリスマスケーキやらおせち料理やらの予約まで始まっている。

日中は大学へいって、帰りは散歩して心惹かれた景色や電飾や野良ネコを撮って、適当なご飯を買って帰宅する。それから氷山さんの会社のゲームのキャラデザをする。ひとりぼっちで時間だけがどんどん失くなっていく。

再び十日間ほどかけて次のモンスター三人を創り、草野さんへ送ったころには十一月下旬になっていた。寒いわけだよ。

次にもらったテーマにそって新しいモンスターたちを考えようにも、散歩が辛い季節突入。大学のサークル室と自分の家がとくに寒い。一歩踏み入れてストーブをつけるまでがしんどい。人肌恋しくて淋しくて、ひとり身がもっとも沁《し》みる時期だぜ。ちっ。

ぼっちで凍えていると、俺は友だちがいないんだな、と実感する。こんな夜に〝ラーメンでも食いにいこうぜ〟とメールできる相手も、長電話につきあってくれる友だちも浮かばない。いるにはいるんだけれども、たぶん俺がしたい話を聞いて、笑い飛ばしてくれる相手じゃない。

俺ね、会いたい人がいるんだ、ふざけた片想いなんだよ、って酒呑んで絡んで、おまえまじでめんどくせー乙女野郎だな、って笑ってくれる友だちが欲しい。俺は自分がもっとも悩んで持てあましている性指向を暴露しない限り、友だちっていうか、親友をつくれないんだろうな。永遠にぼっちだ。

豊田はそれわかってるからカミングアウトしてんのかな。自分を嘲笑《ちょうしょう》する奴らは相手にしないで、じっくり人間を観察して、偏見を持たない奴だろう、と判断した相手とだけつきあう。あいつは自分を窮屈な世界へとじこめずに生きる術《すべ》を知っている。それを器用と感じるか不器用だと嗤うかは人によって価値観が違うんだろう。事実なのはあいつが納得しているってこと。俺がいま、自分のつくっている環境を孤独だと感じてしまっていること。

親友かー……と思いながら仕事を終えて机を立ち、スマホ片手にベッドへ倒れた。暗闇のなかで液晶のライトだけを頼りに『アニパー』へログインしてみる。

氷山さんとはずっと会えない。ログイン通知は届いているものの、会社員のあの人が『アニパー』をするのは日中の昼飯時か夜中が多くて、俺は大学にいたり爆睡していたりとすれ違い気味だったから。

あの性欲旺盛クマはまたセフレ見つけてずこばこしてるのかもしれない。フェラ上手な男と会って、〝おまえの舌テクは悪くない〟とか褒めてべろべろキスしてそ〜……くそ。

スマホにユキが現れた。友だちリストのクマさんはもちろんオフライン。

誰かと話したいことに変わりはないので、そのままゲイルームへ移動した。

――『こんばんは』

入室したら、中央にあるソファの左側にふたり、そのむかいの右側にひとりの人がいた。

左側は灰色のオオカミのシイバさんと、白いキツネのゴウさん。右側は黒いクマのタケさん。

ゴウさんはこのあいだも会った。ほかのふたりは初対面で、プロフィールを見るにタケさんは恋人募集中の二十六歳会社員。シイバさんも会社員だけど三十七歳の彼氏持ち。

『こんばんは』とみんなも挨拶をくれる。

俺は空いているタケさんの隣にユキを座らせた。

――『なんのお話してたんですか？』

――『恋バナだよ』

シイバさんがにっこり笑顔のアクションつきでこたえてくれる。

――『みんな幸せそうで淋しかったんだよ〜。ユキ君がきてくれて救われた』

タケさんは水色の涙をこぼすしぐさをする。ここでフリーなのは俺とタケさんだけか。

——『ゴウさんとは二度目ましてですね。みんな幸せそうってことは、ゴウさんも片想い相手と恋人になれたんですか？』

——『クリスマス一緒にいたくて告白しました。運よく応えてもらえてらぶらぶです』

幸せ絶頂リア充かい……。

——『羨ましいなあ。俺もクリスマス一緒に過ごす恋人欲しい』

俺もタケさんとおなじ泣くしぐさをした。強そうな白いトラがぽろんぽろん涙をこぼす。

——『ユキ君もお相手がいるんでしょう？　いつの間にか恋人登録してるじゃないですか。その人が誰か、ぼくはあてられる気がするな』

ゴウさんに、いししし、といたずらっぽく笑うしぐさをされてどきりとした。そうだ、恋人登録するとプロフィールのアイコン横にハートマークがついてばれるんだった。

——『なに言ってるんですか、俺フリーですよ。あの人とは全然ちっとも、これっぽっちも恋愛っぽいことないですから』

——『おや。あちらはユキ君に好意を持ってそうだったけどなあ』

んっ？

——『ないない、なんであっちが？』

——『強いて言うなら男の勘』

——『は⁉　どこに勘の働く要素あったんですか、あいつ俺のことからかってるだけだし、セフレしかいらないって言ってるんだからありえないです。ゴウさんも聞いたでしょ？』

——『勘違いなのかな』

ほんとやめてくれ嬉しくて顔がにやける……。
――『じゃあ恋人登録した相手は誰なの？』
う。
――『それは単なる素敵な人』
――『ほほう』
ゴウさんは目尻がややあがったキツネらしい目をしてるから、すべて見透かしているような意味深な笑顔にも見えてくる。
――『ならユキ君、俺とつきあおうよ』
タケさんがナンパしてきた。
――『俺もゴウさんの話聞いてて、クリスマスにひとりは嫌だな～と思ってたところだったんだよ。ユキ君も恋人募集中なんだろ？　今度会ってみない？』
いきなり会おうって、氷山さんみたい。しかもこの人もクマなんだよな……黒いけど。
――『俺まだタケさんのことよく知らないし、もうすこし話してからのほうがいいな』
――『会って話そうよ。俺ネット恋愛は信じてないから、つきあいたい相手とはすぐ会うタイプなんだよね』
――『あーそうだね、ネットでだらだらするのはどうかなって俺も思うけど』
――『ね、会おう。外見の好みだってあるだろうしさ、実際会っちゃってイケるかイケないか判断したほうがいいよ。お兄さんがおいしいご飯おごってやるから』
『強引だな』とシイバさんが言った。

──『タケさん、もうちょっとユキ君にも考える時間あげたら？』
──『や～、俺それやって何度か失敗してるんですよね。だからこの子いいなって思ったらリアルでさっさと会いたいんですわ』
──『相手を察することができなきゃ、どのタイミングで会おうと恋人にはなれないよ』
ひえ、シイバさん格好いい。
──『きっびしいな～』
タケさんががっくりしてうつむく。はは、このしぐさはちょっと可愛い。
──『今年もクリスリスぼっちかなー』
その落胆はすげえわかる……うーん、どうしようかな。ネットの文字の印象とリアルで会ったときの感じってたしかに違うんだよな。恋人欲しいんだから渋る必要もないっちゃあない。単に俺がエロ助クマのことひきずってるだけで。
──『ユキ君、友だちになるために会うってのはどう？』
……友だち。
──『うん、それならいいよ』
──『よっしゃ！』
素でつきあえる親友は欲しかったたし、恋人前提より気軽に会えて嬉しい。それで理想どおりの男だったらもうけもんじゃんか。セックス魔神の氷山さんに執着するばかな乙女男を卒業できるチャンスだぞ。
──『ユキ君東京住みで都合いいよ。俺も東京だから、そうだな待ちあわせはー』

タケさんが決めてくれたのは氷山さんと最初に会った駅で、このあいだも待ちあわせに利用した街だった。びっくり。まあ都内で会うってなったら誰でも思いつきそうな場所だけどさ。

——『わかった。じゃあ明後日、日曜の夜八時に駅改札ね』

友だち登録もして約束をすませた。——『ユキ君、気をつけてね』

シイバさんが心配してくれる。

——『怖いお兄さんだったらすぐ逃げるんだよ』

ゴウさんもからかいまじりに便乗する。

——『ふたりともひどいっすよ～』

タケさんはまたがっくり頭を垂れた。あはは。

——『平気、俺も男だから。タケさん、明後日よろしくです』

俺もみんなに応えてユキにおじぎをさせた。

氷山さんこなかったな。残業してるのかな——って、いまもまだ考えてる。会いたい、って思ってくれない人を待つのがばかだ。あの人は仕事相手、セックスしか求めてない人。忘れろ忘れろ。俺は楽しく幸せに健全な恋愛をして人生をきちんと生きていく。

俺が『アニパー』を落ちて寝た数十分後の深夜一時に、氷山さんのログイン通知があった。

気づいたのは朝で、すれ違いだった。誰と寝る約束をしてるんだろう、淋しい、って真っ先に想っちゃって、やっぱ乙女なばか野郎だ俺、って朝から自嘲《じちょう》した。

モンスターをひとり創り終えて、夕飯も食べてから待ちあわせの駅へでかけた。

またここから始まるなんて、と運命じみたものを感じてしまうのは、乙女なのか普通なのかわからない。口のなかで小さくなったのど飴を噛み砕いて、スマホ片手に、ほ、と息をつく。

『着きました。改札でて売店のとこにいるよ。こっちはボアつきの白いコートと茶色セーター。タケさんは？』

あの日みたいに『アニパー』からお手紙を送った。するとすぐに電話がきた。

『こんばんはユキ君。白いコートは目立つね、俺たぶん見つけられたよ、いまいく』

「あ、はい。お願いします」

声は氷山さんほどイケボじゃないな。

「ユ〜キ君」

通話を切って『アニパー』もとじたら、左横から声をかけられた。百九十センチ近くあるんじゃないかってぐらい長身の、がたいのいい短髪体育会系男子。寒いのにコートの前をあけて、胸板のラインが浮きでるほど薄い長袖シャツ一枚で立っている。ラグビーでもしてたのか？

こりゃなかなかのクマだわ。

「……と、こんばんはユキです」

「うん、俺タケ。よかった、一発でわかったね。つーかユキ君すんごい可愛いな、女の子にもモテるでしょ？」

「男にがんがんモテたいです」

「ははは、それな」

びし、と右手の人さし指をむけて真顔で同意された。俺も笑う。

「タケさんは男にモテそうじゃないですか。なにかスポーツやってたでしょ？」

「あー俺それよく言われる。スポーツは高校の部活どまりなんだけどねー、いかにもホモウケしそうなタイプだよなってノンケにも言われるよ。でもさあ、モテてたらネットなんかで男漁ってないって」

「それな」

俺も右の人さし指をびしとつきつけてタケさんを真似て応えた。タケさんが「あはははっ」と豪快に機嫌よく笑って俺の背中をばんばん叩き、歩くよううながす。

好みのタイプじゃないけどノリはあうのかも。まさに友だちって感じで嬉しい。

「ユキ君は夕飯食べた？」

「あ、はい。そうだ、俺食べてきちゃいました」

これはあの日の自分と違う行動。

「いいよいいよ、じゃあちょっとゆっくりできるところいこうか」

「すみません」

ならんで歩いて駅をでる。空は暗くて、明日からまた仕事や学校の日常が始まる日曜日でもあるっていうのに、この街はむしろ夜が深まるにつれ人がどんどん増えているように見える。

人ごみを冬風がすり抜けてながれてきて頬や腕や脚をなぞっていった。さみぃ。

「タケさん寒くないんですか」

「この程度なら大丈夫」

「元気ですね」

「元気にもなるよ、ネットでこんな可愛い子と会えること滅多にないからね～」

なんかすげえ持ちあげてくるな。可愛げがある、って言われた経験しかないぞ俺。

ずんずん歩いていくタケさんについていく格好で人ごみをよけて夜道をすすんだ。信号を渡ってロータリーを抜け、繁華街へ。服屋や雑貨屋、居酒屋にライブハウスを尻目に坂をのぼり……ん？　おい待て待て。

「タケさん、どこいくの」

「いーところ」

語尾にハートマークがあった。真っ白い歯を覗かせてにかっと笑ってやがる。ふざけんな、この先がラブホ街だってのはずこばこ魔神クマのおかげでこっちはちゃんと知ってるんだよ。

「ねえ、ゆっくり話ができるとこにいくんだよね？　俺こっちに用事ないんだけど」

「安心しな、ゆっくりできるところだよ」

あーそーですね。まったくおなじ言葉で誘導されたこともあったよ。おなじ場所、おなじセリフ、本当なら運命感じていいところだろうな。でも悪い、全然ときめかねえ。

「友だちになるって約束だったでしょ？」

案の定ラブホ街に入ったところで嫌気がさして足をとめた。

「なに怒ってるの？」

「とぼけなんなよ、タケさんラブホ入るつもりじゃん」

「ゲイ同士でも気兼ねなく話せるよ？　ついでに気持ちよくなれたらサイコーじゃね？」

「タケさんと気持ちよくなる気、さらさらないんだけど。てか失せた」

ぐにゃ、とタケさんの眉と頬がひきつっていびつにゆがんだ。

「ひでえなあ～……モテそうって言ってくれたのにぃ」

「だって話違うし強引すぎですよ。俺セックスを気軽に楽しむだけのつきあいはやめて、恋人とか友だちを真剣に欲しいって思ってたんです。目的違うなら悪いけど帰らせてください」

「〝やめる〟ってことはいままでしてたってことじゃないの？　だったらヤろうよ」

「いや、だから、」

「こんな可愛くてビッチなんて超ラッキー。俺もソッチ結構自信あるよ」

にやけてやがる。

「身体だけの関係は嫌だって言ってるんですよ。恋愛ならなおさら仲よくなってからがいい」

「しかたないな、じゃ身体の相性がよかったら恋人になろうよ、悪ければ友だちってことで」

「は？」

「大事だよ～身体の相性。な？」

な、じゃねえよ。なんなんだこの人、言葉全部弾いてきやがる。

「日本語つうじてる？　最初チャットで〝友だちから〟って言ったのもタケさんだからね？」

「それはそれじゃん？」

「どれだよ、あほかよ」

横をカップルがとおりすぎていく。周囲の視線が突き刺さってくる。

「もう～ユキ君、こんなとこで言い争うと迷惑になるしさ？　ほら歩いて歩いて」

「やめろよ、迷惑してるのこっちだからなっ」

腰を太い腕で抱かれてふり払った。やばい、腕力すげえぞこの人。

「俺帰る」

「ちょっとちょっと、子どもじゃないんだから頼むよ～、ちゃちゃっとヤろ、ね？」

「なんで俺が駄々こねてるみたいになってるんだよ、くそ脳筋っ」

文句を吐き捨てたら、背中と腰を抱きあげられて強引にキスされた。ものすごい力で捕まえられて抵抗する隙さえ与えられず、頭が真っ白になったまま口腔を蹂躪《じゅうりん》される。……こわい、やばい、気持ち悪い。キスのしかた下品、うざい。

「……わ、すごい」

目をとじる間もないうちに口が離れて地面へおろされたとき、左横から声が聞こえてきた。放心状態でそっちをむいたら、小柄な可愛い系の男と……――氷山さん。氷山さんがいた。

無表情の彼と目があう。頭を軽くさげて、タケさんのうしろを歩いていってしまう。連れの男も彼の真似をして会釈し、赤い顔してそそくさ去っていく。一瞬の出来事が、とてつもなく長い時間の悪夢に感じられた。

「やんちゃな口も俺のキスで黙ったろ。もっと気持ちいいことしてやるから、いこうユキ君」

うつむくと足もとが真っ暗だった。周囲は人間も車もイルミネーションも騒がしいのに思考が飛んで現実に追いつかない。帰る。もう帰りたい。

「さよなら」

　数歩歩いたら「おいっ」と腰を摑まれそうになったから、両手ではね飛ばして右脚で蹴りあげて一目散に人ごみへまぎれて走って逃げた。

　ふりむいた先で、ちんこ突っこみてーって感じの性欲まるだしな怖ぇ顔したガチムチ野郎も追いかけてきてる。赤信号でふり切ってなんとか撒《ま》くのに成功し、大きなショッピングビルへ入って息を整えた。こんな理由で警察にいくのは嫌だ。人が大勢いる場所に身を隠して、しばらくしたら家に帰ろう。とにもかくにも口をゆすぎたい。あと『アニパー』の登録も切りたい。そして氷山さんのこと忘れたい。

　トイレの洗面台で水をだしてうがいする。口を指で拭って洗う。指まで汚れた気がするから石けんをつけて清潔にする。コートのポケットでスマホが鳴っている。本気でキモい必死すぎかよ。ハンカチで口と手を拭いてすぐ、スマホをとってバイブ設定にした。ビル内の優しいBGMと自分の心情がちぐはぐだ。音楽のこの穏やかな雰囲気に気持ちをスイッチしたくて、深呼吸してからトイレをでた。まわりをうかがいつつエレベーターへ移動して、上階にある喫茶店を目指すことにする。穏やかに。心を落ちつけて。……もう大丈夫。あいつはこない。

　肉食系の恐竜に追いかけられるより、ヤりたくねえちんこ脳筋男に血眼で追われるほうが怖ぇ。あいつ『ジュラシックパーク』も超えてる。痴漢ってこんななんだろうな。ゾッとする。夢に見そう。ちんこもげて。

　エレベーターをおりると喫茶店へ入って奥の隅の席へ案内してもらい、季節限定のいちごパフェを注文した。二千円もする。高い。

スマホを改めて確認したら着信が二十件近く入っていてもちろん全部タケさんだった。一応諦めたのか、いまはしんとしている。電話番号を着拒して『アニパー』へログインし、そっちの友だち登録も切った。本名は教えなかったからセーフだよな。電話番号も変えるべきか？ああ、ばかなことしちまった……やっぱこういう奴いるんだもん、簡単に会うべきじゃないよ。俺もほんとばかだった。

見たくないものまで見た。まじで最悪だ。この街は氷山さんの庭だと思っとかないと駄目だ、社長ご用達《ようたし》のラブホ街なんだろ、どいつもこいつもセックスセックス、万年発情サルどもめ、ここへは二度とこねえよ。

ちょうどよくパフェがきたからスマホをおいて食べた。いちごのほのかな酸味と生クリームの甘みが絶妙の、舌まで蕩けそうなパフェに癒やされる。緊張しながら走って熱くなったからアイスの冷たさもいい。いまごろあのずこばこ眼鏡クマは例のラブホでセックスしてるのかな。してるんでしょーね。気持ちいいですか。そうですか。

俺なんかとは真逆の目がくりっくりした可愛い男でしたね。中坊かっつー華奢さでひいたわ。あーいうのが好みですか、へえそうですか。知りたくなかったよ。……見たくなかったよ。

パフェ食べて一時間くらい時間つぶしたら店をでよう。駅にいくのはさけたいから、手前のロータリーでタクシー捕まえて数駅移動した先で電車乗って帰るか。

横の窓からなにげなく街を見おろした。歩道にならんだ木々がクリスマスらしい金色の電飾で輝いている。腕を組んだカップルも歩いてるよ。その道、俺がさっきガチムチ変態男に追われて走って逃げてたところなんですよね。笑える。

予定ではいまごろ、初めてできたゲイの友だちとお茶して笑いあっているはずだったのに、どうしてひとりで二千円もするいちごパフェ食べていちゃつくカップル見おろしてるんだか、わけがわからない。涙を我慢しすぎて頭が割れそうに痛い。氷山さんがどこかでひっかけた男とセックスしてるこんな街、一秒でもはやく離れて帰って忘れたい。

パフェを全部食べたらさすがに寒くなった。口が隠れる高さまでマフラーをしっかり巻いて、ショッピングビルをでる。

まだ夜の繁華街には人が大勢いる。道路にはみだして騒いでいる酔っ払いも、電飾のそばでいちゃこいてるカップルも、道の隅にたむろしてる学生っぽい集団も。

とりあえずタケさんはいないっぽいな、と警戒しつつ、また人にまぎれて駅前ロータリーへむかった。なんだかんだで一時間半近く時間をつぶせた。あの変態筋肉野郎、まだ街中うろついて探しまわってるってことはないだろう。たぶん。

大通りの信号をうつむいて渡る。ビルに設置されている巨大な街頭ビジョンにクリスマスのデートスポットを特集したＣＭが大音量でながれている。毎年聴いてるクリスマスソングも。

クリスマスソングってだいたい失恋がテーマなのになんでカップルは喜んで聴いてるの？　自分たちは幸せでなにも怖くないですよっていう余裕？　羨ましいですね。羨ましいですよ。

こんちくしょうめ。コートのポケットに両手を突っこんで信号を渡りきり、ロータリーのタクシー乗り場へいくために顔をあげた。その、まっすぐ真正面、駅の外の壁を背に立っている男が視界に入ったとたん、意識を全部持っていかれた。

……白いクマのアバターでさえ、そこにいれば光って見えるんだろう、と想ったことがある。けどこんなにたくさん人がいる都会の街でも、自分の目が彼をきちんと光らせることに驚いた。

氷山さん。

また会えた。むこうもこっちを見ている。クマさんみたいな眠たげな冷めた顔で。

つうか、セックス終わっていまひとりってことだよな？　それでまた駅にいる。いかにも人待ちってようすでもある。まさか二回戦目の男待ち？　はあ？　とんでもねえ性欲旺盛クマだな。

憤慨しながら目をそらしてとおりすぎた。視線を感じる。俺のことを見てる。足をとめて思いきってふりむいたら、やっぱり見ていて目があった。

なんだよなんか文句でもあるのかよ、と睨み返して、だんだんむかついてきたから無視するのもやめて横へいき、口もとのマフラーを下げた。

「こんばんはセックス狂いの氷山さん」

彼は俺を無表情で見返してこたえない。

「今夜ふたり目のセフレ待ち？」

目を細くさせて鼻から息を抜かし、呆れたような表情だけでこたえてくる。

「なんだよその反応」

「……俺は一日にひとりしか抱かない。何人も相手する体力はもうねえよ」

「あーそうですか。べつにあんたの性処理事情なんてどーでもいいけど」

……ふん。

沈黙がながれて、氷山さんとのあいだに距離を感じた。コートの横に垂れた彼の手が、赤く凍えている。セフレじゃないなら仕事関係の人と待ちあわせなのかどうなのか。わからない。俺がこの人に絡むのもよく考えたらおかしい。知らないことだらけで淋しいだけだから、まじでいい加減帰ろう。

「……ほんじゃばいばい」

うつむいてロータリーのほうへ踏みだしたら、ふいに左腕を摑んでひき戻された。え、と顔をむけた拍子にコートのフードを被せられて、周囲の音が遠退いた瞬間に唇を奪われた。

彼の胸を押し離そうとした手を、乱暴に払われる。氷山さんの口冷たい。文句を言いたくて唇をひらいたら舌が入ってきた。苦い煙草の味がする。理性が切れて、その苦い舌に俺も自分の舌を搦めて彼の首に両腕をまわして抱き寄せた。応えるように俺の腰にも彼の腕がまわる。たまらなくなって、もっと奥深いところまで欲しくなって、角度を変えて舌をさし入れた。

フードで俺の顔を隠してくれたの……？　他人だらけの駅前でキスしても俺が辱《はずかし》められないように？　ふざけんなばか野郎あんたが好きだよ好きで好きで好きで苦しくて辛くて大好きでしかたなくて哀しいからいますぐ責任とって攫《さら》うか殺すかしろよばか。

「うちにこい」

俺の口端を吸いながら氷山さんが言った。

「……ひとりしか抱かないんでしょ」

「だからこい」

え……あの可愛い中坊みたいなのとセックスしなかったの？

「いく」

　さっきの奴、蹴り飛ばしたせいで追われてるからはやくいきたい、と教えて氷山さんの首に顔を埋めたら、はは、と笑われた。

「ばかだなおまえは」

　自分を大事にしろ、と叱って、また唇にキスをくれる。


「……おまえの口、甘いな」

　キスをしながら氷山さんが言う。

「甘いの食べたから」

　浴室内に反響するキスの音がエロくて、心臓にまでどきどき響く。

「なに食べた」

「パフェ。二千円もするやつ」

「ひとりでパフェ？　似合いすぎだろ」

「どういう意味だよ」

　唇を甘噛みしてやったら、ふふっ、と眉をゆがめて笑われた。大人にしかできない目尻や頬の笑いじわに見惚れる。ふたりで入ってもゆったりできるひろめの浴槽で氷山さんの膝に跨がって、顔を好きなだけ見つめられる。前髪をよけて、額にキスもできる。右手で彼の左耳の耳たぶを揉むことも、左手で頬を包んで撫でることも。

　またここへきて、こんなふうに自由にこの人を触れている現実が信じられない。夢みたい。

「なんのパフェ食べたかあててみ」

襟足だけ濡れている氷山さんの髪を梳《す》こうとしたら、左腕を摑まれて後頭部をひき寄せられ、またキスをされた。俺の口のなかの味をたしかめるように舌で歯列や上顎をなぞって探る。

「うーん……クリームの味しかしないな」

「残念でした。あたり知りたい？」

「知りたい」

微笑んでつきあってくれるのも嬉しくて胸がつまり、氷山さんの頭を抱きしめる。

「いちごだよ」

「ああ、パフェの王道だ」

「おいしかったよ、高いだけある」

「パフェで二千円は普通じゃないか」

「高えよ。クリームといちごとアイスだけのシンプルパフェで二千円だよ？」

「果物にこだわって作られた本物のパフェには余計なものが入ってないんだよ」

「え～、クッキーとかプレッツェルが刺さっててフレーク入ってるのがパフェじゃないの」

「お・子・さ・ま」

大きな掌で背中を抱かれて、左側の乳首を食べられた。「ン、」と声がでる。

「そのお子さまにちんこ勃ててるくせに」

下半身のところ、俺のにあたってる。ヘン、と笑ってやったのに、氷山さんは怯まずに俺の腰をひき寄せてさらにこすりつけてくる。

「もっと色っぽく言えよ。彼氏ができたらがっかりされるぞ」

……彼氏。

「いいよ。このままの俺を好きになってくれる人探すから」

乳首の先を舌で転がしてきつく吸われた。右側のお尻を揉まれて、性器もそっと握られる。

「なら俺は桃とバナナをいただこう」

「氷山さんの言葉のセンスも大概だよ」

喉で笑う彼が、こっちも吸わせろ、と右の乳首をしめす。両手が塞がっているから俺に動けと言いたいらしい。すこし身体を傾けて、自分から乳首を彼の唇へ導いた。もぐ、と口に含まれて吸われる。気持ちい。

「ンっ……ねえ、おっぱいは、果物なら……なんなの」

「なんだろうな。ぶどう？」

「ぶどう……女の人とは違うね」

ぽち、って感じ。

「俺はぶどうが好きだよ」

乳首を軽く嚙んで吸って氷山さんが言う。感じるたびに肩が跳ねて、腰が捩れる。その腰を彼がまたひき寄せてしっかり抱きとめてくれる。

「オレンジの……お尻のところってさ、おへそみたいだよね」

平静を保つために無駄話を続けたら、性器を握られているほうの手で一瞬おへそを触られた。

「ひゃっ」と全身震わせて驚く。

「ネーブルオレンジの〝ネーブル〟は〝へそ〟って意味だぞ」

「へ……そうなの」

「おまえとおなじ発想で名づけられたんだよ」

「適当すぎじゃね、へそオレンジ！」

あはは、と笑ったら、氷山さんも苦笑して俺の胸の下あたりをちゅと吸った。また性器を握ってゆっくり上下し、こすられる。笑い声が喘ぎ声に変わっていく。

「ん、ンン……氷山さん、もどかしい」

イかせるっていうより、掌で手持ち無沙汰に弄《もてあそ》ぶように親指で先端をこすったり、四本の指でやわやわ揉んだりされて、薄い快感ばかり腹にじんわり昇ってくるからむず痒い。

「可愛がってるんだろ？　不満なのか」

「っ……おんなじこと、してやんぞ」

俺も右手をおたがいの身体のあいだにおろして氷山さんのを握った。氷山さんは眉間にしわを寄せて、くく、と渋く笑っていて、触るのを許してくれる。彼の真似をして、親指と四本の指とでゆるくこすった。親指の腹で先っちょの割れ目を優しくなぞったり、かたさや太さや、浮いた血管の道筋をたどったりしていく。手に氷山さんを記憶しているみたいだ、と想った。この触りかた、続けていたら永遠にこの人の感触を忘れなくなりそう。

「……小さいな、おまえは」

すこし苦しげに氷山さんが囁いて苦笑している。俺の手で、感じてくれている。

「しみじみ、言うことじゃ……ないだろ。俺だって、傷つくんだからな」

　左手で氷山さんの頭を抱いて、前髪を噛んでやった。艶のある髪が歯に絡まる。氷山さんの頭の味がする。一日ぶんの汗の味も。ずっと、この人のこと食べていたい。

「小さいのが悪いなんて言ってないだろ」

「小さい小さい連呼すんな」

　やわらかく動いていた氷山さんの手が、急に性欲を駆りたてる本格的な扱きかたに変わって、下半身から脳天まで電流みたいな快感が突きあげてきた。

「あぁっ……」

　焦らされたぶん容易く昇りつめそうになる。氷山さんの手のなかにある性器に、欲望がたまってふくらんではち切れそうになる。

「氷山、さ、んっ……だめ、でちゃう、」

「いいよだして」

「風呂、の湯っ……よごれるっ」

　申しわけないから無理ってとめているのに、氷山さんは余計に強く俺の性器を扱きあげる。意識がどんどん快楽に蕩けていって、「だめ、だめ……」とくり返しながらも抵抗をひとこと発するたび精神ごと悦楽に支配されていく。せめて浴槽をでたくて理性をふり絞って腰を浮かせても、背中を抱いてひき戻された挙げ句乳首も捕まって吸われた。

「やぁっ」

　拒絶の声も熱っぽく掠れた。破裂寸前の快感を抑えて、身体の震えを氷山さんを抱きしめて我慢する。

「今夜は名前で呼ばないのか」

どことなく淋しげに煽られたら限界がきた。

「緑、さンっ……」

両脚で氷山さんの身体を挟んで力《りき》んでうち震えて、蓄積した欲を存分に吐きだす。

途方もなく心地いい気怠さに包まれて、抱いている氷山さんの頭に脱力した。乱れる呼吸を整えながらなんとか落ちつこうとしているのに乳首がくすぐったい。氷山さん、まだ吸ってる。

「俺、も……イかせて、やるからな」

宣言して、右手に握ったままいた彼の性器を扱いた。彼の額に唇をつけて舐める。髪に鼻先を埋める。氷山さんも俺の腰をかたく抱いて、震えて感じてくれている。「は、……は、」と声を洩らしている。嬉しい。根もとから先まで扱きあげて、先端のところだけ掌で包んで親指で裏筋をこする。かたさが増している気がする。ふくらんでいく。……嬉しい。

「緑さんのここも、可愛い」

怒らせたのか、乳首をぎりと吸われて「いた」と竦んだ首のうしろを強引にひき寄せられた。上むいた彼が、俺の唇を捕らえてむさぼる。舌をのばしてくる彼に応えて、俺も舌を搦める。噛みつくようなキスをしながら彼の性器を刺激し続ける。

「結生……っ」

吐息まじりのとんでもなく色っぽい声で俺を呼んで、氷山さんも達した。全部きちんとでるまで先のところを撫でてこすってあげる。彼は必死に呼吸しつつもまだ俺の下唇を食んでいる。俺のなかにもまだ昂奮が燻っている。暑さと高揚で息があがる。

「……電話をね、」

「え……？」

「電話を、緑さんが最初の日、くれたときね……すげえイケボで、どきどきした」

「は？」

「そのこと……今日、想い出したよ」

これはべつに恋の告白にはならない。だから大丈夫。

両腕を氷山さんの首にまわして、疲れたふりをして抱いてしがみついた。想い出していた。あの日のことを事細《ことこま》かにふり返ってひとつひとつを氷山さんと比べて、ほかの男に氷山さんの面影を探していた。でもそうするほどに自分が氷山さんをどれだけ好きか知るだけだった。

駄目なのにな……。この空気にながされて落ちるな、って心の反対側でもうひとりの自分がめっちゃ苛立ってるのにな。今夜この人が抱こうとしていた男の顔もまだ憶えている。だけどキスされて抱きしめられて優しくされて、恥ずかしい姿を見せて、見せてもらって、触らせてもらって嬉しくなって一緒に快楽に溺《おぼ》れて、縋りついて体温感じて安心しきってこんなふうにしてると、この人のこと好きでいたいって想っちゃう。騙されても傷ついてもいい、傷つけてもらうのもこの人ならいっそ幸せだとさえ想ってしまう。あほな乙女男になっちまう。

「人間はいなくなった相手を声から忘れていくって、有名な話だろ」

氷山さんが俺の腰を右の掌で覆う。

「忘れないよ」

氷山さんの髪の匂いを吸った。

「俺、あの日のことは忘れない」

単なる自信でも約束でもない、確信だった。こうして会うことがなくなっても……ううん、会えなくなればなおさら忘れない。忘れないために毎日考える。大事にする。好きだよ。

「ほんとおまえは……」

ため息をついた氷山さんが俺の胸に額をつけてうな垂れる。彼の髪に唇をつけて、濡れた襟足を右手で梳いた。


「これ着ろ」と氷山さんがパジャマと新品の下着を貸してくれた。

「パジャマはともかく、パンツぶかぶかなのは嫌だな……」

「文句言うなら全裸だぞ」

「緑さんが俺に裸でいてほしいんならそれでもいいけど～？」

本音半分でおどけたら頰をつねられた。

「いだっ」

「本宮先生に風邪をひかれたら困りますので、どうか我慢して着てください」

氷山さんもわざとらしく頭をさげてくる。

「仕事の奴隷《どれい》め」

わかってるよ、あんたが俺に優しくする理由なんて。へん、と肩を竦めたら、むっと唇をまげた氷山さんに腰を抱いてベッドへ倒された。「わあ」と驚いている間に腰に巻いていたタオルをはぎとられて、「ほら穿《は》け」と脚を折られ下着を穿かされる。

「赤ちゃん気分だ」

けたけた笑って氷山さんの手にうながされるまま下着とズボンを穿かせてもらい、もう一度起きあがってパジャマの上着も着せてもらった。ボタンも上から下まできっちりはめてくれる。

「もうエッチしないの？」

訊いたら尖った目で睨まれて、口に音つきのキスをされた。

「今日は疲れたから寝る」

「ふうん」

……ってなんだよいまのキス、心臓爆発すんだろ。

最後のボタンをはめ終えると、「俺も着がえる」と氷山さんがベッドを離れてクローゼットの前へいった。明るい部屋のなかで見る彼の背中からお尻、脚の形状も綺麗で見惚れる。

「やっぱりスタイルいいね」

パジャマを着てもシルエットが魅力的だった。

「おまえはクマ男がいいんだろ」

「え、クマ？」

「さっき一緒にいた奴みたいな。最初も『おまえはクマじゃない』って怒鳴られたしな」

「あー、ん〜……」と言い淀む。氷山さんが好みど真んなかで困っただけ、とは言えない。

「そっちこそくりくりのなよなよした奴連れてたじゃん。ロリコンレベルで可愛かったよね」

「歳の差で言えばおまえも充分ロリだ。ひとりでいちごパフェ食って喜んでるところもな」

「パフェぐらい食うわ。流行のスイーツ男子なんです〜」

「乙女でスイーツか。隠しきれないがさつさだけが残念なこった」

「うっせー」

部屋の灯りも消して戻ってきた氷山さんに、また肩を押してベッドへ倒された。「わっ」と転がって仰むけになった身体に、左横から布団をかけられて抱き枕よろしく抱きしめられる。

「で？　なんで好みのクマ男から逃げてきたんだよ」

自分の脚に絡む氷山さんのつま先がちょっと冷たい。腕はあったかい。

「あの人と会ったのは友だちになるため、最初からそーいう約束だったの。なのに〝ゆっくり話せるとこいこう〟ってラブホに連れこもうとしやがってさ、拒否ったらべろべろキスされてキモくて最悪だった。そんだけ」

「恋人候補じゃなかったのか」

「そんな下心すっ飛んだね」

へえ、と氷山さんが俺の目もとを邪魔していた前髪を横へながしてくれる。

「懐かしいな、どこかの誰かさんも最初嘘ついてたっけな」

「ぐっ……うん、氷山さんもあんな気分だったならごめんね」

口をひいて笑んだ彼が俺の唇にキスをする。唇のふくらみを舐めてしゃぶる戯れのキス。

「まあ勉強になってよかったんじゃないか。『アニパー』で会った奴なんだろ？　ネットには悪い奴も大勢いるってことだよ」

「この人とかな？」

氷山さんを指さしたら、その指をぱくっと食べられて笑えた。氷山さんも笑う。

「おまえにネット恋愛はむいてないってことだ。二丁目にでもいったらどうだ。案内がてら、ついでに男探してやってもいいぞ」

「絶対嫌だ」

好きな男に彼氏候補探されるとかどんな拷問だよ。

「ちゃんと自分でなんとかする。友だちも欲しいから二丁目興味あるんだけどね」

「友だちねえ」

氷山さんのほうへ顔をむけたら近すぎてどぎまぎした。鼻息もかかりそう。格好いい男って暗闇のなかでも格好いいんだな。ぼんやり浮かぶ目鼻立ちが整っていて綺麗。この目に自分はどんだけ情けなくうつってるんだろ。

「氷山さんは親友いる？　ゲイってことも知ってくれてるような人」

あ、やべ、これ氷山さんを笑わせてあげられる話じゃない。

「ああ、そういうことな。おまえはノンケの友だちしかいないわけか」

「えっと……うん、そう。ごめん、変な話して」

氷山さんの目がかすかにまるくなったのがわかった。

「べつに変じゃないだろ。ほとんどのゲイが悩むことじゃないのか？　まわりに嘘ついてるしんどさとか、理解者がいない疎外感、孤立感とか」

「うん……やっぱ氷山さんもわかる？　これみんなとおる道なのかなあ」

明るめに相づちをうったら、左手で鼻先をつままれた。嫌だ、と言おうとしたのに「うにゃだ」とネコが尻尾踏まれたみたいな声がでた。頭をふってはね除ける。

「おまえは社交的っぽいから余計に虚しくなるんだろうな」

「氷山さんはならなかったの？」

「なったけど諦めてた。どっちかっていうと思春期こじらせて、〝ひとりでいいぜ〟って斜にかまえて格好つけてたよ」

「あははは」と爆笑してしまった。

「なんか、すごい想像できるっ……」

「〝孤独な俺格好いいぜ〟ってな」

「ふははっ、いるわ～そういう奴クラスにひとりはいるわ～……」

……は。俺のほうが笑わせてもらってる。

「中学から高校時代は片想いしてたからこじらせ具合が輪をかけてイタかったと思うよ。大学進学して上京したあとは遊び歩いてゲイの友だちもできていまにいたるって感じかね」

「そっか……氷山さんは上京してスレたんだ。故郷どこなの？」

「青森」

「ん？　こないだ出張してたのも青森だよね。故郷で仕事してたんだ」

また鼻をつままれて、今度は「や」と言えた。

「片想いの人とはどうなった？」

「いまも友だちだよ。俺をノンケだと思ってるから、会うと〝彼女はどうした結婚はしないのか〟って訊いてくる」

「は？　腹立つな」

「いや、腹立てるのおかしいから」

「無神経で死刑」

　はは、と氷山さんが笑って「ラップか」と肩を揺らす。

「ゲイだ、って教えてないんだから無神経もなにもないだろ。おまえもいま友だちとそんな感じのつきあいしてるんだろ？　彼女いないのかって訊かれて、へこんでるんじゃないのか？」

「そうだけど」

　自分が傷つくのと氷山さんが傷つけられて耐えてるのとじゃわけが違う。なんなんだ、その友だち。学生時代の氷山さんに好かれてたくせになんにも知らずに傷つけてるとか、どんだけ贅沢なんだよ。羨ましすぎて精神病《や》むわ。

「ねえ、そいつもくりんくりんくりんのロリだった？」

「どうだったかな。忘れたな」

　大人の色気たっぷりに哀愁を香らせて苦笑いする。絶対忘れてねえし。氷山さんにこんな表情をさせる見ず知らずの男がますます憎たらしい。病むわー。

「セックス魔神のクマさんも一途な片想いしてた時代があったんだね」

　氷山さんにまで八つあたりして、けっ、と嫉妬を吐いたら、今度は唇をつままれた。手で払いのけて「やめろ」と吠える。

「告白したおまえのほうが勇気があったんだろうな」

「店長のこと？　俺は乙女こじらせてただけだよ。氷山さんのほうが繊細だったりして？」

　いしし、と『アニパー』のアバターのしぐさみたいに笑うと、また唇をつまんできやがった。

「もうしつこいっ、人の顔で遊ぶな」

「じゃあなになら許すんだよ」

「セックス」

フンっ、とどきどきしながら即答してやる。

「おまえはセックス魔王だな」

「変な名前つけんな」

「おまえに言われたかねえよ」

顎をあげて有無を言わさず口を塞がれる。舌が入ってきて、俺も反撃したくて搦めて彼の唇をむさぼる。負けるか、って想いで求めているうちに夢中になっていく。

「……ヤりたがりはおまえだろ？　俺はただのキス魔だよ」

パジャマのなかへ手を入れられて、氷山さんの冷えた指で腰を抱かれた。

「友だちが欲しいなら紹介してやろうか」

俺の上唇と下唇を甘嚙みしたり舐めたりして弄びながら氷山さんが言う。

「……氷山さんと俺は友だちじゃないよね」

「友だちよりはいやらしい関係だな」

小さく笑う彼の手が脇腹まで届いた。俺も手をのばしてひろい背中を抱き寄せて、舌を吸い返す。悔しさと淋しさを腕にこめて抱きしめて身体をぴったりあわせてキスしていると、脇腹にあった手が下着のゴムもくぐって奥までのびてきてお尻を揉まれた。結生、と吐息みたいなかすかな声で呼ばれた。

ノンケじゃなくてゲイ同士で出会えたのに、それでも恋となると叶わない。

「……緑さん、」

好きだよ。大好き。もっと強く抱いて、もっと。いまだけでいいから。


「——……結生、」

声に気づいて意識が半分覚醒した。帽子被ってたっけ……と頭にある違和感について考えていたら、それがゆっくり額から頭のてっぺんへ移動していき、あ、これ手だ、と理解した。

「結生」

また呼ばれて、男の声？　と思う。そうだここ、氷山さんの家……。目をあけたら髪を整えた彼がいた。わ……しかもスーツ。着てる。

「起きたか。もう仕事にいくからおまえも一緒にでるなら支度しろ」

ばっちり覚醒した。黒のツーピーススーツ、シャツは白、ネクタイはシックなワインレッド。

どういうことだよ格好よすぎる。

「まだ寝ていたいなら鍵おいてく」

「おいてくって……ここにいていいの」

「好きにしろ」

俺の顔燃えてるんじゃないか、大丈夫か。

「……や、ううん。悪いから一緒に帰る」

「なら送ってく。二十分ででるぞ」

うん、と起きあがり、目をそらしてうつむきがちに寝ぐせを梳いたら、横に座っている氷山さんが覗きこむように顔を寄せてキスしてきた。す、スーツの氷山さんにキスされた……。

「……ね、抱っこして洗面所に連れてって。いまだけ恋人ごっこ」

「あ?」

人殺しそうな表情で不快感ばりばりの返事をされた。

「なんだよ、あんたが好きな可愛い子ぶりっこしてやったろ」

「おまえ朝の出勤前の会社員ナメんなよ」

怖《こえ》ぇ。

「ごめんなさい」と謝罪をきちんと言い終わる前に抱きあげられた。またお姫さま抱っこっ。

「会うたびにおまえのこと結構甘やかしてると思うけどな、俺の気のせいか?」

「苦しゅうないよ」

もうすこしゆっくり歩いてっ、とにやけて思いながら氷山さんの首にくっついて運ばれる。

ふへへ。嬉しい、幸せっ。ごっこじゃなくて本物の恋人として甘やかしてもらいたいよ……。

「おら、しっかり顔洗って歯みがけ」

洗面所に着いて床におろされると心底落胆した。夢って儚《はかな》い。

「ねえキス魔神」

「は?　まだなにかあるのか」

自分用の赤い歯ブラシに歯みがき粉をつけて、鏡越しに氷山さんへ笑いかける。

「スーツめっちゃんこ格好いいよ」

褒めたのに、目を眇《すが》めて冷たく睨まれた。腕を組んでため息までつかれる。

「……おまえさ、」

なんで怒るんだよ、と憤りつつも、不機嫌さに気圧《けお》されて「……はい」と居ずまいを正す。

「最初こそ嘘をついたけど、おまえは基本的に素直だよな。ツンデレかと思いきや、怒るのも苛つくのも喜ぶのもだいたい筋がとおってる。感謝すれば礼を言える、悪いと感じたら謝れる、叱るときは相手のため、頑なときはなにかを守るため。あたりまえなのに、誰もがあたりまえにできるわけじゃないことを言ったりしたりできる。いいことだと思うよ」

……え。あれ。怒られたわけじゃない？

「氷山さん、もしかして褒めてくれたの。ていうかスーツいいって言ったから照れた……？」

「二十分ででるからな」

「氷山さんは素直じゃないなーよくないないなそういうの〜」

「照れたよ。……ばか」

恥ずかしそうな甘い〝ばか〟に心臓を撃ち抜かれて倒れそうになった。意識が眩《くら》んでる間に氷山さんは部屋へ戻ってしまう。……それが反則だよ、ばか。

ああ帰りたくないなー……氷山さんとキスして昼になって夜を待って朝をむかえる、そんな毎日を過ごしたい。

時間の経過は無情だ、としょげながら支度をして氷山さんときっちり二十分後に家をでた。またこのあいだとおなじコーヒーショップのドライブスルーで、氷山さんが「栄養つけろ」と選んでくれた朝食を買ってもらって帰路へつく。

「スーツで運転してコーヒー飲んで眼鏡くいってするの、ほんとパーフェクトに格好いいね」

「……おまえ調子乗るなよ」

「なんのことお？　俺素直ちゃんだからさ、素敵って思ったらどーしても言いたくなっちゃうんだよねー」

氷山さんの左手がのびてきて、撫でるみたいに軽くぺちんと額を叩かれた。反撃も可愛くて、ゆるんだ頬が戻らない。

「照れ屋〜超可愛い照れ屋〜」

にやけて両手の人さし指でつんつん腕をつついてからかってやる。さすがに怒ったのか今度は頬をぐいっとつねられた。

「いだだ、ごめんなさいごめんなさい」

手を離すと、それでも氷山さんは〝俺も悪かった〟というふうにつねった頬を撫でてくれる。氷山さんは紛うことなきツンデレだよ。

「おまえゲイの友だちの件どうするんだ。今度俺の知りあいと呑みにでもいくか」

朝は外が白く光って見える。寒い冬の空気とおなじ軽さの日ざし。

「んー……いいよ、もうしばらく自分でなんとかしてみる」

「ネットはやめろよ」

「ネットにするならもっと慎重にする」

「やめろって言ったんだ」

相変わらず、この人は優しさをくれるとき怖い顔して叱りだす。

「俺もこう見えて一応成人男子だよ、失敗したらちゃんと学ぶ。次またネットの人と会うなら相手のことしっかり観察してからにするよ。氷山さんに助けてもらったことも憶えておくね。最悪の気分だったのに今朝こんなに楽しいの氷山さんのおかげだからさ。ほんとありがと」

お礼を言うのはもちろん大事だと思っているけど、声にするのは俺だって照れくさい。つい、へへ、と笑ってしまう。

「駄目だやめろ」

しかしこの人には響かねーな。

「過保護な親か。……氷山さんは？　昨日のロリと大丈夫なの」

「俺のことは放っとけ」

「自分は干渉しておいてなんだよ」

「おまえは自分からべらべら話すんだろうが」

「は？　おい、ばかなおしゃべりみたいに言うな」

「ばかとは言ってない」

すずしい顔して前をむいたまま運転している。腹立つな。

「話すのは信頼してるからだろ？　誰にでも話してまわってるわけじゃねーからな。甘えてるって自覚はしてるから、迷惑だったならもうやめる」

窓の外をむいた。

「そうだな。おまえが甘える相手は俺じゃないかもな」

突き放された。

「氷山さんは俺に甘えないしな」

あんたも俺を頼ってよ、という想いで、俺も氷山さんを突き放していた。

……あれ、おかしいな。なんで喧嘩してるんだ？　いまの楽しかった気分はどこにいった。これから仕事へいく氷山さんのことも清々《すがすが》しい気持ちで送りだしたいのに、これじゃあ本当に負担にしかなってない。

「なんか……ごめん。かもしれない」

拗ねて半端に謝りはしたものの氷山さんは黙っていて、俺もなにも言えなくなったまま家のそばまできてしまった。

子どもだな俺は。……うん、そうだよ知ってるよ。精神的な部分で支えられるのもエッチで満たされるのもいつも俺で、氷山さんは俺が仕事相手だから我慢してかまってくれているだけだって何度も思い知る。〝迷惑ならやめる〟ってそりゃ迷惑だろ、こんなふうに毎回家にまで送らせて。まっすぐ会社いったほうが楽だっての。それでこんな不愉快な気持ちにさせてる。氷山さんは許してくれてるんだよね、ガキの俺を。

「着いたぞ」

家の前の路地に車がとまった。

自分の手のなかには氷山さんが買ってくれた朝ご飯の袋がある。今日もめちゃんこ高級なハムとチーズのフランスパンサンドイッチとウインナーコーヒーだった。おまけにラズベリーのケーキまで。

「氷山さん、」

もう一回きちんと謝ろう、と思って口をひらいたら、「結生」と彼もこっちに身体をむけた。肩ごとひき寄せられて一瞬で唇を奪われる。舌を搦めあう情熱的で深いキス。

「……なにしてもいい。けど自分を大事にしろ」

口先が触れあう距離で彼が囁いた。唇を、唇でくすぐられているみたいだった。

「……うん、わかった。氷山さんもね」

「くだらない男にひっかかるなよ」

「気をつける」

俺もちょっと欲張って氷山さんの下唇を吸った。

「ごめんね。俺、氷山さんになにもしてあげられてない。今度朝ご飯ぐらいおごらせて」

「いや。……そうだ、言い忘れてた。新しくできたモンスターも見たよ、すごく可愛かった。俺はおまえが創り続けてくれればそれでいい」

「うん……わかってる。けど、創るのはお礼じゃなくて仕事だから嫌だ」

氷山さんも俺の唇を食む。

「……朝ご飯ってことはまたうちに泊まりにくるのか」

「あ、うん……迷惑なら夜ご飯でも」

俺の唇を舐めて彼が苦笑した。

「いいよ、好きなときにこい。おまえに男ができるまではつきあってやる」

俺も氷山さんの唇をもう一度吸った。

「なら一生かもしれないよ」

「それはない」

おまえはちゃんと恋人も友だちもできるよ、と優しく舌を吸って抱きしめられた。力をこめてきつく自分の身体を縛りつける腕が恋しくて、ずっとここにいたいんだけど、と心のなかから訴える。言えないかわりに大声で叫ぶ。スーツのごわついた生地、氷山さんの匂い、唇のやわらかさ、味。求めてくれる舌の動き。俺ずっとこうして抱かれてキスしていたいんだけど。氷山さんといたいんだけど。やっぱり駄目なんだね。

「……仕事頑張ってね」

「おまえも風邪ひかないように、適度に頑張れ」

うなずいた頭を撫でられた。今日はこのあいだ以上に離れがたかった。

「もし氷山さんがじいちゃんになってもひとりだったら、俺が一緒にいてあげてもいいよ」

笑って、ふざけた感じで言おうと思ったのにかなり本気の声色になっていた。

ばか、と笑ってながされるだろうという予想に反して、再び背中を掻き抱いてキスされる。キス魔の人がするキスには感情も皆無だと思っていたけど、氷山さんからはときどき言葉を感じる。離れたくない、って俺とおなじ気持ちが聞こえる。仕事のための優しさでもいいよ。もう氷山さんのせいにはしない。喜んでる俺がくそばか乙女野郎だ。

──『だから気をつけなって言ったでしょう』
そう叱ってくれたのは灰色のオオカミだった。会うのが二度目のシイバさん。

――『はい……。でも逃げたから。レイプされてないからセーフ』
――『セーフじゃないよ。気をつけなね。下手したらアカウント変えて別人装ってユキ君に復讐しにくるかもしれない』
――『怖ぇ。でもあの脳筋にそんな知恵ないよ』
――『そこから粘着ストーカーされて、果ては殺人なんてことも』
――『そういう陰《いん》キャラ転換はありそう』
――『真面目に』
――『はは。うん、本当にすみません、気をつけます。よく知りもしない相手とひょいひょい会うのはやめる。友だちとか恋人とかしばらくいらないかなって気になってきたし』
『どうして？　このあいだはクリスマスひとりだ、って淋しがってたのに』とつっこんでくれたのは白いキツネのゴウさん。今夜も仕事を終えて、『アニパー』でいつもの面子とおしゃべりしている。話題はタケさん事件と、恋バナと。
――『うーん。なんかもう俺ばかでいいやって思ったから』
――『というと？』
――『じつは俺セフレがいてね、この関係に溺れちゃ駄目だって抵抗しても、どうしてもその人が好きで逃げきれないってわかってきたから、諦めて好きでいようと思い始めたんです』
氷山さんと会ってから三日経った。ひとりになると毎度ながら〝あんなセックス好きクマに落ちるなタイム〟が訪れるわけだけど、もはやそれも越えて現在は悟りモードに突入していた。
しょうがねーよもう観念して好きでいるよ、ああ大好きだこんちくしょう、と。

——『ユキ君、意外と夢見がちで無謀な子だったんですね』
ゴウさんから冷静に駄目だしされた。
——『そうなんですよ』
しかしンなことは自分でもとっくに認めている。
——『そのセフレはユキ君のことをすこしぐらい想ってくれてるの？』
シイバさんも心配してくれた。
——『大事にはしてくれます。仕事でもつきあいがあるから気をつかってくれてるんです。でも彼に恋愛感情はないですね。ちゃんと彼氏つくれ、俺も探してやる、とか言われるんで』
——『彼氏つくれって言われてるの？　好きな人に？』
——『はい。だけど俺まだバックバージンでね、彼氏とするためにとっておけって言って、その人俺のこと最後まで抱かないんですよ。俺が乙女男子で、甘やかされるの好きって教えてからは、風呂あがるとお姫さま抱っこして運んでくれるし、パジャマも着せてくれるし、朝は車で家まで送ってもくれるんです。仕事相手だからだとしてもめちゃんこ優しくないですか』
——『俺たちに残酷に見えても、ユキ君が優しさだと思うならそうなるね』
——『うん、もうばかなんです』
『もしかして呼びだされて昼でも夜でも都合よく会いにいってる？』とゴウさんが。
——『会いたがるのは俺です。あっちは渋々かまってくれてる感じ』
『アニパー』の恋人登録も、家に連れていってくれた出張帰りの日も、タケさん事件のあとも、いくって言ったのは俺だった。

──『だとしたらユキ君の言うように子どものおもりのつもりなのか、はたまた彼氏持ちかってところかな。ひとり身じゃない可能性もあるよ。それもたとえば遠距離恋愛とか』
あ、青森……って、いやいや、関係ないよな。
──『仕事で出張はしてます。このあいだいってたのは地元で、学生時代の片想い相手がいるとも言ってたけど、それ結びつけるのは早計すぎじゃないですか？　好きな人いるのかな』
──『恋人つくらない事情はいろいろあるものだよ。相手の言動に注意したほうがいい』
事情、相手の言動……あ。
──『そういえばこの前、病院から電話きてた。え、まさか好きな相手が病弱とかある？　そんなドラマみたいな展開？』
二回目会ったときのあの電話、はっきり〝病院〟ってスマホに表示されてた。
俺に教えてくれた片想いの奴が身体弱くて入院してて、いまさらゲイって事実も好きだって想いもうち明けられず、一途に本心を秘めて看病にかよってるとか……？　は？　想像と現状がぴったりハマりすぎて怖いんですけど。
──『や、あの人仕事が好きだから恋人邪魔って言ってたもん。それは絶対本当だよ』
──『やっぱりクマさんなんだね』
は、ゴウさんにばれた。
──『クマさんならぼくも信じたいけど怪しいな。身も心も壊さないように気をつけてね』
ありがとうございます、とこたえてため息をついた。茫然として、文字を打つ気力を失う。スマホも重たく感じて窓辺の壁に寄りかかったまま肩を落とした。

気分転換に『アニパー』へきたはずが、妙なわだかまりができてしまった。氷山さんが誰かに片想いしているかもしれない。

わかったのは、なんにせよ俺が氷山さんに恋をしてもらえない男だってことだった。

氷山さんは氷山さんの世界を生きている。そこに俺はいない。少なくとも中心にはいなくて、端っこのあたりに居すわらせてもらっている感じがする。俺も氷山さんを心の端においておかなくちゃいけなかったのに、俺の狭い世界のなかではいまやど真んなかにふんぞり返ってるよ。憎たらしいなほんと。

『アニパー』でゴウさんとシイバさんが話し続けている。『シイバさんは彼氏さんとどうなんですか』『うちは平和なもんですよ』『彼氏さんは「アニパー」にこないの?』『うちの子は夜すぐ寝ちゃうんです』『淋しいですね』『いいえ、寝てるの隣の寝室ですから』。

末永く爆発してほしい。

『そろそろ俺も寝ますね』と切りだしたシイバさんに便乗して、みんなで挨拶をかわして解散し、『アニパー』をとじると深夜一時になっていた。

文字の会話でも消えてしまうとしずけさを感じる。ひとり暮らしの部屋ってひっそり淋しい。

氷山さんも眠ってるかな、と思いを馳せながら布団へ入った。窓に身体をむけて夜空を見やる。

氷山さんの好きな人か……そこは疑ったことなかったな。

——ユキか。

最初に会った日、電話で話しながら俺の頭に手をおいた彼を見あげた瞬間、本音を言うと、あ、やばい好きになる、と予感した。格好よくて、それぐらい好みだった。

——おまえの傷は誰が癒やして守るんだ。

——くだらない男にひっかかるなよ。

——……大事にしてくれる、未来の恋人がいるんだろ。

厳格で思慮深い人だっていうのは真実で、俺自身身《み》に沁みて実感している。

——……シロクマは、絶滅しそうだからかな。

それでいて、誰にも心を許さずに突然ひとりでどこかへ消えちゃいそう。あの人にはそんな、紐のない風船みたいに捕まえる術もなく見送るだけのしずかな寂寞《せきばく》がある。

——今日は疲れた。ひとりでいたくなかった。気をつかうのも怠かったから、結生が相手してくれて楽しめたよ。

初めて弱音を聞かせてくれたのは出張していたときだったね。青森に。

——心の汚れてる奴が、いちばん醜いんだからな。

氷山さんは醜くない。勝手に恋した俺の目に狡い男にうつるだけだ。

体調を崩している人が身近にいるのは事実なんだろう。仕事でもつきあいの幅がひろい立場の人だから、心配こそすれ、それを好きな人だと疑ってかかるのは恋愛脳すぎる。好きな人というなら、年齢を考えても心に残っている相手がいておかしくない。俺にだってひとりいる。氷山さんを含めてふたり。二十歳でふたりだ、大学時代から遊んでいる三十五歳の大人ならば百人はいるかもな。億かも、億。

そうだよ、氷山さんなんか四億人ぐらい食っては捨て食っては捨てしててんだもの。本気の恋も何度もしていて、好きな人もいっぱいいるに決まっている。そのなかでも俺は家へ連れていって抱いてもらった特別だぜ。四億のてっぺんのほうにいるのは間違いないからな。セフレとしても悪くないほうだもんな。

たまにもらう優越感と、甘く優しい言動で自分の価値も保てる。ばかなのも愚かなのもこの道を選択した俺。好きになれ、と氷山さんに命令されたわけじゃない。そこは勘違いしない。ただし俺もずっとこんな恋を続けるのはあほの極みだってわかっているから、いずれ告白してけりをつける。

この関係に恋をさしこめば、それは終わりのときだ。またラブホで一緒に歯をみがいて笑いあったり、あの人の家で恋人の真似事をしたりすることは永遠になくなる。期待するなよ俺。別れのための恋の告白があるってことを、肝に銘じておけ。

——恋愛なんて俺には嗤い話です。

——仕事の疲れが倍増するじゃないですか、想像するだけでゾッとしますね。

——おまえと真逆のタイプが好みだな。

ちくしょうぼろくそ言いやがって……でも俺はもう悟ったから。悟りの人だから。好きになった俺が諦めるしかないのだ……彼の価値観も愛して受け容れるのだ……なむなむ。

外の月が輪郭を縁どれるほどくっきり光っている。ひゅぅと冬風の細い音とともにガラス窓の隙間から夜気がただよってきて、布団のなかへ顔半分隠れるまで身を沈めた。目をとじる。

明日もまた氷山さんが笑顔でいられる日でありますように。……好きだよ、くそ社長。

MODORU ASAOKA

朝丘 戻の本

ダリア文庫

氷泥のユキ
イラスト／yoco

ラジオ
イラスト／麻生ミツ晃

あめと星の降るところ -Complete Book 1-
イラスト／テクノサマタ

春と秋とソラの色 -Complete Book 2-
イラスト／yoco

ダリアシリーズ

Heaven′s Rain 天国の雨
イラスト／yoco

今回創るモンスターのテーマに〝賢い〟というのがある。賢い。

賢いにもいろいろあって、勉強ができるのも、他人の機微《きび》に敏感なのも、推理力があるのも、策士なのも、全部〝賢い〟になるからどのパターンでいくかまず悩む。

自分の周囲でぱっと浮かぶ賢い人は、氷山さんと、あと大柴さんだ。氷山さんは勉強もできそうだし、やっぱり他人の機微に敏感で情に厚い人だと思う。性欲旺盛クマだけどね。しかもキス魔神だけどね。大柴さんは策士。頭の回転がはやくて、利益のために他人を操るのが巧い。で、恋人の前ではにゃんにゃんしてるらしいので二重人格ぽくもある。

大柴さん系も面白いもののゲームキャラにするには複雑で厄介かもしれない。結局氷山さん系の子がいいのかな。賢そうに本を小脇に抱えていて、眼鏡をかけている……ってところまではいいとして、どんな生き物をベースに創るか。

うーん、クマ？　は、賢いっていうより力強くて臆病ってイメージが強いな……賢い、賢い、と大学で講義を受けているあいだも悩んでなかなか決まらず、帰宅途中に本屋へ寄ってみた。

写真集のコーナーで動物や風景の写真を集めた本を眺めて、ぴんとくる瞬間を期待して待つ。なかなかこない。実在する生き物なんかがベースだとユーザーも受け容れやすくなるとはいえ、オリジナルって手もあるかな……氷山さん氷山さん……氷の山……こおり。

「――本宮さん」

突然左肩を叩かれて、はっと我に返った。

「豊田」

ふりむくと、にやけたチャラ男の後輩がいる。

「また仕事の資料探しですか？　写真集なんか見ちゃって可愛い」

「可愛いってなんだよ、カメラマンにも微妙に失礼だからなそれ」

「すみません。本宮先輩って可愛いものとか綺麗なもの好きですもんね」

「あ？」

「サークルで描いてる絵見てるとわかります」

ばかにしているのかと思いきや、豊田も興味深げな表情で海の写真集を手にとる。ぱらぱらめくる横顔にもとくに厭味はうかがえない、と思う。

「おまえは？　こういう写真集に興味あるの？」

「嫌いじゃないですよ。いいですよね、こんな綺麗なところ恋人といきたいです」

あれ俺これ、殴っていいやつかな？

「そーいう目的なら旅行雑誌のコーナーでもいけよ」

ったく、とため息を吐き捨ててあしらっても、豊田はにかっと楽しげな笑顔になる。

「本宮先輩に邪険にされるの快感」

面倒くさ、こいつ。

「おまえちょっと性格に難ありすぎだぞ」

「ああすみません、先輩といると俺はしゃぎすぎですよね」

「知らんし」

もういいや、と手に持っていた写真集をおいて身を翻した。「じゃあな」と言い残したのに、豊田もついてきて横を歩き始める。

「一緒に帰りましょう」

「なんだよおまえ」

「先輩と仲よくなりたいんですよ」

「俺嫌だよおまえみたいの」

「ゲイだからですか?」

「違《ちげ》え、人を見くだした話しかたするのがうぜえしキモいんだよ」

「よかった、なら改善の余地ありですね」

めげねえな……。

本屋が入っているビルをでると、日が暮れ始めて街は緋色《ひいろ》に霞《かす》んでいた。駅へむかって商店街に入る俺の隣を、豊田もついてくる。

「本宮先輩は恋人いないんですか」

「豊田それ地雷《じらい》な」

こんな小さな商店街もクリスマスムード一色で、街路樹に電飾が施されていたりクリスマスソングがひっきりなしにながれていたりと、華やかな圧迫感に押しつぶされそうになる。豊田が、ふふ、とひかえめに笑う。

「おまえはクリスマス、彼氏とデートの約束でもしてるんだろ?」

「してますね。相手が高二なんで、来年ゆっくりできないぶん遊ぼうって話してます」

「高二っ?　若い恋人なんだな」

「まあそうですかね、ふたつ下で来年から受験生なんですよ」

豊田の口調が淡々としていながらも心持ち弾んで感じられる。こいつもただの恋する男子か。

「出会いって高校？　後輩だったとか」

「いいえ、幼なじみです」

「幼なじみか！」

「っ、なんすかでかい声だして」

「どうやって出会って恋人までこぎつけたのかなって疑問だったんだよ」

豊田がまた「ふは」と小さく笑った。

「興味持ってくれてたんですね」

「まあ、その、なんとなく」

「もともと彼の兄貴と同級生で、小学生から友だちなんです。それでよく三人で遊んでたんですよ。だから出会いで悩んだ経験はないけど、片想いは長かったですね」

「相手はノンケ？」

「もちろん」

「ノンケ落としたの？　すげえ」

「時間かけましたよ。恋人になったの最近なんで」

「最近？」

「そろそろ三ヶ月半かな」

「そうなのっ？」

もっと長くつきあっているのかと思っていた。そりゃ指輪までして浮かれるわけだ。

「じゃあ初めてのクリスマスかー、超楽しいじゃん。なんならおまえのほうがうきうきしちゃってんじゃないの？　チキン食ってエッチするまでのながれとか計画しちゃってさ」

「まあ当然ですよね」

「まじでかーちくしょうこのこの〜ちょっとおまえの首へし折っていい？」

「嫌ですよ」と豊田が吹いて、俺も一緒になって笑った。

商店街にあるたい焼き屋が近づいてきて、「寄ろう」と豊田を誘った。「お祝いにおごってやるよ」と財布をだして、豊田が「じゃあこれ」と指さしたチョコレート味と自分のこしあんを買う。そうして、往き交うおばちゃんたちや自転車でふらふら走るおっちゃんをよけつつ、かまびすしい夕方の商店街をふたりでたい焼き食べ食べ歩き続ける。大学帰りに小腹が空くと寄っているこの店のたい焼きは、平べったくて具がぎっしり。

「おまえチョコとか選んじゃう子なのな」

「俺甘いの好きなんです」

「可愛いかよ。なんだその突然のギャップ萌要素」

「あんこの甘さよりチョコクリームのほうがいいですね」

「語るな語るな」

真顔で言いながら口にチョコをつけて食べてやがる。彼氏が見たらきゅんとするのかね。

「先輩は出会いがなくて困ってるんですか」

「あーん〜、出会いはあったんだけど、出会ってよかった人なのかどうか、みたいな」

「問題ある感じの人？」

「恋より仕事ってタイプの人で、恋愛って意味ではからきし相手にされてないんだよ」

「歳上に片想いか」

「なんとなく先輩らしい」とまじまじ観察されながらこれまた真顔で納得されて、脚を蹴ってやった。

「歳上の男なんてどこで知りあうんです？」

「ネットで」

あっ、いま〝男〟って、と気づいたときには遅かった。豊田が横目で俺を見てにんまり笑む。

「ネットか。相手にされてないってことはリアルで会ってない感じですか？」

……ながしてくれた。

「や、えーと……会ったことはある。なんていうか、簡単に言うと、身体だけっていうか」

「え、先輩身体だけの関係アリな人なんですか、今度一回お願いします」

「その指輪がはずれたら考えてやるわ」

「セックスぐらいいいじゃないですか、単なる欲望発散運動ですよ」

「彼氏泣くぞ」

「いえいえ、平気です。あっちも女がいいっていまだに嘆いてるし、たまに女と寝てるんじゃないかな」

絶句して、たい焼きが喉につまりそうになった。

「熟年夫婦かよっ」

「つきあい長いですしね。あいつがノンケなのは変わらないから臨機応変にって感じで」

チョコをまだ口の端につけたまま、たい焼きの最後のひと口を食べて豊田が苦笑いしている。

……あ、こいつ泣いてる、と、そう感じる哀しげな笑顔だった。

「彼氏できてもいろいろあるんだな」

自分より身長の高い豊田の頭に左手をのばしててっぺんを撫でてやった。

「慰めてくれるならぜひ身体で」

「おまえ俺で勃つの？」

そんなに彼氏好きなら無理じゃね、と言いたくて顔をうかがったら豊田は目をまたたいた。

「いまので勃ちました」

「うわ最悪。たまってんな〜……」

軽蔑の目で見て、笑いだした豊田と一緒に俺もまた苦笑する。

人間の複雑な心と心で恋をするって本当に難しいことだな。どんな紆余曲折《うよきょくせつ》が豊田と恋人の現在の関係を形成したのかはわからないし、もしかしたら俺みたいな乙女野郎には理解するのすら難しいのかもしれないけれど、おそらくみんな、幸せを得るために足掻いている。自分の、あるいは誰かの、もしくは自分と周囲の人間全員の〝幸福〟っていうゴールへむかって、迷ったり躓《つまず》いたり、転んでまた立ちあがったりしながら、信じた道をすすんでいる。

豊田も案外不器用で、歩くの下手な奴だったんだな。さくさくスキップしていける奴なんてそうそういないんだろうけども。

「豊田あのさ、俺と友だちになって」

駅についていて、カード片手に改札へすすもうとする豊田のコートの袖をひっぱってとめた。

「は……？」

豊田は瞠目《どうもく》している。

「なろう」

念を押して頼む自分の声は照れて拗ねた小声になっている。人ごみの邪魔になりつつ、しばらく見返して返事を待っていたら、ぷ、と唇の先で笑われた。

「……そのセリフ、自分も言われるとは思わなかったです」

「も？」

首を傾げた俺の手を、豊田がぐいとひいた。

「俺後輩なんですけど、友だちにしてもらっていいんですか」

「おう」

うながされて、一緒に改札をとおる。豊田がにっかり微笑んでいる。

「じゃあラーメンでも食べにいきましょう。たい焼きのお礼と、友だち記念日ってことで」

「おうっ」

豊田とホームへむかいながら「豊田はなにラーメン好きなの？」「俺はさっぱり醤油かとんこつですかね。本宮さんは？」「俺はさっぱりから家系までなんでも食べる。野菜がごっそりのってんのはとくに好き」「あなた意外と雄々《おお》しいですね。とりあえず今日は俺のおすすめの店いきましょう」と話しているあいだ、俺の声浮かれてる、と照れくさく思った。

ゲイの友だちができた。

また今度氷山さんに会えて報告できたら、よかったじゃないか、と笑ってくれるだろうか。

賢いモンスターを考えた。名前は〝ひやり博士〟。完成したのは十二月二日。

ひやり博士は透明の氷でできた人型のモンスターで、アカデミックドレスをモチーフにした帽子とガウンをまとっている。眼鏡をして、片手には常にぶ厚い本も。

生まれたときから知能が高く、勉強もできるし他人を思いやる優しい心も持っている完璧なモンスターでみんなから尊敬されている。ひやり博士がもっとも得意とするのは、氷の彫刻みたいに自分の身体を溶かして削って、姿かたちを変える技だ。その技をつかうと、ひやり博士は化けたものの心も理解することができる。笑ってばかりいて〝おまえはなんにも苦しいことなさそうだな〟って呆れられているいししの淋しさも、〝くさい〟って嫌悪されるおくさの哀しみも、だにこに血を与えてふたりで支えあいながら懸命に生きているのらこたちの孤独も。全部、ひやり博士だけは知ることができる。

それで、辛い出来事があるとみんなひやり博士を頼りにするから博士も真摯に応える。でもだから、ひやり博士は頼れる存在でいるために、自分の苦悩を誰にもうち明けない。いつもにこにこして、自分は幸せだよっていう姿を演じる。

実際、みんなが喜んでくれると幸せだから嘘でもない。ただし、嘘でもない、っていうその思いが、ひやり博士に弱音を吐くことをさらに拒ませてしまう。博士の心には理解者のいない孤独が蓄積していくばかり。

ひやり博士が抱えているもうひとつの秘密は、削った身体を治すために辛い思いをすること。

失くした氷を得るには、再び身体に氷と雪を蓄えないといけない。そのために一年中吹雪いている雪国の、氷が浮かぶ冷えた湖に身を沈めて一晩中過ごすんだ。氷の博士も寒さは感じるけど誰にも内緒でひとりで。話し相手もいない真っ暗な湖に浸かって、頭に雪を積もらせて。

他人の心を知り、痛みをともに背負うっていうのは、それだけで苦しいことだと思う。みんなに尊敬され慕われる人は、心に抱えている幸福も不幸もきっととても大きい。ひやり博士は俺にとって氷山さんだ。

本当はこれに加えてキス魔神のエロ助だけどね。ともあれ、社長は口にしない辛さをいっぱい抱えているだろうからな。俺も雪になれるなら、彼の身体の一部になって支えたい。

ふんふん鼻歌をうたいつつ成長過程を絵に起こしていたら、横においていたスマホが鳴った。

『恋人のクマさんがオンラインになりました』

……あ、ログイン通知。

会いたいけど仕事がな、とスマホを手にとったら、再び着信音が鳴った。今度はメールだ。安田からの。

『仕事落ちついた。会えるよ』

お、まじか。

『わかった、じゃあ会おう』

おたがいの都合をあわせて、週明け月曜にハンバーグ屋で夕飯を食べる約束をした。

『おまえ相変わらず居酒屋は嫌いなのな笑』

たまに食事をしても、安田は俺より酒も強いくせに居酒屋だけは嫌がる。

『騒がしいから』

『うん、まあそうだね』

おそらくコンビとして最後の日になる。なのにがやがやうるさい騒音に邪魔されるのもな。

『じゃあ月曜にね』

『了解』

あいつ、メールだけは妙にきりっとしてやがる……会うときょどるのに。

メール画面をとじると、そこにある『アニパー』のアイコンが目についた。いまいけばまだ間にあうだろうか。『アニマルパーク』のまるっこい可愛いフォントを眺めて悩む。

……やめよう。セフレ探していたら邪魔になるし。ナンパしてるとこ、見たくないし。


『年末どうするんだ。結生がメールの返事寄こさないって母さん困ってるぞ。こないならこないでかまわないから、連絡はしなさい』

月曜日、サークルを終えて安田と待ちあわせた店へむかおうとしていたところで父さんからメールがきた。やべ、そういや忘れてた。〝困ってる〟つうか〝騒いでる〟んだろうな……。

『わかった、ごめんね。父さんには会いたいから帰省しようかな。母さんに連絡入れとく』

返事を書いて送信する。その勢いに乗せて母さんにも『年末帰れるかも』と短く返した。

こうやって男ふたりで軽くディスってるから母さんも余計苛立つんだろうけど、常時ヒステリックな母さんも悪いし、なだめるのを諦めた俺らも悪いし、って堂々めぐりだ。

「結生さん、帰ります？」

忍に呼ばれて「おう」とこたえ、鞄を肩にかけた。ラーメン食って友だちになって以来豊田とは〝結生さん〟〝忍〟の仲になった。

「え、ふたりともなんか急に仲いいね？　豊田君、浮気でしょ〜？」

サークル仲間の女子がからかってくる。

「ヤらせてくださいって、俺がいま口説いてるところです」

「おい、やめろばか」

「やだまじー？」と嗤われながらサークル室をでる。

「変なこと言うなよ」

忍を睨んだ。

うちのサークルはおとなしいオタク系と、とりあえずサークルに入っておこう精神のチャラい系がそれぞれ男女ともにいて、チャラい系は面倒くさい。

「ああいう人種は適当に喜ばせておけばいいんですよ」

冷笑を浮かべる忍の顔が不気味だ。こいつ病んでるなあ。

「帰ってちゃんと彼氏ににゃんにゃんさせてもらえよ？」

「にゃんにゃん？」

眉をひそめた忍がおかしくて吹いてしまった。

駅までふたりでぶらぶら歩いて帰った。忍に「どっか食事いきましょうよ」とまた誘ってもらったのを、「今夜はべつの友だちと予定あるんだ」と謝罪で返して別れた。

安田と約束したハンバーグ屋はふたりで何度かいったことのある店で、俺と安田の家の中間駅にある。いつもどおり出入り口のところで「よっ」「うん」と落ちあうと、おたがいお気に入りの牛肉百パー手ごねハンバーグを頼んでから一緒にサラダバーとドリンクバーへいって、ジュースと、たっぷり盛ったサラダを食べながらようやく落ちついた。

「……本宮は、ほんと、よく食べるよね」

安田はぼそぼそ小声で話しながらぎこちなくはにかむ。まだちょっと緊張してるっぽい。

「おまえもジャンボバーグ頼んでおいてよく言うわ」

俺は、メールで言われたことべつに気にしてないよ、って伝えたくて明るく笑い、サラダの大きなブロッコリーを口に押しこむ。

月曜日だからか客も少なくて、店内にはゆったりした雰囲気がただよっている。ひさびさに会った安田は天然パーマの髪がのびてきのこみたいにふくらみ、目もともほとんど隠れていた。もさいのにそれが芸術家っぽくてむしろ格好いい。左耳に小さなリングのピアスをし始めたのは、専門学校に入ったころから。なにげに綺麗な細長い指には、右の人さし指にごいつリング。これもたぶん専学の奴らの影響なんだろうな。でも似合っている。

「ねえ、……あのさ、これ、見て」

安田がサラダのフォークをおいて、鞄からファイルをとりだした。

「なに」と俺が身を乗りだすと、安田はファイルを手に持ったまま俺のほうへ傾けてひろげていく。それは、中学のとき安田が初めて絵に描いてくれたモンスターのプリントだった。

「うわ、懐かしい〜っ」

〝ねむむ〟というこのモンスターは、午後の授業が眠くてしかたねーって思ってできた子だ。ソフトクリームのうずみたいな頭をしてる人型の小さな子で、モンスターたちの眠気を食べて、食べたぶん眠って生きている。

「ねむむたちの四コマも残ってるよ」

安田がページをめくると、当時ふたりで創作した四コマ漫画もでてきた。

「ああほんとだ可愛い、懐かしいっ」

綺麗に色を塗って描かれた物語たち。これが当時のブログでいちばん人気だった。

ねむむが欲する睡眠欲は三大欲求のひとつだから、遊んでいたいモンスターたちが調子に乗ってねむむに眠気を食べてもらっていると、どんどん体調を崩してしまう。それで、やがて〝あいつは悪魔だ〟〝悪魔のモンスターだ〟とねむむが責められ始めて、仲間はずれになる。

ひとりぼっちになったねむむのもとに、ある日〝おつき〟っていう眠らなくても生きていけるモンスターが現れて、友だちになってくれる。月がモチーフのまるい顔をした、いつも白くほのかに光っている温かい優しいモンスターだ。しかしおつきはおつきで傍にいる子を夜の孤独に似た淋しい気持ちにさせる力を持っているから、やっぱり嫌われていてひとりぼっち。

ねむむは〝淋しいのはおつきのせいじゃないよ、淋しさはみんなが感じながら生きていく、しかたのない、当然あるものだよ〟と言って、おつきと一緒にいるようになるけれど、眠気が栄養で、栄養をとって眠らないといけないねむむと、ずっと起きているおつきは、一日のあいだにほんの数十分しかおしゃべりできない。短い時間の温もりに満ちた逢瀬《おうせ》。それでも友情は、心できちんと育めるっていうお話。

「はあ、まじで懐かしい……このお話大好きだったよ。安田、ブログとじたあともこんなふうにきちんと残してたんだね。俺データで保存してるけど印刷はしてなかったもん」

改めて読んで、ふたりで創った物語ながらじんとした。お話のベースは俺が創って、安田が〝こうしたら？〟と案をくれながら四コマのカラー漫画にしてくれた。毎日二ページほど更新される物語はだんだん話題になって読んでくれる人も増えていった。そのあいまに、ドラゴンなんかの格好いいモンスターの一枚絵もふたりで創ったりして、ネットのむこうの顔も知らない人たちに喜んでもらっていた。

「ねむむとおつきは、特別なんだ。……救われたから」

「え？　そんなの初耳」

「初めて言ったしね」

ふふ、と笑っている安田の目は髪に隠れて見えないものの、猛烈に照れているのはわかる。

「本宮は明るくて、誰にでも話しかけるでしょ。ぼくらみたいなオタクにも、派手なヤンキーにも。ぼくは人を選んじゃうタイプだからさ、なんか……ねむむとおつきがわかる」

俺だって苦手な人ぐらいいるよ、とつっこむのは、いまはひかえておこう。「……ふうん」と相づちをうった。

「このころは自分の基盤っていうか……ただただ楽しく描いてたころで、創る楽しさを見失って気持ちが乱れると、見返してた」

「ん……そうか」

「本宮の創る子が好きで、本宮のいちばんのファンだっていうのも……忘れたくなくて」

安田はファイルのページをめくりつつ、照れて笑いながら切れ切れに小さく話す。ハンバーグ屋のテーブルは脂《あぶら》ぎっていて、手で触るとねとっとする。そのせいか、安田はずっとファイルを持ちあげ加減にして、下につけようとしない。大事にしているのが伝わってくる。

俺のことまで羨んで劣等感に苛《さいな》まれていた、と言った安田。このファイルにつまった当時の絵や自分たちが、こいつの安定剤になっていたんだな。

「ありがとう。てかおまえ、まだハンバーグもきてねーのに語るのはやすぎだろ」

シナリオきっちり考えてきましたって感じの語りかただったじゃんよ。ばん、と腕を叩いて笑ってやったら、安田も吹きだした。

「話さなきゃって思ってて」

「わかってるけど。俺も今回のことで安田にずっと甘えてたんだなって反省したし。この漫画もさ、安田のおかげで毎日すげえわくわくしたもんな……俺も基盤だな。忘れないよ」

「うん」

「安田が挿絵してるラノベってどんなの？　あとで本屋いって教えてよ」

「本宮、ラノベ読む？」

「おまえが仕事した本は読みたい。俺そんななんだよ。ひろく浅くっていうか、人づきあいもオタク趣味も深くないの。薄っぺらで情けない」

ふふふ、と安田がコーラをひとくち飲んで笑った。

「本宮はアニオタじゃないでしょ。怪獣オタで、エイリアンとかクリーチャーのデザイナーに好きな人いるよね」

「ああ、うん。エイリアンは画家ね。超格好いい、大好き」

「ぼくはそっち明るくないよ。オタもいろいろあるから浅いってことはないと思う」

安田はこういうとこ優しい。

「ん〜。でもどうだろ。八方美人なだけじゃないかな」

友だちに性指向を教えないままふんわりつきあっているのもうしろめたい。

「ぼくは正反対。オタク趣味も描くの中心で、人づきあいも趣味があう相手としか話せない。狭く深くだよ。自分と違うって感じた人の前では無口になって嫌われる。本宮に話しかけたのも、あのときの自分はなんだったんだっていまだに思うもん」

「嬉しかったよ。おまえが〝なんで〟って思ってるならそんだけ運命感じちゃう。あれが全部の始まりでいまの自分に繋がってるんだから」

「うん……不思議だよね」

「友だちが大勢いればいいわけじゃないよ。趣味も人も深く大事にしてる安田はめっちゃ信頼できる人間じゃん。きょどるのはなおせばって思うけど、話してればこうやって受けこたえしてくれるんだから」

「それは、ぼくも本宮に甘えてるから、だよ」

ふふん、とにやけて安田の肩をまた叩いてやったら、安田も照れて俺を叩き返してきた。

ファイルをとじた安田が「あとさ」と目を伏せて続ける。

「賢司さんに『うちに就職しないか』って誘われた。本宮もだってね」

「あ、……うん」

「ぼくは断ったよ。ソシャゲ以外の仕事もしたいから。本宮はどうするの？」

「俺は、大柴さんのとこで本格的にキャラデザの勉強させてもらうのもいいかなと思ってる」

うなずいた安田がファイルを鞄にしまい、へへ、と笑う。

「頑張ってね、応援するよ」

これで、コンビは――。

「本宮に勝手なことたくさん言ったり、したりしてごめんね。家にこさせたりしたのも」

「改まって謝るなよ、いいよ。俺も我慢させてたこといっぱいあったろ」

俺も笑顔を繕って、ふたりで別れの淋しさを蹴散らすように笑いあった。

「本宮のおかげで怪獣とか恐竜とか練習してきたぶん得意だから、ソシャゲ以外の仕事してても重宝されるよ。でもつまらないラノベの挿絵で女のパンチラ描くより、本宮の子たち描いてるほうが本当は楽しい」

「おまえたまにさらっと毒吐くよな」

「パンツのなにがいいんだろう。ぼくはおっぱいがいい」

「知らんし」

「本宮の子たちの生々しさが好きなんだ。人間くさいところ」

「うん、ありがとう」

「おっぱいと張るぐらい好きだよ」

「おっぱいと同列なの？　え、俺の子たちそういう目で見られてたの？」

安田が吹きだして口を押さえる。

「本音を言えば、本宮の子たちをべつのイラストレーターが描くの見るのは悔しいよ。でもぼくとコンビでいると本宮の仕事も狭めると思うから、賢司さんの会社で働いて、楽しいゲームたくさんつくってね」

「……うん。ありがとう。おっぱいに負けない子たち創るよ」

肩を揺らして笑う安田が「うん」とうなずく。

「俺も安田のこと応援してる。安田の画力と再現力に助けられてた部分たくさんあるんだよ。何回か言ったことあるけどさ、俺が力不足で〝こう描きたい、こういう表現したい〟って悩んでたところ、何倍も素敵な絵にして生かしてもらってたから。安田には敵わないだろうけど、追いつけるように、絵の勉強して頑張るよ」

俺も照れて笑いかけたら、安田がきりっと真剣な顔つきになった。

「絵は萌だよ。〝こういうおっぱいが好きだ〟っていうこだわりと情熱が、線のながれを変えるの」

「結局おっぱいかよっ」

「大事だよ」

「おっぱい好きな～？」

つっこんでふたりで笑っていたら、ちょうどウエイトレスさんがハンバーグを持ってきてくれて、「あ、どうも」と動揺しつつお礼を言った。安田も「ジャンボはぼくです」と急にかしこまって頭をさげる。おかしくて笑いをこらえる俺を睨んで、安田も半笑いになる。

「いただきます」とそろって言ってハンバーグを食べた。その後はもう仕事の話はしなかった。

おたがい最近気になっている漫画や映画、それに身近で起きた他愛ない出来事なんかを教えあって談笑しながら、安田にも〝名前で呼びあおうよ〟と誘ってみようかなと思った。けど、なんかそれも違うなって気がした。俺らのあいだでは名字がすでにあだ名みたいなもんだし、安田ってかためな呼びかたには尊敬の意識も加味されてていい。

俺も結生って言われて馴れあうより、本宮って呼ばれていたほうが心を律せられて嬉しい。本宮最近どうなんだ、絵の勉強捗ってるのか、いいゲームつくれてるのか、と、安田にはそう厳しく見られていたい。

食事が終わると本屋へ寄って、安田が携わったラノベを教えてもらった。瞳がきらきらした可愛い女の子より、肩に乗っている子竜を見た瞬間〝あ、安田だ〟と思ってしまった自分を、ひどく薄情に感じて罪悪感が湧いた。ペンネームも〝ヤス〟だった。

「人間の絵、新鮮だ。中学のころ安田のブログで見たきりだったから。俺いままで安田に自分の好きなものばっかり描かせてたんだね」

ごめん、と謝ったら笑われた。

「本宮の子たち描くのも好きって言ったでしょ。人間だけ描きたいわけでもないよ」

「見て」と安田が文庫の帯をしめす。〝発売後即重版の人気作第二弾発売‼〟とある。

「ぼくたちが創ってきた子たちは殺されるだけだったけど、この仕事は受け手に求めてもらえてるって実感できるから嬉しい。違うのってそこぐらいだよ」

胸が熱くなった。

「わかるよ、厄介者扱いされてばっかりだったもんね」

「うん。本宮が創るのは悪い魔王ですら辛い経験をして悪に染まったってタイプの憎みきれない奴らだから、描いててもまた殺《や》られるんだなって鬱々《うつうつ》した。それはふたりでもよく話してたじゃん？」

安田の言うとおり、仕事を終えて会うたびに『辛いね……』とため息をこぼしあっていた。創り手の俺たちがずっと抱えてきた思いだった。

「とりあえず、おっぱいがうまく描けたラノベの見本、今度遊ぶときあげるよ」

「結局おっぱいかい」

笑う安田のもっさりした髪と隠れた目を見つめて、今日、いまこの瞬間の安田と自分、この感慨を、嚙みしめておこうと思った。

本屋をでて人けのない夜道をならんで歩きながら、おっぱいはいいだの、新しい冬服が欲しいだの、だらだら話して駅へむかった。

氷山さんの会社でつくるゲームが完成したら安田に報告しよう、と決めた。育成ゲームで、社長が俺のモンスターたちを大事にしてくれている、と知ったら、安田もきっと喜んでくれる。だから安田に対しても恥ずかしくないゲームにしよう。

駅の改札をとおって、おたがい反対方面のホームへいって別れた。

階段をおりると、夜のしずかなむかいのホームに安田が立っている。なんか照れくさくて、にやにや笑いあう。俺の電車のほうが先にきた。

「じゃあな」と声をかけて右手をふった。

「またね」と髪に目を隠した安田が唇をにっとひいて、笑顔で応えてくれた。

電車がくる。アナウンスがうるさい。俺も慌ててこたえる。

「またな！」

強く冷たい疾風と騒音に安田の姿が掻き消される瞬間、笑った唇だけはきちんと見えた。

「えっ、ぬいぐるみですか？」

『はい。とりあえず最初の三人をつくろうという話になりまして、いししとおくさとのらこのサンプルが届いたんです。なので本宮さんにも監修をお願いできませんか？』

「あ、はい、もちろんですっ」

『ありがとうございます』

　草野さんからびっくり仰天な電話をもらったのは、安田と会った翌日の夕方だった。

『よろしければ弊社へご来社願いたいのですが、本宮さんのご都合はいかがでしょうか』

「会社に？　えっと、俺はいつでも大丈夫です。草野さんにご迷惑でなければ、明日でも」

『わたしも大丈夫です。では明日の午後、いまぐらいの時間にしましょうか』

「はい」とこたえて、改めて場所を教わってメモした。氷山さんの会社にいくのか。明日。

『わたしもご挨拶させていただけるのを楽しみにしています』

　草野さんがにこやかな声で歓迎してくれる。

「俺もです、よろしくお願いします。でもあの、ぬいぐるみって、まだゲームも完成してないのにはやすぎませんか？　そもそもソシャゲでグッズをつくるの自体珍しいことですよね。俺この仕事数年やってきて初めての経験なんですけど……」

　大柴さんの会社の人気ゲームでもグッズ販売なんてほとんどしない。他社でもそこまでするのはアニメ化してるような有名作品だけじゃないだろうか。こんなの異例すぎる。

『氷山がつくるって言いだしたんですよ』

「え」

『ゲームの宣伝につかいたいし、スタッフたちの士気を高めるためにも会社に飾りたいって。氷山自身が欲しかったんだと思います、とてもはしゃいでましたから』

草野さんが笑っている。……ぬいぐるみをつくりたいとは言ってくれていたけど、だったらこれ氷山さんの完全な趣味じゃん。士気を高めるとか、ただの口実でしょ。なんなんだよめちゃんこ嬉しいよくそ……。

『すごくいいできなので、明日楽しみにしていてくださいね』

「はい……わかりました、ありがとうございます」

会社で氷山さんにも会えたらお礼を言おう、と思う。自分のデザインした子たちの立体化とか夢みたいだ。氷山さんの過剰な優しさが憎い反面、この手に抱けるのは楽しみでならない。

わくわくする気持ちを抑えて、いまちょうど仕上げに入っていた今回最後のひとりのモンスターを完成させ、メールに『明日お会いしたときお返事ください』と添えて送信しておいた。これで九人できあがりだ。

椅子から立って身体をのばし、鳩笛を持ってベッドの窓辺へ座る。カーテンをあけるとすっかり夜も更けていて、冬風がひゅぉと窓を揺らした。冷気が浮かんで頬まで凍えさせる。

ふぉ〜と鳩笛を吹いた。

前に氷山さんと会ってから一週間か。『アニパー』にログイン通知が届いても追いかけていなかったから、長いあいだ会話もしていない。

ガラス窓越しにちかちか震えて光る星を眺めて鳩笛を吹く。ふぉ〜と鳴る。

——鳩は幸せを呼ぶんだよ。

人は人を声から忘れる、と氷山さんは言ったけど、俺はしっかり憶えていた。幸せになれる鳩笛を一緒に吹いた明け方の空の色も、抱きしめた氷山さんの身体の体温も、髪の匂いも。

幸せになりたい、と願っているときって、心のなかに〝これが欲しい〟っていう明確な願いがあるような気がする。だからそれが得られないと不幸のような気分になって、手もとにあるいくつもの幸せを上手に受けとめられなくなったりする。

氷山さんと恋人になることだけが幸せだ、なんて俺も勘違いしないようにしなきゃな。いま充分幸せだ。失恋のたったひとつの哀しみだけで、自分は不幸だとは言えない。でも告白してみたら氷山さんもこう……〝俺もセフレとの乱れた関係はやめるよ、これからはおまえ一筋だ、きりっ〟みたいに、紳士に変身して応えてくれたり……しないな、ないない、それ氷山さんじゃねえやキモ。期待すんなって。なんせ四億人を食い捨ててきた男なんだもんな。

ひとまず明日楽しみにしておこう。大学でサークル活動してから移動、で時間も間にあう。もし会えても、会社では仕事相手として接しなければいけないのはもちろんのこと、俺らがプライベートで会っているのを知らない草野さんの前でも注意が必要だ。気をつけよう。

悶々と計画しながら鳩笛をおいて布団へ入る。シーツが冷たくって身が竦む。

おやすみキス魔神。セフレじゃなくて、いまごろ好きな人と一緒にいたりするんだろうか。好きな人にはどんなキスをするんだろ。……たとえ四億人のてっぺんのほうにいたとしても、好きな人には敵わないな。

「あぁ、すっごくすごく可愛いですっ……」

モンスター三人のぬいぐるみと対面したとたん、仕事の緊張感もすっ飛んで感激の声をあげてしまった。

「可愛いですよね～」

ショートカット美人の草野さんも一緒に喜んでくれる。

三人とも両掌に入る中ぐらいのサイズで、鞄とかにつけて持ち歩くより、部屋や机に飾るのにちょうどいいような大きさをしていた。

いししは成長初期の姿で手脚はなく、まるくごつごつした灰色の石っぽくできている。いしし、っていたずらっぽく笑っている顔をしている。

おくさは成長中期。まるい顔の人型で葉っぱのワンピースを揺らし、両手をあげて踊っている姿。頭のお花もまだ蕾。にっこり微笑んでいる表情が可愛い。

のらこも成長初期。招き猫っぽく座っている肩に、だにこも小さく乗っかっている。強くて格好いいのらこらしい凜《りん》とした目をしている。

「すごい、本当にぬいぐるみになってる……」

いししを両手に包んで揉んで、おくさの腕を揺すって、のらこの顎を掻いた。ふわふわのぬいぐるみの生地が気持ちいい。嘘みたい。絵に描いたみんなが現実にここにいる。

「表情も上手に再現してくれてますよね」

草野さんもいししを持って眺める。

「はい、本当に、俺のあんな下手な絵でここまで……嬉しいです」

興奮がおさまらないから声だけは抑えた。案内してもらったミーティングルームはビル一階の隅にあって、仕切りはあるものの受付や出入り口とも近い。

「わたしも自分が携わったゲームのグッズをつくるのは初めてなので嬉しかったです。氷山の士気を高めるって言いわけも案外、的《まと》を射《い》てるなと思いました」

「言いわけって」

「そうですよ、つくるつくるって子どもみたいに騒いで、氷山は本宮さんのモンスターが可愛くてしかたないんです。スマホの待ち受けにもして、社員に見せびらかしてますから」

待ち受けっていまはこの子たちに変えてくれているのかな。社員さんに見せびらかすような無邪気な面もあるんだ、氷山さん。可愛いかよ。嬉しいだろくそ。

「これはあくまでサンプルなので違う部分があれば調整しますから教えてください」

「あ、はい」

ほぼ理想どおりだったけれど、いししの石っぽさの再現についてや、おくさのスカートの厚みや、のらこの目の描きかたを、可能なら微調整してくださいとお願いした。

草野さんが自分のノートに三人の絵をざっくり描いて、矢印で〝石感、スカート薄く、目を細く〟とメモしてくれる。草野さんの絵で描いてもらった三人も可愛くてこっそり嬉しい。

「でもこんなにこだわっていいんですか？　飾ってもらうだけなら俺はこれでも充分です」

「ええ、じつは今日の午後また氷山やほかの社員とも話していて、ゲーム配信時にプレゼント企画をすることに決まったんです。このぬいぐるみもそれぞれ十名、合計三十名ぐらいに抽選プレゼントする予定なので、細部までこだわってもいいかなと」

「えっ、あ、宣伝につかうってそういう？」

「はい。プレゼント企画以外にもさまざまな宣伝方法でゲームを盛りあげていきますよ。氷山には秘策もあるみたいなので、決定次第本宮さんにもご報告しますね」

「ありがとうございます……ほかの子たちもはやく創っていきます」

ちぢこまって頭をさげたら、草野さんに「大丈夫ですよ、楽しみにしてます」と眉をさげて苦笑された。

そのながれで草野さんが「新しい三人も今朝届きました、ありがとうございました」とモンスターの感想もくれた。

「ひやり博士も本当に切なかったです……博士が傷を治す湖はずっと吹雪いてるんですか？」

「はい。もともとひやり博士が住んでいる場所が雪の国なんですけど、博士がひとりでいく湖は一年中激しく雪が降ってるんです。寒すぎてほとんど誰も近寄りません」

「ふむふむ、じゃあ雪のステージというか、背景もいりますね」

草野さんがメモを続けながら「世界観のマップも本宮さんの想像があればいただけますか？」と求めてくれて、「わかりました」と応じる。

「……自分の悩みを聞いてくれる人って貴重な存在だと思うんですよ。もっと正確に言うと、〝醜いところも含めたありのままの自分を受け容れてくれる人〟っていうんでしょうか。わたし自身、自分のことを全部受けとめてくれる他人はひとりいるかな、どうかなって程度です。なんていうか、そもそも怖いんですよね。さらけだすのって」

「うん……わかります」

「本宮さんのモンスターも全員自分の欲を耐えてるじゃないですか。ただし逃げたり縋ったりするのが自分を守る保身でもありながら、やっぱりほかのモンスターのためなんだなっていう思いやりがすごく伝わってくるんです。そこが、感情移入しながらも憧れる部分っていうか、癒やされる部分っていうか……──すみませんわたし、語ってしまって」

「いいえ、嬉しいです」とこたえて、ふたりで照れ笑いになった。

「本宮さんには、どんな話も聞いてくれるだろうと思わせる温かさがありますよね」

「ほんとですかっ？　そんな、初めて言われました」

「作品を見てるせいでしょうか。この子たちを創った人なら頼れるぞ、って気分になります」

「だとしたらめっちゃ美化されてますよ、それ……」

　草野さんがまた右手で口を押さえて上品に笑う。

　ここまでモンスターたちに寄り添った思いや感想を聞かせてもらった経験がなかったから、驚きの連続だ。氷山さんと知りあって以降、べつ世界に迷いこんだような錯覚がある。俺の子たちってそんなにすごいっけ、みたいな。おまけに俺本人のことまで、みんな褒め上手すぎる。

「氷山も本宮さんに会う前から『きっと人の気持ちがわかる優しい人に違いない』って話してましたよ」

「思いっきり裏切っちゃいましたね……」

「いえいえ」と手をふって否定してくれる草野さんは大人だ。ただのちんちくりんの大学生で申しわけないぜ。

次に創る三人のモンスターのテーマもふたりで決めて、一時間半ほどで打ちあわせを終えた。

「個人的にお願いがあるのですが……」と草野さんに色紙を頼まれて、恐縮しながらリクエストののらことだにこを描かせてもらった。サインは、ユキ、と書いた。

「俺、サイン書くの初めてです」

「初サイン嬉しいですっ。わたしも氷山に負けないぐらい長いファンですから、自慢します。社員もみんな羨ましがりますよ。この色紙も社内に飾りますね」

……持ちあげられすぎておっかなくなってきた。

「氷山も今日本宮さんと会いたがっていたのですが……生憎留守で、すみません」

「あ、いえ」

留守。外出中なのかな。草野さんの笑顔が心なしか曇って見える。仕事ならしかたないけど、ぬいぐるみのお礼は言いたかったな。

「本宮さん、ぬいぐるみのサンプルひとつなら差しあげますよ」

ずっと三人を手もとに抱えていたせいか、草野さんがうふふと笑ってうながしてくれた。

「え、いいんですか」

「先方にもおなじものがありますから。完成品も送るので楽しみにしててくださいね」

「はいっ」とうなずいて、迷いに迷っておくさをもらった。鞄に慎重につめてチャックする。

そろそろお暇《いとま》するころかなと思っていたら、「申しわけございません、失礼します」と若い私服姿の男の人が頭をさげてやってきて、草野さんにこそこそ耳うちしてから書類を渡した。草野さんも相づちをうちつつ「わかりました」とこたえている。急ぎの仕事みたいだ。

私服の会社って自由でのびやかな印象を受けるなと感じ入る一方で、彼がすでにコートを着て鞄を持ち、帰り支度をすませているようすに、おやと思う。時刻はまだ四時半。定時退社にしてもちょっとはやいんじゃ……？

話しを終えたのか、草野さんの「お疲れさまです」という挨拶に返答して、彼は再び一礼してから去っていく。

「本宮さん、すみません打ちあわせ中に。このあと必要な資料だったので」

「あ、いえ……。もうお帰りになる感じでしたね。外仕事かな」

「彼も本宮さんのファンですよ。うちの３Ｄデザイナーで、学校へかよってるんです」

「え、学校？」

「はい、主にＣＧの勉強を。うちは氷山の意向で社員の教育にも力を入れていて、学ぶ意思があれば業務時間にも融通を利かせて通学許可してるんですよ。その学費はもちろん、資料一冊からパソコンなどの必要機材についても、購入時には会社が数パーセント負担してくれます」

「えっ、それすごくいいですね」

「そうなんですよ。おかげでＣＧデザイナーとして入社した社員がプログラミングの技術も身につけて幅ひろく業務に携わったりして、万能になっていくんです。わたしもいろんな資格をとりたいと思ってるんですよね」

なんてこった……仕事しながら勉強してスキルをあげていけるなんてめっちゃいいじゃん。大柴さんが氷山さんを〝クリエイター思いだ〟と評価している理由って、こういうところにもあるのかも。クリエイターどころじゃないな、社員想いなのか。惚れなおさせやがる……。

「余談をすみません、また次のモンスターも楽しみにしています」と草野さんが立ちあがり、俺も「こちらこそよろしくお願いします」と頭をさげて、ふたりで出入り口へむかった。

別れの挨拶をかわしてお礼も伝え、氷山さんの会社をあとにする。オフィスは二階にある、と草野さんが言っていた。氷山さんが普段仕事をしている場所もちゃんと見てみたかったな。

やがて駅に着いて電車に乗り、薄青く染まっていく夕暮れどきの空を眺めて揺られながら、……俺、氷山さんに会えるのをかなり楽しみにしてたのかも、とそのとき気がついた。十二月の凍える風、都会の人の忙しなさ、家並みに消えていく太陽――氷山さんが遠かった。

コンビニ弁当で夕飯を終え、風呂に入って温まり、今夜は仕事をお休みしよ、と携帯ゲーム機ですこし遊んだあとベッドの窓辺へ座った。おくさのぬいぐるみを膝において鳩笛を吹く。

……『アニパー』にいってみようか。

お手紙機能でぬいぐるみのお礼を伝えるだけでいい。次にいつ会えるかわからないんだし、草野さん経由じゃなく自分の口で言いたいし。言うのが礼儀だと思うし。べつに変な行動でもないし。……うん、変じゃない。あたりまえのこと、常識常識。

壁かけ時計に視線をむけると十時半をさしている。水曜の夜十時。氷山さんがいつもログインしている時間よりはやいから十中八九会えないのは確実として、期待しないでいってみようかな。なんて送信しよう。〝ありがとうございます、嬉しかったです〟とか？　仕事の口調だな。そりゃそうだけど。氷山さんからも〝喜んでいただいてなによりです〟って丁寧に返ってきたりして。虚しいな。クマさんとユキのセックスを見るより虚しい。というか淋しい。

ふぉ〜、と鳩笛を吹いて、それからおくさの両腋の下に手をまわして揉んだ。……あの人、腋フェチなんだっけ。へんたい。

ピピ、と突然スマホが鳴りだした。この着信音は電話だ。騒がしさに焦ってこたつテーブルにおきっぱなしにしていたスマホをとって確認すると、……え、氷山さん？

『——結生か』

ぶわ、と声を吹きこまれた左耳から左腕を伝って、左腿のあたりまで一気に鳥肌が立った。

「はい……こんばんは。どうしたんですか、電話なんて」

『迷惑だったか』

「全然……迷惑とか、そういうのじゃないけど」

驚かせるなよ、と逆ギレしてるみたいな可愛くない声になる。氷山さんは苦笑している。

『今日きてたんだろ。ぬいぐるみのサンプルができたんだってな』

「あ、はい。……お礼言おうと思ってたとこでした。みんな可愛くてすごく嬉しかったです」

『そうか、可愛かったか……いいな』

「ん？　留守って聞いたけど、氷山さんはまだ見てないの？」

『見てない』

会話がとまってしまう。なんだろう、氷山さん元気がない……？

『どうだったか感想聞きたかっただけだ。じゃあな』

「えっ、待ってよ、なにかあったの？　ようす変だよ」

慌ててひきとめたら、ため息のような苦笑いがまた聞こえてきた。

『じゃあ鳩笛聴かせて』

怪訝《けげん》に思いつつ手もとにあった鳩笛をふぉ～と吹く。二回続けて吹いてあげた。

「元気でた？」

『でたよ』

そうは言っても、元気じゃなさそう。わざと明るさを装う声が暗然と沈んで聞こえる。

――氷山も本宮さんに会う前から『きっと人の気持ちがわかる優しい人に違いない』って話してましたよ。

もしかして、なにか辛いことがあって俺を頼ってくれたんだろうか。

「俺、会いにいこうか。おくさのサンプルだけもらったんだよ。電車ならまだ間にあうし」

『いま東京にいないんだ』

「出張？　どこにいるの」

『青森』

また青森……。

「……ごめんね、青森じゃ明日にならないといけない」

ふっ、と氷山さんが小さいながらも吹きだして笑ってくれた。

『おまえは本当に飛んでこようとするな』

心配でいてもたってもいられないから、時間は無理でも距離ならいくらだってちぢめられるから、弱った声聞くのが辛いから、あんたがたとえ、もし本当に好きな人に傷つけられて苦しんでるんだとしても、どうしたって好きだから。俺も好きでしかたないから。大好きだから。

「約束したからね。男に二言はねーよ」

ふん、と威張ってやった。氷山さんは『頼もしいこった』とすこし笑う。

『明日は帰る予定でいるよ』

「そうなの。じゃあいくよ、おくさのサンプル持ってく。氷山さんが疲れてなければ」

『なにするかわからないぞ』

息がつまった。

「あんたどうせ俺のこと抱かないだろ」

『明日は抱く』

「へ～、わっくわくだぜ」

……心臓がはち切れそうだ。抱くって言った。どうしよう、抱くって。

『会社には寄らないつもりだったから、そうだな……夜八時に駅で待ちあわせて迎えに、』

「羽田《はねだ》にいくよ。飛行機の便、『アニパー』のお手紙でちょうだい。俺が迎えにいく」

飛行機だよね、と続けて問いかけたら、しばし沈黙があった。

『結生』

ふいに深刻な声音で呼ばれて、うん、と返事をしてもこたえがない。

どうしたんだろう、と気にしながらも、電話なのに黙っている、という焦りはふたりで黙していているうちに徐々に薄れていった。

氷山さんのほうから小さく救急車のサイレンが聞こえてくる。こっちからはきっと外のイヌの鳴き声が届いている。おたがいの場所の音を送りあって、ただ無言で繋がりあう。

ここにいなくても氷山さんは俺といてくれているし、俺も氷山さんといる。鳩笛を片手に持っておくさを抱き、窓の外の夜の景色を眺めた。狭い路地にひろがる外灯の淡い明るさ、遠くの家の部屋の灯り。それから目をとじて氷山さんのいる青森の音に耳を澄ませ、スマホ越しの彼の姿を想像した。氷山さんが誰を想っていようとも、いま、氷山さんのこの夜は俺のもの。

『……ごめん、結生』

「え」

『スマホの充電が切れそうだ』

ふはっ、と笑ってしまった。なんだよビビらせんなよ。

『いったん帰らないと充電できない』

「まだ外だったんだね」

ああ、と氷山さんもほんのわずか晴れやかに笑う。

『戻ったら手紙送っておく』

「おう、明日ちゃんと飛んでいくからいい子にして待っててろよっ」

『はは。了解』

笑いあって、おやすみ、と電話を切った。

喜びと淋しさで変に高揚した気持ちを胸に燻らし、おくさと一緒に布団へ入って目を瞑る。

それから一時間ほどあとの深夜、氷山さんのお手紙が届いていたのを朝になって確認した。夜六時台に到着するフライトナンバーと、ひとことメッセージが添えてある。

『話せてよかった、ありがとう。今夜会えるの楽しみにしてるよ』

羽田空港にくるのは高校の修学旅行以来だ。どこになにがあるのかほとんどわからないなか、案内に従って人の波をよけながらすすみ、なんとか到着ロビーへたどりついた。

到着案内板に氷山さんの飛行機の便がでている。出発地が青森の六時二十分着便。

椅子に座ろうにも混んでいるし、到着したばかりの人たちも大勢往来しているので、ガラス張りのゲートの端に立って待った。

ちょうど到着した乗客がゲートからながれてきて、迎えにきた人と連れだって去っていく。そばのカフェやおみやげ屋へむかう人もいれば、レンタカーの受付や宅配カウンターにならぶ人もいる。そしてひっきりなしに響いているアナウンス。氷山さんもあと十分もしたらくる。

……抱くって言ってくれたから、今日はサークルも休んではやめに帰宅し、風呂へ入って身を清めてきた。俺ばかかな。ばかだよな。でも東京の現地旦那としては上出来だろ。何番目の現地旦那かは知らねーけど。

あの人どんな気持ちで、いまからこのゲートをくぐって帰ってくるんだろう。〝会えるの楽しみ〟ってお手紙で言ってくれたし、べつに顔見たとたん駆け寄ってきてキスしてくれてもいいんだけどね。そーいうドラマチックなのも嫌いじゃないけどね。とりあえず、昨日の夜よりすこしは元気になっててよ。

『お疲れさまです。着いてるよ、ゲートのところにいます』

スマホの電源は切っているだろうけど、一応『アニパー』からお手紙を送った。

アナウンスが入って到着時間もすぎた。まだ乗客はこない。自動ドア越しになかを眺めて待っていたら、やがてスマホが鳴った。氷山さんからの着信だ。

『お疲れ。いま着いたよ』

声は明るかった。

「お疲れさま。俺ももう待ってるよ。ゲートのすぐ近くのところにいる」

『わかった。荷物受けとったらいく。一度切るぞ』

「はい」と通話を終える。……帰ってきた。会える。短い会話だったのに声にどきどきした。一応元気そうで、それも安心した。ああ……俺惚れきってるな、とお手あげ気分になる。

そのうち大勢の乗客が階段をおりてきて、手荷物受けとり場へ群がり始めた。ベルトコンベアに乗ってまわる荷物を、みんなが選びとっていくのが見える。

氷山さんは……と、目を凝らして探していると、ちょうど人ごみのうしろのほうに歩み寄る姿を見つけた。茶色の温かそうなハイネックムートンジャケットに灰色のパンツと黒のブーツ。腹立つぐらい格好いい。やめろ眼鏡くいってすんの。きゅんがとまんねえよ。

あ、こっちむいた、とどきりとしたら、目があった瞬間唇をひいて瞳をにじませ、微笑した。時間がとまった気がした。けど周囲は忙しなく動いていて、とまったのは自分だけだった。自分の意識、世界が、氷山さんだけになった。

「結生」

数分後、キャリーケースをひいて氷山さんがやってきた。

「悪かったな、わざわざこさせて」

あどけない笑顔で嬉しそうに礼をくれる。髪が若干乱れていて、疲れを感じさせる。

「ううん。空港、ひさびさだったから。建物格好よくて楽しいよ」

笑いかけて、意味もなく口もとのマフラーをいじりながら目をそらした。なんか胸が苦しい。前に会ってたころ俺どう接してたんだっけ。

「ああ、たしかに空港は独特の空気があるよな。——どうする、おまえ食事は？」

「あ、食べてないけど、なんでもいい。コンビニ弁当でも」

「それはないだろ」

「なんで？　俺いつもそんなだよ」

「は？」と眉をまげて、鬼より怖い顔で睨まれた。

「おまえふざけるなよ、いつもってどういうことだ」

「いつも……は、いつも。ほぼ毎日」

「毎日⁉」

ぶん殴られる、と思わず肩を竦めて身がまえると、大きな嘆息が洩れてきた。

「ったく……じゃあ、どうせならここで食べてくか。先に荷物おきにいくぞ」

呆れて観念したというより、哀しんで諦めたような目と声をしている。

「……ごめんなさい」

謝ったら、「怒ってるわけじゃない」と右の掌で左耳を覆うように軽く叩かれた。……うん、知ってる。

「今日も車できてるから」と氷山さんが手慣れたようすでキャリーケースをひいて歩きだし、

俺も隣をついていく。氷山さんを元気づけるためにここまできたはずが、いきなり叱らせた。はあ、最悪だ。あほ俺。でも叱ってくれるのも狡いよ……嬉しくさせるなよ。

「おまえ空港ひさびさだって言ったな」

氷山さんが明るく言った。空気を変えようとしてくれている。

「……うん、修学旅行で沖縄《おきなわ》いって以来」

「沖縄か。おまえは地元、東京？」

「埼玉《さいたま》」

「へえ。わりと近いのにひとり暮らしさせてもらってるんだな」

「うん……父さんがそうしろって」

高校のころからソシャゲの仕事をしていた俺を想って『ひとりで暮らしたほうが集中できるだろ、都内はなにかと便利だろうし』と送りだしてくれた。仕事にかまけて生活リズムが狂うと、母さんに厭味たらしく〝そんなひどい仕事辞めたら？　どうせ子どもの遊びでしょ〟と揶《や》揄《ゆ》されて苛々していたせいだと思う。父さんは黙って見守って、応援してくれている。

「優しい父親なんだな」

キャリーケースをエスカレーターに乗せて、氷山さんが感慨深げに微笑した。

俺も「うん」と笑顔を繕って返した。

エスカレーターをいくつか乗り継いで移動し、渡り廊下をすすむ。ガラス張りになっている渡り廊下は真下にバス、タクシー乗り場があり、バスがならんでいるようすや、走っていくタクシーのテールランプ、隣の駐車場内の白く目映《まばゆ》いライト、暗い夜空が見える。綺麗。

「空港はデートスポットでもあるんだぞ」

言いながら、氷山さんが駐車場へ入っていく。

「え、飛行機に乗るでもないのにくるの？　恋人同士で？」

「食いつきかたが童貞まるだしだわ」

「ほっとけっ」

ははは、と笑う彼についていった先に、見知ったシルバーのセダンがあった。リモコンのボタンを押して車の鍵をあけ、うしろへまわった氷山さんがリアハッチをひらきキャリーケースを押しこむ。

「じゃあデートしにいくか」

ドアをしめると、ショルダーバッグを肩にかけてにっこり笑った。……デート。あれ、なんだろう胸がもやっとする。素直に喜べない。

「あんたがそんっなに俺とデートしたいって言うんなら、しゃーないからつきあってやってもいいぜ」

ふふん、とぎこちなくおどける俺を見返す氷山さんは、右の口端をひいて鼻で笑う。

「しゃーないはこっちのセリフだ。まだ一度もおつきあい経験のない可哀相な処女ネコ君に、恋人同士のデートを疑似体験させてやるんだから感謝しろよ」

正面へきた彼に、右指で前髪をよけて額にキスをされた。冷たい唇がついて心臓が痛んだ。

「偉そうに、なんだよ。おでこにキスとか、全然、なんにも感じないしね」

困惑して強がる俺を、彼が楽しげに覗きこんでくる。

「おまえ恋人にもそんな態度なのか……？」

腰を抱いて右頬を軽く囓《かじ》られた。

「ちゃんと可愛くしてみろよ。俺も今夜は恋人扱いしてやるから」

氷山さんの匂いがする。ひさびさに嗅いだ。……なんだか苦しいのがとまらない。キスされた額と囓られた頬に残った唾液が駐車場の夜気のせいでひんやりする。また目があう。眼鏡の奥の整った睫毛、眼球の濡れた部分が光の粒になって細まる瞳。優しい眼ざし、だと思う。

――俺たちに残酷に見えても、ユキ君が優しさだと思うならそうなるね。

「ほら、結生。恋人にどうしてほしい……？」

この人、俺の恋人じゃない――。

「勘違いすんなよ。ふりだろうとなんだろうと恋人になってやるのは俺だからなキス魔神っ」

ほんとは好きな人いるの？　恋人になりたい人いるの？　俺は気休めの遊び相手なの。つんと鼻の奥が痛んで涙がでそうになったから、勢いつけて氷山さんの鼻を囓って反撃してやった。

「はは、そりゃ言えた」

怯みゃしない氷山さんに笑いながら背中を抱き竦められる。徐々に、どんどん腕の力が増していって、つぶれるほど縛られた。顔が彼のコートのふわふわな襟に埋もれる。苦しいよ。

「……人、くるよ」

「ここなら平気だろ」

「平気じゃないと思う」

「空港にはいろんな人間が集まるんだよ、かまやしない」

「国際線ならまだしも、こっち国内線だからそうでもないんじゃないの」

狭い世界の、ただの出入り口だよ。

「いちいち正論だな……おじさん切なくなるだろ」

喉で笑って腕をゆるめた氷山さんに、顔を寄せて口にキスされた。この唇で、本当はほかにキスしたい男がいるの。俺、誰かのかわりなの。と、疑念が腹の底から湧きあがってきて醜い気持ちになる。寝るだけのセフレが大勢いるより、たったひとり好きな男がいるほうが辛い。辛い、どうしよう。もやもやしてキスにうまく応えられない。

遊びでしか恋人になれなくても俺氷山さんが好き。

「……結生」

下手すぎて嫌気がさしたのか、氷山さんの舌が強引に奥まで入ってきた瞬間、上唇の中心に刺激が走った。「いっ、」と身をすぼめたら、彼も条件反射みたいに咄嗟に俺の背中をきつく抱いて口を離した。

「ああ……切れちゃったな。血がでてる」

悪い、と右手で後頭部を撫でながら、かさついていた上唇を舐めてくれる。

「食事はできるよな」

「……そんなヤワじゃない」

「なに食べたい？」

「なにって、氷山さんは？」

「おまえが選べ」

「仕事して飛行機乗って帰ってきて、疲れてるでしょ。俺があわせるよ」

「いいから。おまえみたいに乱れた食生活して身体を壊すクリエイターはたくさんいるんだよ。ちゃんと運動して栄養のあるものを食べろ。体調管理も仕事のうちだぞ」

俺の唇の血を舐めとって、まだ口先を吸ったり甘噛みしたりする。こんな汚い気持ちのときに限ってやたら態度が甘くて泣きたくなる。……ここ外だってばエロクマ社長。

「じゃあ……ご飯」

氷山さんの服の匂いに、遠い土地の名残《なごり》がまざっているように感じる。

「ご飯って和食ってことか？」

「うん、お味噌汁もつく定食みたいな」

「ああ、ならいいところがある。このあいだ寄ったらうまくてまたいきたいと思ってた店だよ。デザートもおまえが好きそうなのあるから腹に余裕があれば食べろよ」

「うん」とうなずいて、氷山さんの唇から逃げて彼の鎖骨あたりにつっ伏した。は、と笑った彼が俺の頭ごと抱いてくれる。

「……いくか。おくさのぬいぐるみ見るのも楽しみだ」

うん、ともう一度こたえて、それから身体を離し、またならんで歩いて空港へ戻った。

氷山さんが連れてきてくれた店は、野菜とご飯を楽しむお店らしかった。朝昼晩とメニューが違い、朝は旅へでかける人が軽く食べられるようなヘルシーな野菜茶漬けをだしている。

いまはお味噌汁つきの定食がある。俺は雑穀米の上に豚肉とネギとトマトがのったご飯と、お味噌汁のセットを。氷山さんはアボカドとサーモンがのったご飯のセットを注文した。

「……なんとなく、氷山さんって感じの店だね」

「どういうこと？」

　メニューもだけど、真っ白い清潔感のある店内にはむきだしの電球がぶらさがっていたり、木製のテーブルセットがならぶ周囲にお花や植物がひかえめに飾られていたりと、おシャンティで素敵。時間帯のせいか俺たち以外のお客さんがひと組しかいないのも心地いい。

「氷山さんって牛丼屋とかいかないイメージある。ひとり牛丼したりする？」

「あー……否定したいけど最近はしないな」

「やっぱな。昔はした？」

「したよ。牛丼もラーメンもひとりで食べた。おまえとおなじ歳のころはとくに」

　右横から氷山さんが俺を見返して笑む。俺たちはカウンターに背をむける位置の横ならび席へ座ったから、おたがいの距離が近い。肩も、膝もぶつかりそう。

「いまは自炊してるの？」

「ほとんど外食かな」

「めっちゃ高級な料理食べてんだ」

「一日の栄養がきちんととれる食事をしています」

　ん〜……と唇を尖らせたら、彼はぶっと吹きだした。唇がまだ痛くて、慎重に口をひらく。

「大学の食堂ご飯とコンビニ弁当でも、一応栄養とれるんだよ」

「だーめーだ。コンビニ弁当は週二回にしろ。嗤い話じゃなくて不規則な生活と適当な食事で体調を崩すクリエイターは本当に多い。俺も何人も見てきた。真面目に言ってるんだぞ」

「……わかった。ごめんなさい。気をつける」

「よし」

叱りかたがいつになく真剣で鬼気迫るものを感じたから、俺も深刻に受けとめてうなずいた。見てきた、っていう氷山さんには、クリエイターが身体を壊すことがもしもの未来ではなくて現実なんだ。俺には、若いうちは無理をしても大丈夫って、怠惰《たいだ》な意識があったかも。すこし気をつけてみよう。

「おまえ、」

なにか言いかけた氷山さんが俺の顔を心配げに凝視していきなり上唇をちゅと吸ってきた。

「はっ⁉」

「まだ血がでてる」

「や、ここ店だからっ」

「どうしてもコンビニ弁当しか選択肢がないときは連絡してこい。どこか食べに連れていってやるから」

「ナチュラルに話し続けんなっ」

「おくさのぬいぐるみ見せてくれ」

「マイペースかよっ」

嬉しさも憎らしさもやるせなさも哀しさも、感情の全部があふれてきてぐちゃぐちゃだ。

「怖い顔するな」

くすくす笑う氷山さんを睨《ね》めつけながら、鞄に入れていたおくさをだした。

「ああっ……可愛いなっ」

　両手でそっと持って、左手でおくさの腕や蕾やお腹を撫でる氷山さんの横顔が、でれでれにゆるんでいて唖然《あぜん》とする。

「氷山さんてぬいぐるみ好き男子なの？」

「結生が創った子だから可愛いんだろ。あー……一応草野から画像はもらってたんだよ。でも実物は感激が大違いだな。可愛い、まいった、想像以上に嬉しい」

「……ありがとう。俺も嬉しかった」

「これフィギュアも欲しいな。食玩《しょくがん》サイズの小さいのを会社の机にならべたい」

　鼻の下をのばしてしみじみ愛おしそうに見つめながら夢をふくらませてくれる。こんなふうに喜んでもらえると、また複雑な気持ちになる。胸があったかいのに淋しいような。仕事相手としては、やっぱり必要としてくれるんだね。

　ちょうど料理もきて、ふたりで食事を始めた。豚肉とネギにトマトのみずみずしさがぴったりあっていてとってもおいしい。女性が好みそうな野菜たっぷりの小丼《しょうどんぶり》だった。

　氷山さんも「サーモンとアボカドの組みあわせってなかなかおいしいな」と絶賛して頰張る。そのすぐ傍におくさを座らせて、ご機嫌そうに眺めている。

「結生の生んだ子がいる。しかもうちの子だ」

「……言いかたがさ、」

「ん？」

「や、なんでもない……」

お腹痛めて産んだ子みたいな気分になるよ。

「そういえばおまえ、草野に色紙描いたんだってな」

「あ、うん。……色紙なんて初めて描かせてもらったから恐縮した」

「それ、俺嫉妬したからな」

「えっ？」

「初めて描いたサインだったんだろ？　心底悔しい……俺も欲しかった。スカウトして仕事を依頼したのも大柴で、サインも草野にとられた。俺はおまえの初めてをなにももらえないな」

おくさを見つめてお味噌汁を飲む横顔が本当に悔しそう。初めてって……。

「……エロいことしたの、氷山さんだけだけど」

汁椀をおいた氷山さんがふっと口もとで苦笑した。

「クズ店長とはキスもしたことなかったんだっけか」

「ン」

「抱いたら、身体は全部俺が初めてなんだな。昨日抱くって言っちゃったんだよな……」

しんみり自嘲するようすに後悔が浮かんでいる。……なんだ。結局するの嫌なんだ。

「……シなくていいよ、べつに。無理しないで」

——おまえと真逆のタイプが好みだな。

細かく切られたネギを一枚の豚肉にのせて、トマトものせて、ご飯と一緒に掬って口へ入れる。お椀を見おろして咀嚼していたら、ふとお肉の横にアボカドとサーモンが入ってきた。

「食べろ、うまいから」

うなずいて、アボカドにサーモンをのせてご飯と絡めて食べた。ぷりぷり新鮮なサーモンに、やわらかいアボカドの旨味《うまみ》が相性よくておいしかった。

「ありがとう、おいしい」

シなくていい、って言ったのは自分だから、拗ねたりしないでちゃんと笑ってお礼を言った。

「うまいよな。このあいだ食べたのは朝だったけど、夜のメニューも気に入ったよ」

シなくていいって言っておきながら、この嘘つきクマ、好みの身体じゃないからって話そらしてんじゃねーよ、と泣いて責めたくなった。くそ……まじで今夜俺駄目だ。ばかになるって諦めたじゃん。勝手に好きになったのは俺で、渋々かまってくれてる氷山さんを責める権利もないってわかってるじゃん、何様だよ。でも好きなんだよ。好きで好きで大好きなんだよ。

セックスしたかったよ。両想いとか恋人とかじゃなくっても、初めて抱いてもらうのは俺はできれば叶うなら、一度でいいからあんたがいいなって願ってたよ。

「サインの話で思ったんだけど、結生の名前はお父さんがつけてくれたのか？」

右頬で咀嚼しながら、氷山さんが俺を見る。

「名前？　は……父さんと母さんがふたりでつけてくれたよ。それぞれの名前が一文字ずつ入って〝結生〟になったの。〝則生《のりお》〟の〝生〟と〝真結《まゆ》〟の〝結〟」

「ああ……仲のいいご両親なんだな」

苦い気分でお味噌汁を飲んだ。

「いま氷山さんに言われて、仲よかった時期もあったんだと思ったよ。最近はそうでもない」

「そうなのか」

自分たちの名前を息子につけるなんて、考えてみればたしかにらぶらぶ夫婦って感じがする。母さんの愚痴と暴言に耐える父さん、って風景を見慣れた現在では、すっかり忘れていた。

「でもいい名前だよな。結って生きるって名前のとおりだよ。おまえは人と人を繋いで生きてるような気がする」

「……氷山さんにそんなとこ見せたことないでしょ。ゲイの友だちいないって相談したし」

「いなくてもつくろうとするだろ。もの怖じしないし、度胸も根性もある。おまけに明るくて素直で、俺もおまえに癒やされてるよ」

優しく囁きながら氷山さんはおくさの頭を撫でた。しんどいのと嬉しいのとで心が搔き乱されて氷山さんの左肩をグーで押してやったら、彼は「照れるなよ」と苦笑した。

「食べ終わったらすこし空港内歩いて帰るか」

サーモンだけなくなって、アボカドとご飯が残った小丼を氷山さんが食べている。

おまえに癒やされてる、のひとことで、俺は泣きたくなるほど淋しくなる。

食事を終えると、エスカレーターでおりてすでに閑散としている出発ロビーの前を横切り、おみやげ売り場が充実している中央広場へ案内してもらった。各店においしそうな食べ物のポスターや看板が飾られていて、眺めていると全部食べたくなってくる。クッキーにスポンジケーキ、せんべい、おまんじゅう、ようかん、カステラ、チョコレート……和菓子も洋菓子も、種類豊富にそろっていてひとつぐらい買いたくなってきた。

「これを朝飯や晩飯にしないなら買ってやってもいいぞ」

「っ……ンなガキみてーなことしねーし、べつに買ってもらわなくてもいいよ」

　氷山さんは笑ってお菓子を眺めている。

「東京みやげって困るんだよな」

「困る？　いっぱいあるから？」

「いや、いっぱいあっても名物がないから。青森ならりんごとかぱっとでてくるけどそういうのがない。そもそも東京人が〝東京のこれを食べろ〟って誇ってるものがないんだよな」

「あー……たしかにこうやって見てても、これ東京みやげなんだ知らなかった、ってなるね」

　うなずいた氷山さんが「次にいくときはどうするかな……」と結構本気で選別している。

「だいたい芋ようかんになる」「いいじゃん、芋ようかんおいしいよ」「毎回おなじじゃ芸がないだろ」「おみやげは芸が必要なんだね……」と悩める社長と一緒に俺も眺める。

「おまえはこういうの好きじゃないか？」

　お菓子売り場から離れると、氷山さんが雑貨屋で空色のはんかちをとり、俺に見せてくれた。白い小さな飛行機がならんで飛んでいる。

「うん、好き。可愛い」

「だよな。結生って感じがする」

「俺こんな素敵？」

「意外と繊細っていうか、おまえにビビッドとかシックってイメージはないんだよ。こういうシンプルでちょっとファンシーなのが好きそう。ファン歴長いからわかるよ」

　もう、この人がなにを言っても一秒後には泣ける気がする。

「……がさつってからかうくせに」

「好みは繊細、普段はがさつで凛々しいってところか」

得意げな笑顔をむけられて心がしくりと痛んだ。……これ、限界かも。傍にいればいるほど恋愛として求められていないってわかってくるのに、俺はとめどなく好きになっていく。苦しくなっていく。俺のほうこそ、今夜セックスなんてきっともうできない。

塞いでいる間に、氷山さんが「ちょっと待ってろ」とその場を離れてほかの雑貨とお菓子を選びとってからレジへむかった。

「いま世話になってるイラストレーターが好きそうなのもあったから買ってきた。――ほら、こっちはおまえの」

戻ってくると、ふたつの袋の大きいほうをさしだされてまた動揺した。はんかち以外にお菓子がいくつか入っている。

「こんなに？　いいって言ったのに……」

「今日きてもらったお礼だよ」

あくまでお菓子だからな、これ主食にするなよ、と念を押す氷山さんが、叱責まじりに笑んでいる。「いくぞ」と再び背に手をまわして、歩くよううながしてくるその横顔を見あげた。

……今日、いまここで終わりにするべきかもしれない。

奥の吹き抜けにあるエレベーターへ乗って最上階まであがる。帰るのかと思っていたのに、しずまり返った通路をすすんで自動ドアをとおり、屋外へでた。吹きすさぶ冬風が顔や身体にぶつかってきて一瞬で耳と頬が凍える。

「さすがに寒いから誰もいないな」

　でも景色が息を呑むほど綺麗だった。澄み渡った夜空にひろがる薄い雲、遠くの工場地帯やビルやマンションや家々の灯り、ライトのもとで巨大な飛行機がならんでとまっているようす。

「すごい綺麗っ……飛行機でっかっ」

「本当は第2ターミナルの展望デッキのほうが素敵なんだけどな」

「これより素敵ってどう違うの？」

「デッキがもっとひろいし、屋内からも滑走路を観られる造りになってるんだよ」

「そうなんだ……でも充分だよ。感動した」

「修学旅行のときもここにはこなかったか」

「うん」とうなずいたら、氷山さんが唇で微笑んで俺の右手をとった。繋いで歩きだす。

「まだ上がある」

　氷山さんの手は指先がほんのすこし冷たいだけで自分よりあったかかった。掌の厚みや皮膚のかたさが男の手だ、と思わせる。恋人のふりはまだ続いてるのか。

　狭い小さならせん階段をのぼって、さらに上のデッキへあがるあいだも氷山さんは手を離さなかった。歩きづらくて俺が離そうとすると、ぐっと強く握りしめてひく。上にあがるほど風が強くなって寒くて、身体が冷えていくにつれだんだん哀しくなってきた。終わりにしよう。けりをつけるって決めていた。それを今夜にしよう。……今夜に。

「ほら結生、あれちょうど着陸するぞ」

　最上階に着いたら、氷山さんが指をさしながら鉄柵へ近づいた。

「ほんとだ」

きいいぃ、とエンジン音を鳴らして飛行機がゆっくりおりてくる。滑走路に連なる青い光の点々を道しるべにすべりこんできて、後輪がついた。それからゆっくり前輪も地上について、俺たちの眼前を横切っていく。

「すごい……迫力あるね」

「ああ。まだ上空に何機かいるから、また観られるかもしれないな」

空を見あげてみると、たしかに飛行機の光がいくつかある。

「飛行機は上で結構待たされるんだよ。着陸まで十五分ぐらいかかるんじゃないかな」

「じゃあ俺が空港に着いたころ、氷山さん真上にいたんだね」

「そういうこと。それが新幹線と違ってもどかしいところだよ。天候が悪いともっと最悪」

ははは、とちょっと笑いあえた。コートを着ていても肌に冷気が刺さってきて身震いする。目の前にひろがる飛行機と光の粒を見つめて、心がようやく落ちついてきたのを感じる。夜風を吸いこんで深呼吸する。澄んだ空気が体内へ入ってくる。想いをこめて氷山さんの手を握る。

「……氷山さん、ごめんね」

「ん？」

「今日、俺駄目だった。嫌な態度ばっかりとっちゃった」

「？　そうか？　たいして違和感なかったけど」

……くっ。

「俺のなかで、今日は反省が多かったんだよっ」

「はは、悪い。いつもどおり愉快でしたって言いたかったんだよ。おまえといると飽きない、笑ってばかりいる。むしろ俺のほうが結生をつきあわせたろ。ほかに腹いっぱい食べられる店もあったのに、小さな丼ものですませて悪かった。本音言うとあまり食欲なくてな」

え、と彼を見あげたら居心地悪そうに苦笑した。

「全然、おいしかったし不満なんてないから」

「うん、おいしかった。野菜もとれて健康にいいと思ったよ。でも二十歳の学生だからな……どうせなら肉とかがっつり食わせてやらないとな」

「そんなことない」

微笑みながら、氷山さんが繋いでいる手を離して俺の腰へまわした。ゆるくひいて顔を寄せ、唇をあわせてくる。口をひらいて、今度はちゃんと応えるために舌をだした。

最低だと思った。本当に最低だ。自分のことしか考えずに傲慢《ごうまん》に欲望まみれになって沈んで、氷山さんが弱ってるのに気づきもしなかった。……なにしてんだろう。やっぱり大人の社長は高嶺の花だよ。つきあいたいとか恋人にしてほしいとか、俺が想っていい男じゃなかったよ。愉快だったたって言ってもらったってちっとも納得できない。今日も楽しい話できなかったし、青森でなにがあったの、って怖くて訊いてあげられない。好きな人いるかもって、勝手な妄想して拗ねて、怯えて、へこんでしかない。氷山さんに好きな人がいたって、男らしくびしっと応援してやんなきゃなのに。支えることもできないで自分本位な片想いでぐじぐじしてごめん。……ごめんね。

「結生、」

吐息と一緒に俺を呼ぶ氷山さんの掌に後頭部を覆われた。舌が深くまで入ってきて、俺も涙をこらえて委ねる。舌の根まで強く吸われて彼の舌が離れると、俺も彼の舌に舌を搦めて吸った。ラブホでのキスを最後だって思ったときもあったな。なのにあのあとも何度もしてくれた。でもこれは、きっと本当の最後。

俺も氷山さんの背中に手をまわして、まわりきらなくて、コートを摑んで背のびしてキスを続けた。下手くそってずっと言わせてたから、ちょっとは巧くなってますように。

飛行機の音がする。後頭部にあった手が動いて、そっと丁寧に撫でてくれた。そうしながら氷山さんが永遠みたいに長い時間をかけて唇を離していった。目をあけると、まだ間近にいた彼も俺を見ていた。ぼやけていた視界が鮮明になって眼鏡越しの瞳と目があった瞬間、好きで、好きで離れたくなくなって、彼の下唇をもう一度吸った。

「いまなにした……?」

額をごつ、とつけて氷山さんがにやにや訊いてくる。

「……なにも」

とぼけると、もう一度氷山さんが俺の口を塞いで舌をきつく吸いあげて離した。

「こんなことしたろ」

「してないっ」

本当に違う。

「え?　じゃあ……」

今度は上顎と歯列を舌先でなぞって味わうキス。

「こんなことしたろ」

「してないよっ」

笑って、次は唇の先だけ吸うキス。

「こうか」

「……近いけど違う」

そうしたら唇をまとめて食んで甘嚙みしたり吸ったり舐めたり破れかぶれに嬲られた。

「こうだ」

「遠退いた」

淋しいのに、俺もすこし笑ってしまう。

「じゃあもう一回してみろ」

要求されて、彼の唇に唇を重ね、いましてもらったキスを全部し返してやった。

「うーん……下手だからどうしたって真似できねえな」

「おいっ」

「ちゃんと憶えろ。じゃないと未来の恋人に笑われるぞ」

小さく笑いながら囁いて、口先に軽いキスをくれる。

「……いまは俺の恋人だけどな」

それから背中を強く抱かれた。

氷山さんの肩に埋もれて顔が上むいた。視界いっぱいに夜空の星がひろがって、綺麗だな、と思った刹那、右目の端からぽろと涙がこぼれていった。……あ、泣いちまった。

困らせたくないのに、笑顔で仲よく円満に別れたいのに、仕事づきあいはしていきたいのに、大失敗じゃんばか。

「結生……?」

隠れて洟《はな》をすすっていたら、氷山さんが訝しげに身体を離したから咄嗟にうつむいた。ぱらぱら、と落ちていく涙が見えて、無意識に笑っていた。コートの袖で拭いてあはあは笑う。

「おい」と優しさをくれるときの厳しい声で叱られて、腕を摑んでひき寄せられた。

そんな怖い顔するなよ。わかってる、ちゃんと終わりにする。大好きばいばい、氷山さん。

「……ごめんね、俺氷山さんのこと好きになっちゃった。もうセフレしてあげれない」

涙がとめようもなく落ちてくる。洟をすすって、笑いながらしょうがないから泣いた。

「結生……」

唇が震えるのを、嚙みしめてなんでもないふうを装う。諦めて泣いて、袖で拭って笑う。

涙にぼやける氷山さんが、ため息を洩らした。

「……おまえをふるのは心苦しいな。仕事で世話になってるし、尊敬してるデザイナーだし
……俺も、おまえを好きだと思ってるし」

「うん……ありがとう。嫌われてないだけで充分嬉しい。……ほんとにありがとう。店長の話聞いてくれたのも、俺の身体くさくないって言ってくれたのも……お尻、ほぐしてくれたのも、『アニパー』で恋人になってくれたのも、俺の我が儘聞いて疲れてるとき会ってくれたのも、鳩笛くれたのも、おくさたちのぬいぐるみつくって、一緒に喜んでくれたのも、いろいろ全部、なにもかも嬉しかった。……楽しかった。朝ご飯おごる約束、守れなくてごめん」

「……いや」

「また人を好きになれると思わなかったし……身体触ってもらえたのも、触らせてくれたのも、夢みたいで幸せだった。むかつくこともあったけど、氷山さんが俺を大事にしてくれたのは、ちゃんとわかってる。ありがとう大好き。感謝の気持ちでいっぱいだよ。……これからもっかい、恋人探してみるよ。あんたも遊んでばっかいないでちゃんと幸せになりやがれよなっ」

しっかり笑顔をつくって、氷山さんの肩を叩いてやった。

どうだ完璧な最後の言葉だぜ、と誇らしく思ったのに、涙はとまらなかった。頬を拭う自分の左手首に、氷山さんがさっき買ってくれたおみやげの袋がぶらさがっていて、風でばさばさ震えている。笑い声に嗚咽《おえつ》がまじる。こんなに好きになってたんだ、って終わってわかった。

「……結生。すこし面倒くさい話していいか」

瞼を強く瞑って涙を押し退けると、氷山さんの真剣な黒い瞳がある。洟をすすって、はい、とうなずいた。氷山さんはゆっくりまばたきをして、大きく長く息をつく。

「俺青森にいってるだろ。これ仕事じゃなくて親父の見舞いなんだよ」

「え……お父さん、」

「末期ガンで余命宣告も受けてる。おそらく正月が迎えられるかどうかって具合らしい」

絶句した。氷山さんの目は穏やかで、重く落ちついていた。

「うちは父子家庭なんだよ。母親がろくでもなくて、俺が子どものころ浮気してでていった。それで親父がひとりで俺を育ててくれたんだ。女を見る目のない男だけど、俺はいままで自分を育ててくれた親父に孝行するために努力してきたよ。でも、もう死ぬっていう。……病気がわかってから三年間、どんなこともしてきた。快適な個室に入院させて、親父が望むとおりの手術と治療をくり返して、欲しいっていうもの全部与えて。ただひとつやり残したことがある。それは俺の幸せな姿を見せることだ」

　氷山さんの深い瞳に見つめられて、視線をあわせたままうなずいた。

「結婚しようと思ってた。可能なら子どもも欲しい。だから相手が子持ちならあるいは、とか考えはしたんだけど、まあそれは相手の人生を利用することになるから早々に諦めて。いまも悩んでる。独身の息子の人生に関わる指向を知らないまま〝いつか幸せになるよ〟ってなだめられて逝《い》くのと、同性愛者だって教えられて逝くのと、どっちが親父の幸せなのか。……一生添い遂げるって決めて同棲でもしてる相手がいたなら、正直に全部うち明けて紹介もできたのにな。激昂《げっこう》されても真摯に説得できた。理解してもらえなくても俺は幸せだから、って」

「うん……」

「だけど会えたんだよ、結生に」

　え、とほうけたら、彼が指で俺の髪をよけた。額と耳をあらわにして途方もなげに苦笑する。

「長いあいだ憧れてて嫉妬するぐらい気持ちを掻き乱されてたデザイナーが、男で、ゲイで、どこにも文句つけようのない理想どおりの容姿と性格で、本当にまいった。挙げ句の果てに、おまえが告白してきて泣くのかよ」

「うそ」

「……タイミング悪いよな。親父のことがなければ俺からとっくに口説いてたのに」

　顰笑《ひんしょう》を浮かべる氷山さんを、「待って待って」と制した。

「どういうこと。俺氷山さんにそういう意味で好いてもらえてるの？」

彼は淋しげに微苦笑を浮かべたまま、愛しげに俺の左耳を揉む。無言の告白が聞こえた。

「……どうして、それなのに駄目みたいに言うの」

「重いだろ。おまえはまだ俺のことをほとんど知らないし、二十歳の学生だ。セックスだってまともにしたことないお子さまなのに、俺みたいなのに縛りつけることはできねえよ」

「俺が駄目なの？」

「駄目だ。騙されるな」

「騙すってなに」

氷山さんが俺から手を離す。

「いまここで俺がおまえを受け容れたら、俺一生おまえを離してやれないぞ。たいした人生経験もない無知なガキが、こんな得体の知れないおっさんにいきなりついていこうとするな」

「得体知れなくないよ、俺ちゃんと知ってるよ、氷山さんがＩＴ系会社の社長で社員思いで、クリエイターのこと大事にしてて、他人にも自分にも厳しいことも、ふらふらして見えてちゃんと大人で思慮深いことも、」

「そういうところがガキなんだ」

「なんでだよっ」

「好きって気持ちだけで突っ走ってるだろ。現実がなにも見えてない」

「俺は氷山さんを見てるよっ、全部嘘だったわけ？　俺のこと騙してた？」

「おまえの視野が狭いって話をしてるんだよ」

「経験もないし、視野も狭いよ。だけど好きだよ。俺がどんなにばかでも氷山さんが見せてくれたことは真実だって信じてるし、俺の気持ちだって嘘じゃないから。本当の、本気だから。ガキだって視野が狭くったって、俺には全部本物だから、好きだからっ」

はあっ、と氷山さんが前髪を掻きまわして息を吐き捨てた。

「おまえみたいなのを騙すのはほんとに簡単だな」

苛立ったようすの彼を捕まえたくてまっすぐ見据える。

「……結生、俺は男女でたとえるなら〝結婚したい〟って言ってるんだよ。できれば俺は親父に紹介したい。死ぬまで一緒にいたい相手がいる、自分はゲイだけど幸せだ、って死んでいく親に誓いたいんだ。こんな面倒な重い気持ちは、いまのおまえに背負わせられない」

「結婚しよう」

「……ばか」

弱った声で叱られて、押さえていた涙がまた視界をにじませた。

「だって俺、氷山さんが好きだよ。背負うって意味がわからない。好きな人の親のこと一緒に抱えていくのがどうして背負うって迷惑みたいな言葉になるの？　なんで俺が迷惑だと思うって氷山さんがひとりで決めてるの？」

「おまえがまだ子どもだからだって言ってるだろ？　どこの世界に出会って一ヶ月ちょっとのおっさんに、二十歳の娘を嫁にだす親がいるよ。誑《たぶら》かされてるって嗤われるのはおまえだぞ」

「俺は男だし、氷山さんがお父さんを想って本気で嫁欲しがってるってわかってるから全然、ばかな結婚じゃないよ、俺だってもうずっと一生絶対氷山さんが好きだよっ」

「ばかだ、大ばかだ」

「俺ばっか責めるけどさ、氷山さんも俺のことあまり知らないよね？　自分は現実を見て本気で好きだ、みたいにどうして言えるの？　好みだとか好みじゃないとかなにが本当なんだよ」

「俺は五年前からおまえを見てた。デザイナーのユキに惚れこんでたんだよ。最初会った日も可愛いと思ってた。この子が恋人になってくれたらって一瞬夢見たよ。それで蓋あけたらおまえがあのユキで、こっちが切った縁をもう一度繋いで俺の前に現れたんじゃないか。悪いけど俺はあの瞬間から運命感じてる。どれだけ欲しいと想ってるかわかりゃしないだろ」

「じゃあ運命だよ、諦めてよ、俺のこともらってよ。言っておくけど、俺の親も二十歳の一年のあいだに出会って結婚して俺を産んだよ！」

　ちっ、と舌うちした氷山さんが俺の両頰を押さえてつねってきた。

「いだいよっ」

　むかついたから俺も氷山さんの手が離れてすぐ両頰をつねってやった。唇がのびたぶさいく顔になって、おかしくてぶはっと吹いたら瞼に残っていた涙が飛んでいった。勢いにまかせて、離した頰を撫でて押さえて口にキスしてやる。

　氷山さんは目をつりあげてじっと俺を睨んでいる。

「……ここで終わりにして、お父さんが亡くなってひとりになったらどうする気なの」

「また仕事するよ」

「セフレとエッチしながら？」

「さあな」

「なにそれ」

「最近遊んでたのはひとりでいたくないってだけだったから」

ンンっ、ともう一度つねってやる。

「そういうとこが好きなんだよばか！」

「これ軽蔑するところだから」

「違うっ」

「ちょろすぎだ、おまえは。乙女であほな盲目で呆れる」

コートの胸ぐらを摑んでやってひき寄せた。

「じゃあなんで話したんだよっ。好きとかなんにも言わないでふってくれればよかったじゃん、身体も性格も全部嫌いで、仕事の繫がりだけでいいって言えばよかったじゃん、乙女なあほは相手にできないって最初っから言えばよかっただろっ。淋しかったくせに！　一緒にいるって言ってほしいくせに！　結婚するって縋ってほしいくせに！　どっちが乙女だばか野郎！」

右手の指で顎を押さえられた。目を眇めてさらに鋭く睨めつけられる。

「俺を怒らせたな」

「上等だぜ」

でも俺も怯まなかった。

俺の手をふり払った氷山さんが、自分のショルダーバッグを探り始める。風が吹いてきて、氷山さんの髪が横にながれている。なにするんだろう、と不安と恐怖を懸命に蹴散らして見守っていたら、彼はバッグのなかから一冊の文庫本をとりだして栞紐《しおりひも》をひき千切った。

文庫を戻してバッグを肩にかけなおし、俺の左手をとって、薬指にその栞紐を巻いて結ぶ。

「おまえの人生もらう予約をした。指輪用意するまでつけておけ」

紐のついた薬指にキスをされた。

「こんなふうに強引にするのは不本意だ。でも愛してる。俺に愛想尽かすまで、おまえに傍にいてほしい」

彼の真剣で怒気をはらんだ表情を見つめる。いままた新しく出会いなおしたような新鮮さと恋しさが、心にあふれてひろがって満ちていく。……すごく、すっごく嬉しい。

「愛想尽かすって、離婚するかもって思ってるの」

「そういう別離があるのはガキのころ知った」

「俺はあほな盲目の乙女だよ。ずっと好きだよ。嫌になってもむかついても大好きだよ。一緒に幸せになってください。氷山さん、俺も大好き。愛してる」

顔が熱くて幸せで眩暈もしたけど、ゆるみきっためいっぱいの笑顔で俺も心から告白した。

「ああ」と氷山さんもこたえてくれる。信じられない。俺、氷山さんと婚約した。婚約！

「おまえ手が冷たい。……長居したな、なかに戻ろう」

指先を両手で包んでキスしたり頰につけたりされて、氷山さんの唇と頰のやわらかい感触を凍えた指で感じた。

「うん。……あ、でもちょっと待って、飛行機の写真撮りたい」

「あぁ」

そういえばそうだな、と氷山さんも飛行機を見やる。

俺がコートのポケットからスマホをだして、鉄柵の隙間越しに夜景と飛行機へカメラをむけたら、彼は背後から俺の腰を抱いてくっついてきた。左耳を食んで「ここも冷たい」と言う。スマホを持つ自分の左手の薬指に、茶色い紐がきつく結びついているのを感じる。

「……やばい。氷山さんが彼氏なんてやっぱ信じられない。夢みたい。幸せっ……」

至福感で胸がいっぱいで、嬉しすぎてまた目に涙が浮かんできた。

「威勢よく怒鳴っておいてなんだよおまえは。これが現実だからな」

彼は俺を律するように厳しく言う。

「わかってる。けど数分前まで〝セフレになれないなら終わりだ〟と思ってたから嬉しいの」

「……そうだな。でも俺はもう遠慮しない。これからはネットで男漁るのも許さないからな」

「ごら、それはこっちのセリフだろっ」

腹にまわっている氷山さんの腕を叩いてやったら、彼が吹いて俺も笑った。抱き竦められて左頰にもキスされる。「……結生」と熱っぽく囁かれて、「うん」と喜びに蕩けてこたえる。

「ああ……けど俺もいまじわじわ実感してきたかもしれない。結生が恋人か……。俺おまえのことは独占欲で縛りそうな気がする。あとかなり甘えそうだな。今夜は終始甘えてたけど」

「甘えてくれてたの」

「先週おまえに『甘えない』って言われたときも、は？　と思ってたよ。俺おまえが好きなことろくに隠せてなかったろ」

「セフレには全員にこんなふうなんだと思ってた」

「寝るだけの相手に俺が冷たいのはよく知ってるんじゃない？」

「あー……けど口悪くても非道じゃないし、抱きかたは優しかったもん」

初めて会った日の淡泊さと温かさを想い出す。

「結生は可愛かったから贔屓《ひいき》したかな」

頬を噛まれる。可愛げがあるだけじゃなかったのかよ……なんか急に甘いよ、殺す気かよ。

「可愛いとかさ……本当にあのときから好きだと想ってくれてたみたい、くらくらする……」

「想ってたよ。『クマじゃねー』って出会い頭《がしら》に抗議されてふてくされるぐらいにな」

「ふてくされた？　あれは違うよ、身体だけって決めてたから好みじゃない人がよかったのに、ど好みの氷山さんがきて〝困るんだけどっ〟て意味で抗議しただけ」

「はあ。……じゃあスーツ着なくても満足させられるってことか」

「ふはっ。もちろん、どんな氷山さんも大好きだよ」

カシャと写真を撮ったのと同時に、氷山さんが俺の腹をきつく抱き寄せたから画像がぶれた。

「揺らすなー」と笑って頼んだものの、このぶれた写真も消さずに大事にしようと想った。

夜空と街の灯と飛行機を何枚か撮った。あらゆる建物の輪郭が闇に沈んで光だけが点在している。光のさざ波と夜空の雲、星。飛行機のフォルムは美しくて、荘厳さに圧倒される。

スマホをおろしていま一度光の海と飛行機を見つめ、冬風にふたりで煽られながら、これが氷山さんと恋人になれた日の風景なんだ、と感じ入った。目と記憶に焼きつける。

そろそろ帰ろう、と頬にキスをされた。ここでべたべたしてるのもかなりばかっぷるだ、と自分たちに呆れて彼が苦笑する。うん帰る、とうなずいて、腹にある彼の手に指を絡めた。

　俺は人の死を経験したことがない。祖父母も父方母方どちらも健在で、会いにいける距離に住んでいるし、身近な友人知人に病気や事故で亡くなった人もいないから。

　いなくなることがわかっている恋人の親に、ゲイだと告げてふたりで添い遂げる許しを請《こ》う。二十歳のいま、今後自立して生きて、三十歳、四十歳、と歳を重ねていくなかで氷山さんだけ想い続けることを、自分たちを大事に想ってくれている人の気持ちも胸にしまって覚悟する。

　現実を見るっていうのがそういうことなら、死を知らない俺の覚悟はたしかに足りていないのかもしれない。と、帰りの車内で告げたら、彼に苦笑して頭を撫でられた。

「結生に酷なことを強いてるとは思う。でも身近な死を経験していないのは幸せなことだよ。恥じたり悔やんだりする必要はない。結局のところ俺も親を亡くすのは初めてだしな」

「……うん。俺もいま親に同性愛者ってことを隠してて、いずれ見送るときにどうするのかちゃんと考えたことはなかったよ。たぶん独り身だったら黙って逝かせる。それが親の幸せだって考える気がする。親も〝結婚しない息子を残して逝くのが心配だ〟って想ってくれるだろうから〝家族をつくれない不幸な子に産んだ〟って嘆かせるようなこと言えない」

「そうだな」

「けど恋人がいたら、〝ゲイだけど幸せだから安心して〟って言いたくなると思う。言える、恋がしたい。だから氷山さんに会えて嬉しいし、ずっと一緒に幸せでいたい」

　氷山さんが「……ああ」と胸の底に俺の言葉を受けとめるみたいに深くうなずいてくれた。

「実際は俺が想像するより簡単じゃないだろうし、綺麗事やエゴでしかないかもしれないから、氷山さんと親の幸せを探りながら、人生の勉強させてほしいよ。子どもでごめんね」

「いや。……そうだな。ガキだガキだって貶したけど、俺といることで一緒に成長してくれたりもするんだよな。今後の結生の人生と成長に自分が関われて、俺も嬉しいよ」

俺も「……うん」としっかり強くうなずいた。

「お父さんの様態はどうなの。深刻そうだけど、いきなり俺が会いにいってもいい状態なの。……って、話しても大丈夫？」

氷山さんの気持ちの負担を察して、遠慮がちに訊いてみた。彼は前方を見て運転しながら、吐息を洩らして淡く、温かく苦笑する。

「おまえは本当にもの怖じしないな」

「会ったことない人に、ゲイで、氷山さんとの将来誓うっていうのはそりゃ不安だよ。怖いんじゃなくて不安。だけど会ったことなくても、知らない人じゃないから。氷山さんの大事な人で、その人も氷山さんを大事に想ってる人だから。緊張はするけど大丈夫。……俺も氷山さんのお父さんに会わせてもらって、人生に関わらせてもらえるの、嬉しいし」

頬にしわを寄せて微笑んでハンドルから左手を離し、氷山さんが俺の右手をとった。

「……その言葉を言ってくれるのが結生だとは思わなかったな」

望んでた言葉なんだね。

「俺は子どものころ身体が弱かったんだよ。喘息《ぜんそく》持ちだったのもあって、すぐ体調崩して学校も休みがちだった。そしたら〝おまえはサボってる〟って因縁つけられて、いじめられてさ。まあ、俺もやられて泣いて終わるタイプじゃなかったから、大喧嘩して、怪我して帰るわけ。性格が捻《ひね》くれたのもそのころだよ、きっと」

真面目に聞いていたのに、ふふ、と笑ってしまった。氷山さんも薄く笑む。

「……で、あるときそれが親父にばれて、俺のかわりに、親父が泣きながら怒り狂ったんだ。『これからは辛いことがあったら絶対に父さんに言え、必ずおまえを助けてやるから』って。あの言葉がずっと残ってる」

彼の声がすこし掠れた。

「もちろん辛いことはたくさんあったよ。でも言わないことのほうが多かった。親に縋るのも格好悪いし、いつも運動会やら授業参観やら、なにかあると会社休んできてくれる親父に負担かけるのも嫌だったしな。──結生が前に『告げ口の〝ぐち〟は〝愚痴〟だ』って言っただろ。あれすごく納得した。俺もそう思うよ。愚痴は吐いてる暇があったら自分で解決しないとな。だから本当に親父の助言が欲しいときだけ相談して、救われてきたんだ」

「うん」と相づちをうって彼の指に指を絡めて握った。包んで慈しむように。

「俺にとってゲイとして生まれたことは愚痴じゃない。でもこの指向に関しては、どんなに辛い出来事が起きても親父に相談できなかった。……親父のことだから軽蔑して切り離したりはしないだろうけど、また泣くほど悔しい思いをさせるのも、自分が離婚したせいかっておかど違いな自戒させるのも、こう……どんな結果を想像しても嫌でさ。でも〝絶対に言え〟って言われたからな。俺がしてるのは親父が喜ぶことじゃないって、心にひっかかってるんだよな」

彼の手の甲に唇をつけた。「言おう」とこたえた。

「言おう。お父さんに氷山さんの気持ち聞いてもらおう。俺でよければずっとついていくよ」

「……ありがとう結生」

彼も喉深くから囁いて、俺の手の甲にキスをする。

「俺としては先に結生のご両親に挨拶したいと思ってるけど、おまえはどうしたい」

「俺の親にも会ってくれるの」

「あたりまえだろ。だけどおまえにも都合のいい時期があるんじゃないか？」

「そうだな……いまカミングアウトするって考えてなかったし、来年から就職活動も始まって、これがいい時期か悪い時期かはわからないな……。でも氷山さんがそう言ってくれるんなら、先に父さんに連絡してみる。俺も父さん子で、父さんに相談することが多いんだよ」

笑いかけると、氷山さんもうなずいて「わかった」と応じてくれた。

「父さん子か……。さっきご両親も二十歳で出会って結婚したって言ってたな」

「そう。大恋愛だったって昔はよくのろけ聞かされたよ。最近はちょっと微妙なんだけど」

おたがい出会った瞬間恋に落ち、そのまま父さんのひとり暮らしのアパートで同棲を始めて母さんは家にも帰らなかったらしい。不良娘だったの、と、中学のころまでは母さんにもしょっちゅうのろけられていた憶えがある。

「想いを保って長く一緒に生きていくのは簡単なことじゃないんだろうな」

氷山さんが正面に続く夜道を見据えて嚙みしめるように言う。自分の母親のことも、思っているんだろうか。

「俺はずっと氷山さんが好きだよ」

眼鏡の奥の目を細めて、彼が遠く微笑した。

「五十年後もおなじ言葉を言ってくれ」

おうよ、と俺も笑った。

「それまできちんと健康で長生きしろよ、旦那さま！」


「……まだ痛そうだな」

冷えた身体を風呂に入って温めあってもなお、昂奮は冷めなかった。しゃべるためにキスを中断されるのも嫌で、両腕を氷山さんの首にまわして口をひらきながらひき寄せる。

「それ、唇のこと？　お尻のこと……？」

濡れた唇を触れあわせて、舌を舐めあいつつ訊ねる。切れた唇のことなのか、さっき風呂でさんざんほぐしてくれたお尻の孔のことなのか。こたえはわかっているから声が笑っていた。

「下のお口はちゃんとゆるゆるにしておいたよ」

「言いかたっ」

「結生もここで感じられるようになったろ。……指だけであんなに可愛く喘いでよがって」

俺も蕩けそうになった、と囁いてまた指でお尻を探られ、色欲をはらんだ吐息が洩れた。

「氷山さんが、悦《よろこ》んで、くれるなら……なにされても、いい」

右脚を胸のほうへ折りまげて、彼が奥までいじりやすくなるよう股をひらいた。すぼまりに細長い指の感触がある。先だけ挿入れて内壁をなぞるように円を描いたり、深くまで沈めて感じる箇所をこすってくれたり、俺の身体、愉《たの》しんでくれてる。欲情してくれてる。

「なにされてもって、そんなセリフほかの男には言うなよな」

「言わな、よ……氷山さんがって、言ったじゃん」

舌を搦めているせいで表情が判然としなくても、つりあがった目の怖い顔が見えた。

自分をひとり占めしたがってくれているのもたまらなくて嬉しくて胸がきゅんきゅん痛む。

この口が〝おまえと真逆が好み〟だの〝彼氏つくれ〟だの言ってたんだよ、嘘みたいでしょ、と世界に大声で叫びたい。幸せで無理、大好き。俺はとっくに心も身体もこの人に蕩けてる。

「氷山、さ……胸も、もっとして」

下半身ばかり刺激されていると、放っておかれている乳首が勝手に痺れて〝こっちも〟と、彼を呼ぶように疼《うず》きだしてくる。

「俺のこと名前で呼んで、いやらしくねだれたらしてやるよ」

いやらしく……？　と朦朧とする意識の狭間で考える。

「わかんな……胸も、緑さんに、しゃぶってほし、」

「それじゃ普通すぎ」

裂けた上唇の傷を舐められて、ほんのわずかちくりと痛む。お尻も気持ちいいところばかりこすられる、感じて辛い。

「乳首……緑さんの口で、可愛がって」

「まあまあかな」

「ひどいっ……」

孔から指が抜けていって、性器を握られた。ローションのついた指で根もとからかたちをなぞるように絞りあげて、親指で先の割れ目をそっと撫でてくれる。

「や、ぁっ」

左側の乳首にも唇がついた。先端だけ舌先で転がされて、そこから快感の電流が全身へ根をひろげていってぞくぞく走り抜ける。たったこれだけの刺激が眩暈を起こすほど気持ちよくて、よすぎて、「気持ちいい、だめ」と嘆いたら、「まだなにもしてないよ」と胸もとで彼が愉しげに笑った。

「……結生の乳首はいつもおいしそうに勃つな」

「どゆこと……」

「先がまるくふくらんでぷっくり勃つんだよ。あとこの透きとおった桃色が食欲そそる」

「氷山さんの、好みの胸……？」

「名前」

「……緑さんの、好きなおっぱいですか」

ふ、と笑った彼が右手で俺の頭を撫でて唇にキスをする。

「結生の身体はどこもかしこも全部可愛くて好みで好きだよ」

そして乳首を唇にぱくりと覆われた。ぜんぶかわいくてこのみですき……。

「緑さん、めっちゃ可愛いって、言う……」

羽田からこのベッドへくるまで何回言われただろう。そもそもこの人には可愛いって単語を人間につかうイメージがないから、それだけで嬉しくて砕け散りそうになる。

「〝淫乱乳首め〟とか言われたいか？」

くすくす笑って、舌で乳首のまわりを舐めながら吸いあげてくれる。おいしいあめ玉を口のなかで弄ぶみたいに甘噛みしたり転がしたり吸ったりする。

淫乱乳首……と、言われた言葉を反芻した。頭のなかに言葉をおいて咀嚼しないと、意識が揺れすぎて思考もままならない。

「淫乱、って……SMみたいなのは、あまり、嫌かも」

「わかってるよ、乙女君。少女漫画にはそんなセリフないだろうしな」

「でも、緑さんがしたいなら……しても、いいよ。俺、強いし……緑さん好きだから、平気」

ぐ、と右手の親指を立てたら、乳首から唇が離れてぷはっと吹きだす息がかかった。

「男前、だろ……グッドだよ、緑さんは全部グッド。緑さんとならどんなことも、できるよ」

「愛撫されてそんなとろとろな顔しながら〝グッド〟ってどういうことだよ」

ぼやけた視界を鮮明にしたくて瞼をこすり、自分の上にいる恋人の顔を見つめる。とたんに唇をキスで塞がれた。

「……可愛いな。可愛くて幸せで狂いそうになる。これ以上俺をどうしたいんだ、おまえは」

はあ、と息を吐いて体内にたまった情欲を減らそうと試みる。彼はしゃべっていても俺の性器の先端を掌に包んでこすり続けているから、快感が下っ腹に蓄積する一方で下半身がむず痒くてたまらない。

右側の乳首も食べて強く吸いあげてくれた。胸の下に唇がおりていって、身体を撫でながら腹や内腿を舐めてくれる。ふたりで朝までセックスしていたいね、と話して、風呂できちんと準備しておいたのに、もう挿入れてほしくて苦しくなってきた。

身体が快感に満たされるほどに、なぜか胸の底に空虚な感覚が生まれて心細くなっていく。気持ちくて嬉しくて幸せで切ない。この空洞を、強く抱きしめて埋めてほしい。

「緑さ、ンっ……ごめんね、もう挿入れてほしくなっちゃった」

自分の脚のあいだにある彼の頭を掌で包んで、息を吸う、吐く。くり返し深呼吸する。

「今日は、絶対、挿入れて……ぜった、ぃ、」

「ああ」とこたえる声が苦しげだった。俺の左脚も折りたたみ、両脚を腕で抱えて腰を寄せる彼もだいぶこらえてくれていたんだと知る。

「痛かったらちゃんと言えよ。嘘はつくな」

「……うん」

あ、もしかしたらあの日も本当のことを正直に話していれば、叱りはしてもこの人は抱いてくれたのかも、と思ったとき、かたい欲望が俺の尻についた。

「ゆっくりするから」とまた思いやってくれる。彼も、はあ、と劣情まじりの息を吐く。

「うん……嬉し、から、辛く、ないよ……どんと、こぃっ、」

ふっ、と彼が苦しげに笑って、先端をそっと俺のなかへ突き入れた。

最初のときみたいなひどい圧迫感と痛みはなかった。奥へくるにつれ、彼のかたちと硬度が伝わってくる。自分がひろがって、隙間なくぴったり彼の欲を受け容れて、包んでいくのを、皮膚で感じる。理解する。

「……大丈夫か、結生」

動きをとめて訊いてくれる。知らないあいだにとじていた目をあけると、すぐ傍に彼がいる。顔をしかめて微笑んでいる。

「う、ン……大丈夫」

離れているのが嫌で手をのばしたら、俺の腕の輪のなかに彼から入ってきてくれた。俺の背中を抱いて、口にキスをしてくれる。

「じゃあ……すこしずつ、動くから」

優しい瞳で説明して笑ってくれている彼を見たら泣きたくなった。胸の真んなかに至福感があふれだしてきていっぱいになる。好きで好きで喉がつまる。なにをされてもいいって想いが、いまこの瞬間に、真実の、さらに強靱《きょうじん》な意志になったのを知った。痛くても嬉しい、辛くても幸せ、この人が自分に対してしたいと想ってくれることのすべてをされたい。受けとめたい。受けとめられることが幸せで息苦しい。欲してくれる気持ち、求めてくれる事実、恋人になれた現実が、こんなに、信じられないぐらい、どうしようもなく狂おしいぐらい嬉しい。

「結生、」

唇をあわせながら彼の動きを感じた。そうっとでていって抜けそうになった瞬間、嫌だっ、と怖くなって咄嗟に彼の背中を抱いたら、彼が俺の頭を撫でてまたゆっくり戻ってきてくれた。抱きあって、浅く抽挿をくり返して、唇も離さないで触れあわせたまま必死に呼吸する。

舌を内側から舐め吸われて、俺も応えるように舐めて食んで、そうしつつ彼が徐々に烈しく打ちつけ始めた愛情を受けとめる。いつも指で快楽へ導いてもらっていた箇所を執拗にこすられて、気持ちよくて、キスがうまくできなくなってきた。

「緑さっ……緑、さンっ……」

彼も俺の下唇を吸って、息を吐いて、俺の髪に右手の指を絡めて、頬と頬をすりあわせて、律動に集中していく。快感に一緒に溺れていく。

「結生」

打ちつけられるたびに下腹部から快感がひろがって脳天まで昇ってくる。じわじわあふれて全身を満たして、身体が多幸感で破裂しそうになる。

「……結生、好きだよ」

俺の右の首筋へ顔を埋めていた彼に大好きな声で囁かれて、背骨をたどるみたいに愛しさがぞくりと駆けあがってきた。

「俺もっ……俺も、好きっ……緑、さ、」

告白の途中で達してしまって言葉ごと呑まれた。重く気怠い身体を持てあまして息を吸っていると、俺の頭を掌で抱えて震えながら彼も達した。

はあはあ、と声にだしてふたりして懸命に呼吸して見つめあう。できたね、みたいな笑顔で彼が俺の頭を撫でてくれて、その疲労感のにじむ頰を右手で包んだ。親指で目の下をなぞる。この人が俺の初めてセックスをした男。そして最期《さいご》まで愛し抜く約束をした唯一無二の男。

「……大好き、緑さん。抱いてもらえて嬉しい」

俺もはにかんで笑ったら、再び唇を重ねてキスをしてくれた。

汗の浮かぶ火照った背中を抱いて、胸をあわせて、舌を吸いあう。好きって言えることも嬉しかった。告白を笑顔で受け容れてもらえるのはもっと、溶けて蒸発しそうなほど幸せだった。

愛してる、と囁きあうみたいにおたがいの舌や唇を、舌と唇で愛撫する。

キスだけでも愛情を交換できて、とても昂奮することを教えてくれたのも彼だった。

「ン、……？」

まだ俺のなかに挿入ったたままいた性器が再び起きだす。あ、どうしよう、と困ったら、口を離した彼が目の前でにっこりしていた。

「若いんだから、ついてこられるよな……？」

たまらなく格好よくて大好きな笑顔で彼が言う。

「うん、嬉しいっ」

両腕で抱き寄せて頬に囓りついたら、ふは、と笑われた。

「そうだ、うちの子は乙女でヤりたがりなんだった。俺がしっかりついていかねーとな」

唇の先を甘やかにしゃぶられる。

「セックスもご飯も、おかわり上等だよ」

いくらでも食べられます、と俺も笑ったら、彼が嬉しそうに、楽しそうに額同士をごりごりあわせて、なら朝まで離さない、と俺をきつく抱き竦めた。


「おまえはなんなんだろうな……地上に舞い降りた天使かな。可愛すぎて、見てるとだんだん腹が立ってくるな」

「緑さんはたまに少女漫画もどんびきのおやじセンスな口説き文句を言うね。大好きだよ」

三回続けて抱きあって、もう一度シャワーを浴びて部屋へ戻ったら深夜三時になっていた。

ベッドに仰むけに寝る俺の左横で、緑さんは右肘《みぎひじ》をついて頭を支え、俺の顔をやや上から見おろしている。で、鼻をつねってくる。いだい。

「結生は言葉に敏感じゃないか？　結構ちょいちょいつっこまれてる気がする」

「ああ……意識したことなかったけど、子どものころよく本を読んでたからかも？」

「読書家だったのか」

「母さんが本好きで、絵本も小説もよく読んで聞かせてくれたんだ。いまの道にすすむきっかけになった、恐竜図鑑買っててくれたのも母さんだった」

　膝に大きな本をのせて、手持ち無沙汰に指を嚙みながら黙々と読んでいる幼少期の写真が、実家のアルバムに何枚か残っている。家のなかでも、旅行先でも、自分の隣にティラノサウルスのぬいぐるみをおいて。

「いいお母さんじゃないか」

「うん。ほんとはね」

　ふうん……、と神妙な面持ちで相づちをうつ緑さんに、鼻の次は頰を両サイドからぎゅっとつまんであひる口にされた。

「それは唇ちょっと痛い。切れたとこ」

「あ、悪い」

　さっと素早く、動物の手当てみたいに舌先で舐めてくれる。

「俺も昔から本を読んでたよ。昨日身体が弱かったって話をしたろ？　入院中も、学校休んで家にいるときも、退屈だから漫画読んだりゲームしたりしてた。可哀相だと思ってくれたのか、親父はそういうものはなんでも買い与えてくれたんだよな。それでその全部に感動して救われてた。どこにもいけない自分の世界が、本やゲームに触れてるあいだだけは大きくひろがる。だからなんだろうな、創れる人たちを尊敬してるのは」

「そっか……子どものころの経験って、自分の基礎をかたちづくるものなのかもしれないね。俺もそうだから。にしても緑さん、お父さんが身体壊したあと、望んだものを全部あげたって言ってたけど、子どものとき自分がしてもらったことをちゃんと恩返ししてるってすごいね。俺自分の親におなじことできるかなー……」

　彼が一瞬、目を見ひらいてから、左手で俺の前髪を掻きあげるように額を撫でた。

「……おまえに言われるまで気づかなかった。そうか、俺は恩を返せてたのか」

　右眉を親指でなぞって、耳に指を絡めて親指の腹で頬を撫でる。触れるか触れないかのかすかな触りかたで淡く撫でられていると、温かい慈愛を感じた。

「この出会いが俺だけの運命じゃなくて、結生の運命でもあるって信じたいよ」

「運命は決まってるものなんだよ。信じるまでもない、俺たちが一生一緒なのは決まってる」

　そうでしょ、と緑さんの手に頬をすり寄せた。不安げな声になったせいか苦笑された。

　上半身を傾けて、俺の上へきた緑さんがふわりと唇の皮膚だけを撫であわせるキスをくれる。それから俺の首筋につっ伏して、腰を渾身《こんしん》の力をこめて抱いてきた。

「あー会社いきたくねー……ってか、結生とごろごろしててー……」

　ぶはっ、と吹きだしてしまった。

「緑さんこそ急に子どもみたいに甘えてなんだよ、嬉しくて気絶するだろこんにゃろっ」

　彼の両耳を左右の指で摑んでぐりぐり、とまわして笑う。彼も笑って俺の首にじゃれつき、突然また上半身を起こして俺を見おろした。

「結生。俺の恋人は我慢しなくちゃいけないことがひとつあるのわかってるか？」

「我慢……？」

首を傾げたらパジャマを胸の上までたくしあげて左腕も頭の上へまわされ、あっ、と気づいた瞬間、腋に唇をつけられた。

「あーあーっ」

「優しくするから」

くぼみの内側を下から上へ舐めあげられる。優しかろうと烈しかろうと、いじられればそこはどうしたってくすぐったいよっ。

「いや、いやっ……許して、緑さっ……ふへへははっ、んははははっ」

「嫌がるのはなかなか色っぽいからその笑いかただけやめてくれ」

不満を洩らしつつも、緑さんは腋の縁を舌でなぞって、徐々にくぼみの奥へ唇を埋めていく。舐めて濡らされているうちに猛烈にくすぐったい点と、我慢できる部分と、まあまあ気持ちい箇所があるのを理解し始めた。我慢、できるかも。

「あ……あっ、ンンっ」

「声が可愛くなってきたな。また勃ちそうだ」

「絶倫クマ、さん、めっ……」

「結生のここ、ほくろがあるの知ってるか？」

「ンっ……知んない、」

「本人も知らないのか……ここ、腋窩《えきか》の下のところに小さくぽつんってある。写メって見せてやろうか？」

「べつにいいかな……」

くっく、と笑う緑さんが、ここだよ、と舌をつけて舐めてちゅうと吸う。

「俺だけが知ってるっていうのが嬉しいな。俺の一等星ちゃん」

ご機嫌そうに俺のほくろをねりねり舐める彼の口から、またおじさんセンスな言葉がこぼれてきた。くそ、好きすぎる……もう俺はあんただけの星で月で太陽でトラでネコちゃんだよ。

「はあ……」と、やがて彼が再び俺の胸の上に右耳をあわせてぐったり伏せた。

「……もう朝になるな。どうせ寝坊だ、のんびり出勤する。結生はどうする？」

サイドテーブルにあるデジタル時計は四時十分前をしめしている。

「午後から大学にいこうと思ってたけど、緑さんにあわせるよ。今日の講義は休んでも大丈夫だし」

「だったら余計にずっとこうしてたくなるな……」

「会社いきたくないだけで、仕事は好きなんでしょ？」

「ばれてるか。……でもいまは結生のことだけ考えていたい」

低く淋しげな声だった。

ふと、窓ガラス越しの夜空が目に入った。この暗い寝室より、外のほうが幾ぶんか明るい。街の灯が空に反射しているんだろうか。月明かりのせいもあるかもしれない。ここはたしかにすこし淋しい。この人が寝起きして生活しながら三年間抱えてきたことを思えばなおのこと。

「……俺も緑さんとおなじだよ」

彼の髪に鼻先を埋めて、頭を撫でながらそっとそこにキスをする。

午前十時に緑さんの家をでた。

いつもドライブスルーですませていたコーヒーショップへ寄って遅めの朝食兼昼食をとり、お金は俺がだすね、いや俺がだす、と、ちょっと揉めたあと結局ごちそうになったりしつつ、家まで送ってもらって帰ってきた。

——別れのキスをするために、もうつまらない言いわけする必要はないな。

ベッドにつっ伏す俺の頭のなかで、別れ際の緑さんの声がリピート再生してとまらない。

——別れって言わないでよ、またねのキスだよ。

ぶりっこかよ俺、なにが〝またねのキスだよ〟だばーかばーか甘ったれてんじゃねーよへへへへうふふふ……でもしょうがないよ、不可抗力だよ、だって〝つまらない言いわけ〟って。言いわけって。『少女漫画ならここでさよならのキスをするのが正解か？』とか言ってたあれ、俺にただキスしたかっただけってことだよ。無理っ、幸せっ！　信じらんないばかじゃないのばか大好き超絶嬉しい溶ける泣くっ……ふへへへへ。むふふふふふ。

三分ぐらいキスしたな……いい加減近所の人に噂されてそう。〝あそこに住んでる大学生、いつもおっきな車で朝帰りするじゃない？　男同士でキスしてるのよ！〟とか。ごめんなさい本当に。うちの彼氏がキス魔なもので。うちの人、キス魔なもので。家でも外でもキスしたがってくれるもので。気をつけます、すみませんもう、ふへひひ……好きっ、緑さん好きっ。

ああやばいな……幸せすぎると人間ってＩＱさがるんだな……いや、俺だけかな？

いまならなんでもできる、ってぐらい身体には活力が張《みなぎ》ってめっちゃんこ高揚してるのに、頭だけばかになっていく。顔もにやけがとまんねーよ。

人生初の彼氏が緑さんじゃしかたないけど。世界も宇宙人も巨大生物もみんなひれ伏すような完璧男が彼氏になってくれたんだからしかたないけどね。俺が悪いんじゃないけど。

緑さん、いまごろ会社にむかっているかな。気をつけて、仕事も頑張って。……うふへへ。

よし、と両手をベッドについて力をこめ、身体を起こす。俺もあの人が頑張っているときは頑張りたい。にやにやだらだらしてる場合じゃねーや。と、いうのも、さっきポストを見たら、大柴さんの会社から大きな封筒が届いていたからだ。

支払い明細書ならもっと小さいし、書類を必要とするような仕事も現在は進行していない。本人から連絡ももらっていないからなんだろう、見てみないと。

ショルダーバッグをおろしてコートも脱ぎ、こたつに入って封筒をあけた。なかからでてきたのは就職に関する書類だった。黄色い付箋《ふせん》がついている。

『一緒に働いていけたら嬉しいです。また連絡します。大柴』

あ。もしかしたらこれまずいんじゃないか。

――スカウトして仕事を依頼したのも大柴で、サインも草野にとられた。俺はおまえの初めてをなにももらえないな。

――俺おまえのことは独占欲で縛りそうな気がする。

どきっとした。緑さんは大柴さんのことを嫌悪しているし、恋人になった以上、大柴さんの会社へ黙って就職するのはよくないはず。仕事に色恋を絡めて考えるのはどうかと思うけど、もはや理屈じゃない。報告はきちんとするべきだよな。

ぱらぱら、と資料をめくって読んでみると、大柴さんの会社もクリエイターへの支援はしていた。緑さんの会社と同様の、必要資料や機材の資金援助以外にもいくつか。

ノートパソコンをひらき、興味本位で緑さんの会社の採用情報も眺めてみる。事業内容、給与、勤務時間、休日・休暇、福利厚生……ざっくりした感想としては、大柴さんの会社は給料がいい、緑さんの会社はクリエイター支援制度が強い、ってところか。

大柴さんの会社は、いままで携わってきたゲームのスタッフもいて実家のような安心感がある。俺の得手不得手を熟知してくれているぶん、与えられる仕事にも最大限の力を発揮しながら学んでいけるんじゃないか、と期待もできる。一方緑さんの会社は、おなじように俺を知ってくれている人がいるうえにスキルアップを望めるのはたしかとはいえ、恋人の会社だ。もし俺が就職したいと言っても緑さんも困るだろう。そこをちゃんと話しあって、おたがい納得しておかないと。

緑さんに嫉妬してもらえる前提で真面目に考えちゃって、俺めっちゃ自惚《うぬぼ》れてるな……でも想ってもらってるって信じていいんだよね。緑さんが怒ると思わなくてっ……なんて勝手に事をすすめたら苛ついてくれる、独占したいぐらいおたがい好きあってる、って俺信じるよ。

えへへ……とまたにやけてつっ伏して、今日は仕事の一日にするか！　と奮起し、鞄からおくさのぬいぐるみをだしてパソコンの隣においた。

夜六時、大柴さんに電話をした。

資料が届いたお礼と、就職について前むきに検討している旨を伝えたら、『よかった、嬉しいよ』と笑ってこたえてくれた。安田とのコンビ解消の件も報告すると、『誉からも聞いた』と言う。

『残念だけどしかたないね。こういう結果になったのは俺の責任でもある。喧嘩別れじゃなかったことだけが救いだよ』

「いえ、大柴さんのせいじゃありません。おたがいの存在に甘えるのをやめて本物のプロになろうって、俺たちが新しい夢見つけただけですよ」

『そう言ってもらえるとありがたいな。俺は誉ともまた仕事できたらと思ってるし、結生とも長いつきあいになるよう願ってるから』

ありがとうございます、とスマホ越しに頭をさげて通話を終える。

それから深く息を吸って、吐いて、緊張しながら父さんのスマホにも続けて電話をかけた。

コールが鳴る。この電話から、家族の関係が壊れていくかもしれない。考えていると怖くて呼吸を忘れる。でも逃げたくない。緑さんの笑顔を想う。

『――はい。結生か、どうした』

現実と繋がった、と神経が張りつめた。父さんの背後から騒がしい音が聞こえてくる。

「父さん、ひさしぶり。いまどこ、話しても平気？」

『帰宅中で、ちょうど電車おりたところだよ。なにか大事な話？』

「うん、できればふたりでゆっくり話したい。……電話で申しわけないんだけど」

『いいよ。なら移動するからいったん切るよ』

「はい」と通話を切っておくさを抱き、こたつテーブルにおいたスマホ画面を凝視して待った。死刑台にむかう死刑囚みたいな気分だ。けど俺は犯罪者じゃないし、父さんも死刑執行人ではない。父さんが駅のどこかで話せる場所を探してくれている姿を想像していたら、スマホが鳴った。表示されているのは間違いなく父さんの名前。

『ごめんな、いいよ』

「こっちこそごめん」

「どこにいったの？」と訊いたら、『穴場の喫煙所。知る人ぞ知る場所でいつもほとんど人がいないんだよ。いまも父さんひとりだ』と教えてくれる。寒いのに本当に申しわけない。電話をかけてもらったのも悪くて、こっちからかけなおすよ、と仕事相手にするような礼儀まで返したくなった。父さんだから、一応そこは甘えていいだろうか。

『どうした、なにか困ってるのか。金とか？』

父さんらしい、穏やかで包容力に満ちた声で訊ねてくれる。

「ううん、お金じゃないよ。じつは俺ね、好きな人ができたんだ。その人、男の人なんだ」

『……男？』

自分が同性愛者であることや緑さんのこと、出会ってから今日までの出来事を丁寧に説明した。父さんはあまり感情の見えない低い相づちをうって、数分間しずかに聞いてくれた。

『そうか……わかった』

心に納得を深く浸透させるような、重たいひとことだった。

「……ごめんね父さん」

謝ったら目の奥が痛んだ。親を哀しませる息子で申しわけない。せっかく生んで育ててもらったのに、不出来な人間で申しわけない。罪悪感でいっぱいで、胸がはり裂けそうになる。

『謝ることはないよ。しかたないよ、治す努力をしようってものでもないし、病気じゃないんだから』

病気じゃない、のひとことに心が痛んで、うん、とこたえる声が震えた。目に涙がにじむ。

『ひとりで仲間探して危ない目に遭ったり、傷ついたりしてないなら安心だよ。二十歳すぎた息子を監視していたいってことはないけど……――うん。こうやって報告してもらえたことが父さんは嬉しいな。あんまり突飛な変貌を遂げてからだと、受け容れるのも時間かかるだろ。性転換してたとか、AV俳優になってたとか、そういう』

「ん……俺も父さんに話聞いてもらえて嬉しい。勘当されたっておかしくないんだろうから」

『父さんそこまで古い人間じゃないよ。ただ、同性愛者の人が生きやすい社会だとは思えないから結生の将来は心配になる。困ったことがあれば相談しておいで。一緒に悩んでいこう』

「はい」

泣いたら駄目だ、と思って瞼にたまった涙を落ちる前に拭った。息子の俺の人生を投げださないで、理解して寄り添おうとしてくれることが、やっぱり申しわけなくて、でもおなじぐらい嬉しかった。

『相手の人は社長さんなのか……父さんより立派だな。玉《たま》の輿《こし》じゃないか。結生はすごいな』

優しくされるほうが苦しい、っていうのはきっとこういうことだ。

「父さんも充分立派だから」

ふ、と父さんの小さな笑い声が聞こえる。

『……結生、でも母さんはたぶん哀しむよ。それは心の隅においておきなさい』

胸がまた痛んだ。

『いいか、〝怒る〟んじゃないよ、母さんは〝哀しむ〟。これまでも結生が風邪ひいたりして体調を崩すたびに「わたしがちゃんと生んであげられなかったせいかも」って落ちこんできた。母さんには母さんなりの結生に対する愛情があるんだよ。結生の指向を母さんが許容するまでには心の整理が必要になるのは確実だからね。それと母さんね、いま妊娠してるんだ』

「えっ、妊娠⁉」

神妙に耳を傾けて聞いていたのに、驚きすぎて近所迷惑な大声がでた。

「え、うそ、は？　俺に弟か妹ができるの？　いま？　二十歳で？」

俺の声弾んでる、と恥ずかしいほど浮かれたけど、父さんは『わからない』と冷静に言う。

『高齢出産だからね。流産するかもしれないし、出産できても健康な子じゃない可能性もある。じつは一昨年も一度流産してるんだよ。黙っててごめんね』

「え」

『いまはつわりがひどくてまともに食事もできない状態なんだ。水も受けつけないぐらいにね。しばらくは母さんの身体と精神状態を安静に保ってあげたい。だから結生がうちへ彼と挨拶にくるのは、母さんとお腹の子のようすも見つつ時期を探っていこう。先に連絡をくれて本当によかったよ』

「うん……俺もそうするべきだと思う。けど、高齢出産ってそんなにリスクが高いものなの」

『そうだね……見てると結生を生んだときより大変そうだね。そもそも赤ちゃんのために健康な身体を維持し続けるっていうのが男の父さんには体感できない苦労だなと思うよ。ひとりなら煙草を吸おうと酒を呑もうと食事を抜こうと、どんなに怠惰にしてもね。自分だけの問題で、自分に返ってくるだけだけどさ、赤ちゃんのためにもってなるわけだから』

「ン……そうか。でも俺、弟か妹生まれたら嬉しいよ。流産の話もショックだった」

うん……、と父さんも悼《いた》みをこめて相づちをうつ。

『とりあえず、年末結生が帰ってくるときは、結生にも面倒かけるかもしれないから。彼のお父さんを優先してもいいんだよ、そちらが落ちついてから、来年ゆっくり遊びにきても。そのころは母さんも落ちついてるかもしれない』

「わかった。全部話して、挨拶のこともう一度相談してみるね」

『そうしてごらん』と父さんが言う。おくさのにこにこした顔を見つめて、ぎゅと抱きしめた。

「……てか、ふたりとも不仲じゃないんだね」

ぼそ、とつっこんだら、父さんは『はは』と笑った。

『父さんたちはずっと仲よしだよ』

夕飯を食べてから新しいモンスターをひとり完成させて風呂へ入った。

夜十一時半をすぎたころ、おくさとベッドに転がって高齢出産の大変さをスマホで調べながら家族や緑さんに想いをめぐらせていたら、ちょうど緑さんからメールがきた。

『今夜も残業だ。結生に会いたかった』

へへ……。
『お疲れさま。昼まで一緒にいたのにね、俺も会いたいよ。仕事頑張ってね』
顔全体をゆるゆるにして緑さんの文字を眺めていると、また返事がきた。
『声で聞きたい。って言っても電話は無理そうだから「アニパー」ですこし話そう』
直後にクマさんのログイン通知も届いて、俺もベッドの上に座っていそいそ追いかけた。
――『緑さんこんばんは』
クマさんの部屋に入るやいなや、走ってきたクマさんに抱きしめられた。キスをくれる。
――『ここならちょっとは欲望も満たせるかと思ったけど、相変わらず虚しいだけか』
アクションは一瞬でおしまいだ。クマさんとユキはうつむき加減にむかいあって立っている。
――『緑さんめっちゃ触ろうとしてくれるね。アニパーではとくに嫌そうだったのに』
――『嫌がる必要がなくなったからな。ただ、会って直接抱きたくなるのは変わらないよ』
え。緑さんが言ってた虚しさって〝アバターでじゃれるのはばからしい〟って意味じゃなくて、まさか〝触りたくなって困る〟って感じの好意的なことだった……？
――『明日、明後日の土日も休日出勤する。でも残業はしないから会おう。迎えにいく』
幸せだな……けど、甘えてくれるのはお父さんのことで心が疲弊してるせいでもあるよね。
――『おっしゃ、わかった。リアルハグとキス、めっちゃするから元気に頑張れよな！』
――『セックスは？』
――『エロクマ～。もちろんするよ、フェラもなんでも』
――『フェラはいらないかな』

『させろっ』と吠えて、『どうしてもって言うなら』と許されて笑いあった。なんだよもう。
――『それよか緑さん、俺父さんに連絡したよ』
――『どうだった』
――『文字で報告するのもなんだけど、じつはね』
父さんが俺のカミングアウトを真剣に受けとめて、理解に努めてくれたようすと、母さんの妊娠と身体の具合を伝えた。
――『いまきょうだいができるのか』
さすがに緑さんも驚く。
――『よかったなお兄ちゃん。楽観できない状況とはいえ家族が増えるのは幸せなことだよ。俺もいまはお母さんとお腹の子を優先するべきだと思うから、お父さんの意思に従おう』
――『うん、無事に産まれるまで俺も母さんたちを支えられたらって思う。いまカミングアウトして、母さんのこと落ちこませたくない。下手したら〝産まない〟って言わせるかもしれないから。それまでの一年弱のあいだは緑さんとつきあって、もっと愛情とか絆を、深めていく期間にできたら嬉しいよ』
――『そうだな。俺たちにも必要な時間なのかもしれないな。愛しあってるって、ちゃんとお父さんたちにも感じてもらえる恋人になっていこう』
うん、とふたりでうなずきあった。
――『緑さん、あとね、もうひとつ報告したいことがある』
――『ん？』

スマホをいったん布団の上においていて、両掌をこすりあわせてぐっと握ってから再び持ちなおした。両脚をおくさごと胸に抱えて、慎重に言葉を選びつつ文字を打つ。
——『俺このあいだ、ずっと一緒に仕事してきた相方とコンビ解消したのね。相方はソシャゲ以外の仕事もしたがってて、俺は相方の画力に甘えないで一人前のプロとしてキャラデザの仕事をしたいと思ったから。おたがい納得して新しい夢を応援しあうことにしたんだよ』
——『もしかしてうちが結生だけ仕事に誘ったせいか』
懸念していたとおりの言葉がクマさんからこぼれた。
——『違う。俺が緑さんに誘ってもらう前から相方は俺に内緒でべつの仕事してて、それを知るきっかけにはなった。でもコンビ解消したのは俺たちが決めた、俺たちの心の問題だよ』
——『そうか』
——『うん。でね、相方はフリーで仕事していくことになったんだけど、俺は大柴さんに「うちに就職して働かないか」って誘ってもらったんだよ。スカウトしたのも自分だから道は用意する、って言ってくれて』
——『するのか』
若干かぶり気味で返答の吹きだしが浮かんできて、どきと一瞬手がとまった。続きを打つ。
——『しようと思ってた、緑さんと恋人になる前は。いまはもしかしたら怒ってくれるかもって自惚れて、相談してみてる』
——『ああ、狂いそうなぐらい嫉妬してるよ』
クマさんが突然とんとんと歩きだして、奥の窓横の壁にむかいあって立ちどまった。

──『え、どういう反応？』
壁に額をつけて背中をむけているクマさんの隣に、ユキも移動させる。ハグしても、終わると壁をむいてしまう。ぐったりへこんでいるようなうしろ姿。
──『悪い、ちょっと自販機に飲み物買いにきた。誤操作だよ』
──『なんだ、びっくりしたっ。落ちこんで拗ねてるのかと思った』
──『まあ気分はこんな感じかな』
こたえてくれても、クマさんの姿が戻る気配はない。
──『まだ〝前むきに検討してる〟って返事にとどめてはいるよ。緑さんが許してくれたらこのまますすめていくつもりでいる』
──『うちにくるのは嫌なのか』
……正直、この展開もうすうす予想はしていた。
──『嫌じゃない、もちろん嬉しい。だけど恋人と職場が一緒ってどうなんだろう。関係がばれないようにしなきゃとか、緑さんの期待に応えられなくて仕事きっかけで別れるはめにならないかとか、いろいろ不安』
『いらないトラブルが起きそうで怖いよ、社内恋愛は大変って聞くしさ』と続けた。
──『結生は大柴の会社にいきたいんだな』
──『そうは言ってない。俺たちにとって最善の道を選びたいだけだよ。緑さんが辛いと思ってくれるならべつの会社を探してもいいんだし』
──『あそこは業界大手だ。大人なら一緒に喜んでやるべきだってわかってるよ』

――『大手がメリットだとは考えてない。自分のことをよく知ってくれてる会社なのがありがたいって思ってる。ほら、前も話したでしょ、俺自分にまだ自信がないんだって。メリット云々って話をするなら、緑さんの会社は絵の勉強もできてすごくいいなって憧れてるよ』

仲違いしたくなくて必死に言葉を連ねた。好きなのに、ばかな勘違いと欲のせいですれ違うのもゴメンだった。

――『悪いな、困らせて』

なのに緑さんは情けなさそうに謝る。

――『おまえの運命は本当に俺なのかな』

運命……？　あったりまえだろ、と文字を打っていたら、『悪い』とまた謝罪が届いた。

――『そろそろ戻らないといけない』

急いで文字を消して書きなおす。

――『わかった。また明日相談させて』

返事のかわりに、クマさんがユキを抱きしめてキスしてくれた。いままでいちばんふたりが羨ましくて、虚しかった。

――『怒ってる？』

――『怒ってないよ』

――『ならへこんでる？』

――『すこし』

――『大好き。この宇宙の全人類全生物のなかで俺唯一緑さんだけ愛してるんだからな！』

クマさんがまたキスしてくれた。
――『大柴にディープキス増やせって頼んどけ』
明日連絡する、と言い残して、消えてしまう。
スマホを持つ自分の左手の薬指に、茶色い栞紐が結びついている。

おまえの運命は俺なのか、って、どうしてそこを不安に想ってくれたんだろう。

仕事をしていても、緑さんの言葉が過るたびに、あたりまえだろ、しか言葉がでてこない。

それで机にむかって、あたりまえだろ、あたりまえだろ、とくり返し想いながらモンスターの絵を描いた。

昼間、買い物へでかけて初めて自炊してみた。パスタが食べたかったから、ネットで調べてスーパーへ買い物にいき、食材と必要な調理器具を買いそろえて帰ってきて作った。

完成したのはツナと梅の和風パスタ。茹《ゆ》でたパスタとツナと梅肉をまぜあわせて、上に大葉とのりをかける。見た目はいいぞ。ってことで、スマホで写真を撮り、緑さんへ送った。

『初めて手料理！　見栄えは悪くないでしょ？』

ふふん。スマホをスタンドに戻して、いざフォークを入れる。掬って、食べて、咀嚼する。

んー……梅肉がさっぱりしてていいものの、なんかパスタがもちもちしておいしくねえな。

『味はどうだった？』

緑さんから返事がきた。

『もちもち度が高すぎる』

『素直に茹ですぎたって言え笑』

　笑ってくれた。

『これ茹ですぎたのか〜。食材に悪いことしちゃったね。次は気をつけてみる』

　母さんてすごいな……作ってくれる料理はいつも全部おいしかった。やっぱお祖母《ばあ》ちゃんに教わったり、自分で勉強したりしたのかな。父さんが〝妊娠したらふたりぶんの健康を維持するんだから大変だ〟って言ってたけど、産んでもらったあとも俺と父さんの食事を作ってくれてたんだからおなじじゃんね。子どもを産むって、命を背負っていくってことなんだな。

　子どもは無理でも、俺も緑さんと生きていくパートナーとして彼の命を背負わせてほしい。緑さんが健康でいられる料理をごちそうできるようになりたい。これじゃまだまだだけど。

『俺も結生の初めての手料理が食べたかった』

　……へへ。よかった、昨日のこと本当に怒ってはいないみたいで。

『もうちょっと練習して、恥ずかしくないレベルになったら食べてね。人にふるまう初めての手料理は緑さんに捧げるよ』

　緑さんて初めてがまじで好きだな。あなたの初めては俺、ほとんどもらってないでしょって感じなんだがな？

『会いたくてしかたなくなった。どうしてくれる』

　キレるし。

『今晩フェラでご奉仕するぜ』

『それはいらない』

頑《かたく》なっ。ぽわ、とメッセージが続いて届く。

『腋を舐めたい』

『わかったよ、一等星ちゃんね』

『午後も頑張れるよ。はやく会いたい』

「一等星ちゃんじゃなくて、俺に会いにきてよね』

『笑』だけ届いてメールが途切れた。どういうことっ？

っとに〜……、と口を尖らせてにやけてパスタをたいらげ、俺も頑張ろう、と仕事を再開する。


『家まで迎えにいくから夕飯は食べずに待ってろ』と、到着予定時刻とともにメールがきて、夜七時に落ちあえた。

車に乗ると、シートにお尻がつくより先に腕と腰をひき寄せられて烈しいキスに襲われた。俺も彼の首に腕をまわして、負けないぐらい烈しく舌を吸い返す。へこませてごめん、へこんでくれてありがとう、会いたかった、大好きだよ、昨日より一秒前よりいまのほうがずっと。

「……会いたかった結生」

文字で何遍もくれた告白を、熱のこもった眼ざしと声でくれる。散々舌を吸いあってようやく落ちついても、緑さんは額をつけて息を乱したまま俺の唇を撫でるように食んでいる。

「俺もだよ」

鼻と口でがむしゃらに息つぎしていたから俺も呼吸が荒れている。かまわずに、彼の濡れてきらめく下唇を俺もあむあむしゃぶる。

「おまえといると心臓が保たない」

「俺も」

「好きなのとおり越してぶん殴りたくなってくる」

「俺もっ」

こたえて吹いて笑ったら、ぶん殴るかわりに舌を軽く噛まれた。強く噛みしめるわけにいかない、と自制が働いたのか、すぐさま舌に捕まって強く吸いあげられる。ひっこ抜かれそうで、これだって痛い。ただ、愛してるんだ、と狂おしいぐらい叫んでくれているのはわかる。

「……今日、自炊して偉かったな。ありがとう」

「？　なんで緑さんがお礼言うの。言いつけ守ってコンビニ弁当やめたから？」

「おまえが元気でいてくれないと、俺が生きていけないからだよ」

自分も緑さんが身体を崩して弱ってしまうのを想像して、ゾッとした。

「うん……そうだね。俺も生きていけない」

緑さんが俺の首筋に顔を埋める。彼の頭を抱いて、俺も泣きたい気持ちで強くしがみつく。

「一緒に生きていくってこういうことなんだね」

相手のために自分の命にも責任を持つ。自分がどうなろうと相手が健やかならいいっていうのは自己満足でしかない。ふたりして元気で温かでいることが真実の幸せ、ってことだよね。

「じゃあ、おたがい元気でいるために夕飯食べにいこう。店予約しておいたよ」

「おっしゃ、どちゃくそ食うぜ！」

笑ったら、緑さんも笑って俺の口にキスした。ユキとクマさんがするような一瞬の稚《いとけな》いキス。名残惜しさを隠して手を離し、シートに座りなおした。緑さんがハンドルを握って、笑顔で車を発進させる。狭い路地をすすんで大通りへでる。イルミネーションが輝く街を走りだす。

ふたりしてきっと、緑さんのお父さんのことも想っていた。


緑さんが連れてきてくれたのは、俺の服装は場違いじゃないか、とビビるぐらい立派な料亭だった。掘りごたつのテーブルがある個室へ案内されて、いただいたのは合鴨鍋《あいがもなべ》。

「やべえ、めっちゃんこうまい幸せ……。人生初の合鴨鍋だよ、世の中にはこんなにおいしいものがあるんだね……」

「結生の初めてがもらえたんならまあよしとする」

「また初めてにこだわる……」と照れて苦笑する俺と一緒に、緑さんも苦笑いになる。

合鴨に湯葉、生麩《なまふ》、合鴨のつみれ、それとたっぷりの野菜。緑さんが俺を気づかって合鴨を「食べろ」とたくさんとりわけてくれるのに応えて、しっかり腹へしまっていく。

「昨日へこんだのも、初めてにこだわるのと似てるかもな」

緑さんが目を伏せて、つみれを食べながら切りだした。

「俺の就職のこと……？」

「ああ。大柴にいつも先手を打たれる。それが悔しいんだよ」

先手……。

「あ、だから〝運命じゃないかも〟って言ったの？」

そう、とうなずく彼は器の白菜を掬って俺を見ない。彼のいたたまれなさが伝わってくる。

「先に誘うのが誰かってことより、俺が選ぶのが運命でしょ？　緑さんが嫉妬してくれるなら俺はべつの道を考えるよ」

「俺の我が儘で結生の人生を左右するのは大人げないだろ」

「俺も緑さんのこと想って会社決めようとしてるんだもん、充分どうかしてるじゃん」

鍋の汁を飲んで小刻みに二度うなずいた緑さんが、やっと俺を見返して、「ああ、俺たちはどうかしてるな」と自嘲気味に笑った。

「そうだよ、おたがいばか。社長にこんなこと言っていいと思わないけど、もし緑さんの会社を選択するなら、自分のモンスターを生かしてくれる会社で仕事して、朝から晩まで緑さんと一緒にいられて、俺だって嬉しくて浮かれる。ただやっぱり公私混同っていうか……仕事とプライベートをどう区切るかは問題だと思うから、そこらへん社長の意見を聞かせてほしい」

「結生の才能は欲しい。在宅制度を利用してでも、うちで働いていただきたいですよ」

「在宅……あ、そういえば緑さんの会社のサイトで見た」

クリエイター支援のひとつとしてあげられていたのを憶えている。緑さんもうなずいた。

「クリエイターには個々に作品づくりに適した環境があると思ってる。大勢の人間と創るのを得意とする人もいれば、ひとりでじっと集中したい人もいるだろ。俺は基本クオリティ重視で、クリエイターに最大限好ましい環境を提供したい。だから在宅制度も設けてるんだ」

「たしかに専念できる環境って大事だと思う……」

「結生にはできれば、いまつくってるゲームのアートディレクターとして働いてほしかった。草野をとおさず結生自身にキャラクターデザインに関するすべてを動かしてほしかったんだよ。ただ在宅だと俺といい距離を保てたとしても、その仕事はまかせられないかもしれないな」

「ディレクターって、いきなりそんな役職っ？」

「結生は五年もこの業界で働いてきた実績がある。うちはなにかやりたいっていう意思のある社員には、能力にあわせて可能な限りその場を与える。意思と能力と実績で判断するんだよ。年齢や勤続年数を棚にして、社員のなかに眠ってる新しく楽しい作品をつぶすつもりはない。やる気があるならどんどんアイディアをだして実行して、結果をだしてほしい」

やりたいことに挑戦させてもらえる。自分のモンスターたちを、俺自身が責任を持って大事に育てていける。

「……やりたい。最初はもちろん教えてもらいながらすすめることのほうが多いだろうけど、自分の子たちを、ユーザーにアピールしていく努力をしてみたい」

緑さんが「ンむ……」と左手で唇をこすって、俺を見つめながら目を細める。

「じゃあこういうのはどうだろう。草野をチーフディレクターにして、結生と二人三脚で仕事をしていく。普段はふたりで通常業務をこなして、結生がキャラデザに集中したいときは自宅で専念、草野は業務のサポートにまわる、とか。チーフとはいえいまとほぼおなじ関係だよ」

「草野さんと……。それなら緑さんとも仕事していける？」

「いけるんじゃないか？」

緑さんの感情面も、俺自身の創作への情熱も解決して満たせる最高の道。

「どうしよう……そんな我が儘が本当にとおるなら、俺、緑さんの会社で働きたい」

にぃ、と緑さんが笑った。

「心から歓迎するよ。ただし社会で巧くやっていくためには、容易く他人の口車に乗っていくその素直さに危機感を持ったほうがいいな」

「はっ？」

ははっ、と緑さんが大笑いした。器《うつわ》をおいて口を押さえ、おかしそうに笑っている。

「いまの話全部嘘なの？　俺のことからかった？」

「まさか。全部真実で可能な提案だし、結生の才能も言葉どおり欲してる。なにをしてでも手に入れたい。そのために友好的かつ発展的な交渉をさせてもらっただけだよ」

「言葉巧みに緑さん側へ誘導したってこと？　え、ンー……べつに、俺もやりがい感じられて嬉しかったから、緑さんにとっても悪いことじゃないならいいけど……」

なんなんだもう。大柴さんといい緑さんといい、偉い人はほんとおっかないな。

「結生にはたぶんもうひとつ仕事を頼むことになる」

笑い終えた緑さんがお茶を飲んで息をついた。

俺も湯葉《ゆば》を食べて「もうひとつ？」と訊く。

「いま結生の育成ゲームの宣伝活動として、大柴と仕事をすすめてる」

「え、大柴さん？」

「ゲーム配信開始と同時に『アニパー』とコラボするんだよ」

「えぇっ、『アニパー』とって、どうやって？」

「現段階では『アニパー』内でユーザーにモンスターのたまごを配って、それが孵《かえ》ったらアバターのペットとして連れまわせるってイメージですすめてる。孵るモンスターはうちでつくる初期メンバーの三十人から十人を選抜。『アニパー』で楽しめる育成は、全五段階の成長過程のうち三段階まで。愛でている子や、ほかのモンスターたちのさらなる成長を見守りたいなら、うちのアプリをダウンロードしてもらうって感じだよ」

『アニパー』の動物たちが、俺のモンスターを連れて歩いてくれる……！

「やばいめちゃんこ嬉しいっ。……そっか、草野さんが緑さんには秘策があるって言ってたのこのことだったのか……すごいよ、たしかにこんな完璧な宣伝方法ないよ、一躍有名だよっ」

緑さんもにやりと得意げに笑って、太く切られたネギを頬張る。

「いまは『アニパー』にすり寄っていくのがいちばんだろ。俺たちのつくった子たちがどんなふうにいきいき生きていくのか、大柴にも見せつけてやれて一石二鳥だ。殺されていった結生の子たちの無念を晴らしてやる」

「なにその親の敵《かたき》みたいな状況っ。大柴さんは担当だっただけで、ゲーム開発に携わってたかはわからないってば……俺の子たちが敵キャラになったのはたぶんこう、仕事のながれだよ」

「どうあれ、コラボすれば結生のモンスターたちの生きた姿を大勢の人間たちに見せられる。愛してもらえる。もっと成長させたい、と想ってもらえる。その機会を得られる」

「うん……ありがとう、すげえ嬉しい」

「そこで、結生と大柴の仲も利用させてもらいたい」

しれっと言われて、「えっ」とまた仰天した。利用って。

「いまは俺が大柴と交渉してるけど、２Ｄデザインの監修には結生も加わってもらいたいんだ。あっちも結生が相手なら平和に対応してくれるだろ。多少の無理も聞いてくれそうだし」

「平和って……まさか大柴さんとぎすぎす仕事してるの？」

「お仕事に私情は挟みませんよ」

つん、とすましている。ぎすってる感ばりばりだ……。

「……わかった。自分が携わってる大事な作品だもの、できることがあるなら力を尽くすよ」

「よし」

微笑みあって合鴨を食べる。やわらかくてほくほくで、ほどよい歯ごたえ。汁と絡めておいしい生麩、新鮮なしゃきしゃき三つ葉……。

ああ、まだ信じられないな。『アニパー』で俺たちの子が生まれて、ペットにして可愛がってもらえるなんて。大柴さんのとこで仕事させてもらっているあいだも想像したことなかった。あの可愛いアバターに、撫でてもらえたりする未来がくるのかもしれない。この幸せの全部、なにもかもが、緑さんがくれた奇跡。

「『ワールド・オブ・ライフ』にしようか、ゲームの名前。通称『ライフ』」

緑さんがまっすぐ俺の目を見た。

「〝命の世界〟……？」

「そう。タイトルでは結生の子たちを〝モンスター〟って括《くく》って全面に押しだすのもやめよう。これはあの子たちをとおして生きることを知る作品だよ」

メールや書類でずっと『モンスター育成ゲーム（仮）』だったタイトルがいま決まった。

「『ワールド・オブ・ライフ』……めちゃんこ素敵だね。『ライフ』って略しかたもシンプルで簡潔で格好いいよ。モンスターとか、人間とか、たしかに区別する必要ないのかもしれない。命の重さは平等だもん」

「ああ」と緑さんが微笑んでゆっくりとうなずく。

「つくっていこう、俺たちの『ライフ』」

俺も「はい」と笑顔でこたえる。ふたりで見つめあって、にやけてはにかむ。

「……すごい、いまの緑さんめっちゃ主人公感あったよ」

褒めたのに、「やめろ」と顔をしかめられた。

「ちょっとくさかったなって自分でも思ったんだから」

「えー、緑さんちょいちょいくさいからいまさら」

「おい」

苦笑した緑さんが湯気で曇った眼鏡をはずし、鞄から眼鏡拭きをとって丁寧に拭う。眼鏡をはずして目もとや鼻筋がすずしげになる顔も格好いい。レンズを拭く親指は若干反るタイプの柔軟な指先で、いまは個室内が暖かいせいか健康的な紅色をしている。容姿端麗、頭脳明晰、おまけにおシャンティでちょびっとおじさんセンスな言葉をつかうこの人が、俺の最愛の恋人。

俺たちの人生もこうしてすこしずつ育まれていく。


緑さんの家へ帰ると、ふたりで風呂へ入っておたがいの身体を隅々まで愛であい、昂ぶった気持ちを落ちつかせたあと、リビングでまったりお酒を楽しんだ。

「……あ、本当だおいしい」

「だろ？」

煙草を吸って、ニヒルな感じににぃと笑むダンディな緑さんが格好いい。さっき俺が、酒は呑めるけど居酒屋メニューしかなじみがないと言ったら、彼がウイスキーをくれたのだった。

「ウイスキーって濃くて重くて呑みづらいイメージだった。これほんと呑みやすいね」

喉を焼かない程度のちょうどいい軽さのアルコールが、舌から身体の奥へ染みこんでいく。緑さんが「うまい酒を教えてやるよ」と用意してくれたとおりめっちゃおいしい。

「あーでも酔う、これはスピーディに酔うな……」

三口呑んだだけでくらくら気持ちよくなってきた。

右隣にいる緑さんの肩先に頭を乗せて寄りかかる。抱きあうたびに緑さんの身体が自分の一部のような感覚になってきて、いまではこんなふうに甘えることもできる。

蕩ける視界の先に、正面のでっかな透明テーブルと、オリーブやチーズのつまみ、ウイスキーボトル、グラスがあった。俺たちが座っているソファは黒い革製。隣にはおくさ。

「……ねえ、緑さんはどうして大柴さんを嫌うの？」

「んー……？」と苦笑まじりにテーブルの上の灰皿へ煙草をつぶして、彼は俺の肩を抱く。

「トランプ勝負に一度も勝てなかったから」

「は？」

あからさまに〝なにそれ〟って声がでた。くっくっ、と笑う緑さんが俺の右のこめかみへ唇をつけ、肩を抱いたままパジャマのボタンをはずしていく。

「サークル内で流行ってたんだよ。なにかあると先輩たちがトランプでかたつけようとしてばか騒ぎになった。ばば抜き、スピード、大貧民って、あの人ああいうの強いんだよなあ……」

「嘘でしょ、そんなので嫌うはずない」

胸の下までボタンをはずされた。

「本当だよ。……あの人にはなんだって勝てた試しがない」

「え。なにその意味深な。じつは恋愛絡みでごちゃごちゃしたの根に持ってるとか……？」

「ないない」

腰を抱き寄せられて、むかいあう格好で膝に乗せられる。正面のガラス張りの壁越しに夜景がひろがっている。

「あの人そっち関係ストイックで一切誰とも揉めなかった。揉めてもたぶん巧く隠してたんだろうな。ノンケだから俺が関わることもないし。そつのないところがまたむかつく」

「ふうん……大柴さんモテるに決まってるもんね、巧く隠してた説には俺も一票だな……」

「おまえやっぱり大柴が好みなのか」

「ぶはっ、それ二回目会ったときからずーっと言ってる、しつこすぎるっ」

「ごまかすなよ」

笑いながら見おろすと、きっ、と目をつりあげてまじで怒っている。睨んでくる頬を右手でぱちと軽く叩いた。

「なら〝好みだよ〟って言ったらどうするの？」

「この乳首を痛く吸う」

「〝モテると思うだけで恋愛対象じゃないよ、緑さんを愛してるよ〟って言ったら？」

「優しく吸う」

「なんだろうかこの人は……」

はだけたパジャマを左側だけひらいて、胸を彼の唇に近づけた。

「好きにしてよ、俺の全部緑さんだけのものだよ」

ふっと表情をゆるめて、安心したように緑さんも俺の乳首に舌をつけて咥えこんだ。

「ンっ……緑さん、歳下で、甘えん坊の恋人は面倒くさい、って、言ってたでしょ……俺は、歳上で甘えん坊の恋人、嬉し、から……バランス、いい気がして、きた」

はあ、と吐息を洩らす。気持ちいい。

「歳下の甘えん坊も嫌いじゃねえよ」

「あれ……そうなの。ン、ぅ」

風呂でも長いあいだ吸われていた胸が、まだ疼いて反応する。快感って果てがない。こっちもして、と緑さんの後頭部を撫でてねだる。ン、とこたえてそっちも食べてくれる。本当だね、緑さんはいつも俺を甘やかしてくれる。

「……結生、明日もうちにいろよ」

「緑さんが、仕事でいないのに？」

「ここで好きにしてていいよ。必要なものがあれば用意する」

「じゃあ、俺も仕事する……紙とシャープペンだけ貸して」

「ほぼ未使用のノートパソコンも一台あるよ」

「え……借りていいの？」

「結生につかってもらえるなら本望だ」

胸から口を離した緑さんが、きて、というふうに目で俺を呼んで唇を寄せてくる。俺も彼の動きにあわせて上半身を屈め、唇をあわせる。

「……一日と離れていられないなんておかしいよな」

「俺も一緒にいたいよ。つきあい始めはこんなもんじゃないのかな。大人は違う？」

「どうだろう。離れていても平気なのが大人なら、俺はつきあう前から大人じゃないよ」

「なんで？」と首を傾げると、苦笑する彼に間近で見つめられた。

『アニパー』の恋人登録機能はなからすべて把握してた。相手にログイン通知がいくのも知ってたよ。おまえに通知がいけば会えるんじゃないかって期待してインしてたんだ」

「えっ、そうなの？　セフレ探してたんじゃなくて？」

「ねーよ。おまえのこと待ってゲイルームにいたらながれで初対面の奴と会うことになって、たまたまおまえのキスシーンを見るはめになったことならあったっけな」

「あーあれっ」

唇に嚙みついてむさぼられた。嫌なことを思い出した、って言われているみたいなキスだ。烈しすぎて狼狽えていたらソファに倒されて、おくさのぬいぐるみを右腕でつぶしてしまった。

「ンン」と焦って手をのばし、救出する。キスをしながら緑さんの頰にくっつけてやる。

ん？　と緑さんもまるい目をして口を離し、おくさを見つけてでれっと鼻の下をのばした。ちゅとおくさにキスをする。

「あー緑さんも俺以外の子とキスしたー」

「おくさは俺らの子だろ。おまえはもう二度と自分の身体ほかの男に触らせるなよ、いいな」

鋭い目で睨まれて、俺も唇を尖らせた。

「俺はたった一回失敗しただけじゃん。緑さんのほうがいままで四億人の男食い捨ててきてるくせに」

「は？　なんだよ四億って」

「そんぐらいいるだろ、いっぱいい〜っぱい。俺は緑さんしか知らない清らかな身体だぜ？」

「俺ももう結生だけだ」

フンっ、と睨みあっているうちにだんだんおかしくなってくる。笑うのをこらえていたのに、緑さんの頬もゆるんできたのに気づいたらとうとう「ぷっ」と笑ってしまい、彼も同時に「ぷっ」と吹きだした。

「やべえ、俺たちやっぱばかだっ、あははっ」

「まさか三十五でこんなあほになると思わなかったなー……」

おまえが悪い、と緑さんが俺の胸の上に寝て長い長い息をつく。

「……明日の夜は結生の手料理食べさせてくれ。パスタでいいから」

緑さんの頭を抱いて、彼の髪を指で大事に梳く。

「うん。頑張っておいしく作るよ。もちもち度低めで」

「楽しみだな。まだ出勤してないのにはやく帰りたい」

「ははは」

身体に緑さんの重みと体温が染み渡っていく。彼の存在が、自分の一部になっていくような感じがする。天井が高い。緑さんの髪の匂いがする。おくさを彼の頭の上に乗せて一緒に強く抱きしめる。


翌日の朝、憧れのいってらっしゃいのキスで緑さんを見送ってリビングで仕事をしていたら、昼すぎにメールがきた。

『ゲームのタイトル、みんなに「長すぎる」「お洒落すぎる」「なじまない」「売れなさそう」って非難囂々《ひなんごうごう》だった……「ライフ」になったよ』

緑さんの文字で〝……〟って見たの初めてじゃないか？　社員さんに抗議されてへこむ社長を想像したら可愛くて吹いてしまった。

『「ライフ」もシンプルでわかりやすくていいね。素敵だよ。俺はどっちも好きだな』

『自分のセンスが不安になり始めた』

お。結構へこんでるみたい？

『俺は緑さんと自分だけが大事にしてる秘密のタイトルがあるのもときめくけどな』

陽光がたっぷりさしこむ明るくてひろいリビングで、マグカップの横に佇むにっこり笑顔のおくさが光に霞んで照っている。また返事がきた。

『なるほどな。俺たちが胸に刻んでる想いって感じで、言われてみれば悪くない』

『おうよ。「ライフ」にも受けつがれてる想いで、世界だよ。いままた新しい子が完成しそう。はやく三十人作って「アニパー」とのコラボも実現させよう』

『わかった。俄然《がぜん》やる気がでた』

力張るようすが返ってきてほっとしたら、メッセージが続いた。

『おまえはすごいな』

感動してくれたっぽい。会社経営してこんな立派な家に住んでる社長さんがなにを言うやら。おくさの頭を撫でてシャープペンを持ちなおし、絵の仕上げに入る。

冬は二時をすぎると日ざしが夕日色になって、世界が感傷的な雰囲気に染まり始めてしまう。先に夕飯の買い物にいっちゃおうかな、と仕事を中断し、緑さんに借りたでかい服から自分の私服に着がえ、外出した。俺は緑さんの恋人で、もうすぐお兄ちゃんになる男だからな。料理ぐらいできないとな。

初めて出歩く緑さんの家の近所は、往き交う人も建物やお店もお洒落な、ガチの都会だった。駅周辺ならなにかあるだろ、とスマホの地図で道を調べてきたものの、なにかどころかなんでもある。スーパー、コンビニ、ファストフード店、ケーキ屋、ドーナツ屋、牛丼屋、喫茶店、呑み屋、本屋、雑貨屋、服屋。どこもかしこもクリスマスの飾りつけがされていて、ながれる曲がジングルベー、ジングルベー言っているのも今日はまあ許せるぞ。苦しゅうないぞ。そういえば俺たちはクリスマスどうなるだろう。緑さんのお父さんと、緑さんと、すこしでも温かく過ごせたら嬉しいんだけどな……。

おシャンティ高級スーパーで一個五百円もする小籠包《ショウロンポウ》を試食して、販売員のおっちゃんとうめーうめー笑いあったり、外国の商品ばっかりならぶ気どったお菓子売り場に〝けっ〟と舌うちしたりしつつ、パスタとサラダの具材を買って帰宅した。

緑さんは五時半に帰ってきた。

「おかえり、はやかったねー」と迎えるなり、玄関先でキスされて思いきり抱きしめられた。

「……会いたかった」

三年以上離れて暮らしたような深い感慨と哀愁をこめて、緑さんが想いと嘆息をこぼす。

「うん、俺もだよ」

白い壁紙で囲まれた清潔感のある玄関に、彼が連れてきた外気としずけさがただよっている。ようすが違う。茶化して笑ったり、無理に元気づけたりする場面じゃないのを察知した。彼の背中に手をまわして、冷たいコートを抱きしめる。自分の頬につく彼の頬と耳も冷たい。緑さんの哀しさ、孤独、……恐怖、のようなものが伝わってきて、俺も淋しくなる。

「……いい匂いがするな。パスタ作ってくれたんだ？」

俺の右の耳たぶを吸って、緑さんが突然不自然に明るく言った。

「作ったよ。サラダとスープも」

「すごいな」

大げさな声をだして褒めてくれる。

「サラダは野菜千切るだけだし、スープもあまった食材入れただけ」

「幸せだよ」

なにかあったの、って訊きたいのに、彼の誘導に応えて俺も明るくすべきか迷う。

「……あと、小籠包もある」

「ン、なんでまたパスタに小籠包？」

「試食したら販売員のおっちゃんと仲よくなっちゃって、半額値引きしてくれたから」

「ははは。なんだそれ、どういう才能だよっ」

緑さんばか笑いしてる。これは嘘じゃない、本気のやつ。

「だってもとは一個五百円だよ。ああいうの勝手に値引きしたら駄目で、おっちゃんがポケットマネーで値引いてやるって言うから、じゃー買うぜって」

「半額ならたいしたもんだなあ」

「でしょ？　汁がこぼれてくるめちゃんこおいしい小籠包だから緑さんにも食べさせてあげたかったんだ。ラッキーだったよ」

俺もはにかんだらまた口先を甘く食まれて見つめあった。どこか儚げに苦笑する彼を、俺も笑顔をつくって見返す。見慣れた長い睫毛、俺の目や鼻や頬をうつして動く黒い瞳、いまキスしてた唇。

「……おまえは誰でも虜《とりこ》にするから見張ってないと簡単に奪われそうだな」

「ンなこと思ってくれんの緑さんだけだよ」

「ある日帰ったら〝小籠包のおっちゃんと生きていきます〟って書きおきがあったりしてな」

「ねーよ」

緑さんのお母さんのことが頭を過った。

「あるかばかっ」

「ばかまで言うな」

「ばかなこと言うからだろ。おっちゃんも巻きこまれて被害こうむってるし」

「おまえが無闇やたらと魅力ふりまいてくるから悪い」

「魅力があったのは小籠包だっつのっ」

「小籠包よりおまえがうまそうに見える男もわんさかいるんだよ」

「おいしい汁もでるしな、ってなに言わせんだよばかっ。……ほんっとばかっ」

　ふははっ、とふたりして吹きだして抱きあって爆笑した。「おいしい汁ってなんだよっ」「知んねーよっ」と笑いながら喧嘩する。あーもう無理、この人と一生一緒にこうやってキスして抱きあって笑いあってべたべたしていたい。好き。大好き。……元気でたかな、緑さん。

「……食べようご飯。すぐ温めなおすから」

「ああ」

　ただいま、ともう一度緑さんがキスをくれて、おかえりと受けとってから部屋へ戻る。

　おたがい食事の準備をしたあとダイニングのテーブルへついた。

　今夜作ったのは生ハムとトマトとバジルのパスタ。優しく絡めて最後に粉チーズをふった。サラダも残りの生ハムとトマトのほかにレタスとブロッコリーとオリーブをまぜてドレッシングをかけたもの。スープもおなじく、あまった食材を有効活用ってことでブロッコリーとトマトにウインナーだけ加えたポトフふうのひと品にした。

「おなじ食材ばっかでごめんね。またいつここで料理できるかわからなかったからさ」

「かまわないよ。てかそこまでちゃんと考えて作ってくれたとこに惚れなおした」

「緑さん外食するし、冷蔵庫も酒とつまみぐらいしかなかったから腐るのわかるじゃん」

「写メっておこう」

「女子かっ」

スマホをだしてフレーム内にすべての料理がおさまるよう位置調整までし、本当に撮った。

「恥ずかしいからSNSにアップしないでよね」

「するもんか。本当の宝物は他人に見せない主義なんだよ」

「……秘蔵の腕フォルダとかあったりして」

パスタは食べてみると若干かたかった。サラダもスープもおいしいのに、メインのパスタがまた失敗に終わった。

「今度はビビりすぎたかも……ごめんね。味見したときは完璧だと思ったのにな」

謝っても、緑さんの表情は幸せそうなまま変わらない。

「好きな子のすこし下手な料理を食べるって、ときめきイベントだよな」

「緑さん、なにげに漫画脳だね……」

「ゲームでもあるよ。べつに食べられないほどかたいわけでもない。嬉しいな……おいしいよ。結生が料理してくれるなら毎日わくわく帰ってくるのにな」

おくさを見ているときと似たでれでれした顔……こんなに喜んでもらえると思わなかった。

「ありがとう。次は外で食べる料理に負けないぐらいうまいの作るよ」

「ばかだな、どんな料理も恋人の手料理に敵うわけないだろ。わかってねえよ結生は」

めっちゃ甘い言葉のあとに貶された。生ハムとトマトとバジルの葉をちょうどいいあんばいにフォークに絡めて、緑さんが口へ入れてくれる。サラダのブロッコリーももごもご咀嚼してスープをすする。好きな人が喜んで手料理を食べてくれるって、幸せなことなんだな……。

「例のゲームのタイトルな、あれ今日出勤してた社員だけに相談したんだけど、明日の会議で正式に確定すると思う。これつくってるトップふたりが『ライフ』にするって言ってるから」

「そっか。緑さんにはあまり権限ない感じなんだ？」

「口はだせる、程度かな」

「社員のこと信頼してるんだね。てか、みんな日曜にも出勤してるんだなあ……」

「師走《しわす》だからだよ。結生だって家で仕事してただろ。そういや、結生がうちにきてくれるって教えたらタイトルの件とうって変わって全員に褒められた。社長偉い、よくやった、ってな」

「まじですか。うへー……ハードルあがっていく。怖ぇ。頑張らなきゃ」

　俺たちのフォークの音がダイニングにかちかち響いている。視線を横へむけると、隣のリビングとガラス越しの夜景が見える。広々とした室内の足もとにながれているひそやかな静謐。緑さんとふたりの食卓、ふたりでする食事。会話。ここにある揺るぎないぬくもり。

「結生が必要なのは自分だなとも思ったよ、今日」

「え？」

　緑さんがうつむき加減に苦笑して、パスタをフォークに絡めている。眼鏡のずれをなおす。見つめていると彼の言葉の意味も沁み入ってきた。やる気がでた、って言ってくれたね。

「それとな、二十日から青森にいこうと思う。結生にも一緒にきてほしい」

　意思的な声だった。

「うん。いこう」

　おなじように自分も意思を持ってこたえた。緑さんが俺を見つめる。

「ありがとう。二十日で大丈夫そうか？」

「大丈夫、緑さんについていく」

彼の目もとが一瞬、ほんのわずか泣きそうにゆがんだ。

「……わかった。ただ、結生とどう行動するか悩んでるんだよ。俺は今度あっちにいったら、最期まで戻らないつもりでいる。結生には一度会ってもらえればそれで充分だから」

この人にひとりでお父さんを看取らせたくない、と思った。そんな淋しいことさせられない。いまでさえこんなに不安定で壊れそうなのに。

「俺も緑さんとお父さんの傍にいるよ。ひとりでいたってどうせ落ちつかないし。一度一緒にいってみて、お父さんの気持ちと体調をうかがいつつ考えようよ。俺はひとりでビジホに泊まろうと、帰ろうと、どうなろうとかまわないから」

緑さんが苦々しい笑みを浮かべる。その笑みのなかにたしかな喜びと安堵《あんど》も見てとれる。

「むこうにいったら親父を退院させようと思ってるんだよ。本当はもっとはやくそうしてやりたかったんだけど、うちは親戚もいないから結局面倒見てくれる人がいなくてな。親父もこのまま病院で逝くつもりで諦めてた。でも俺がいれば帰れるだろ」

「うん。家のほうがお父さんも嬉しいだろうね」

「ああ。……実家で結生とふたりで、親父を最期まで見守れたらっていうのが俺の勝手な願いと理想だよ。だから俺も先に、自分がゲイで、結生を連れていこうと思ってることを、親父に話そうと思う」

この人はいま怯えている。

「入院してるのに、どうやって話すの？」

「スマホ持ってるんだよ。親父の個室は使用許可ももらってて、メールとか頻繁にしてくる。さっき帰ってくる前もちょっと話したよ。元気だって言うわりに声は弱ってたな。……実家に帰ったところで、長くないのもたしかなんだろうな」

　緑さんの今夜の異変の理由にいま納得した。緑さんとお父さんも、心が繋がっているんだと知る。相手の痛みが苦しい、淋しさが辛い。感情が伝染して、共有して、支配されてしまう。

　俺も死を前にした親やあるいはこの人に、元気だよ、と言われたら、立っているのもやっとの息苦しさに絶対苛まれる。それでもまだ立っていなくちゃいけない。ぐずぐずに泣いて嘆いて弱って壊れたら、大事な人を幸福に送ることもできなくなるから。

　フォークを握って、食べかけのパスタを見おろした。サラダとスープも。緑さんの皿のほうがもうほとんど残っていない。綺麗に食べてくれている。かたくて失敗のパスタだったのに。

　緑さんとお父さんも、こんなふうにふたりだけの食卓を囲んで暮らしてきたんだろうか。

　辛いことがあったら絶対に言え、必ず助けてやるから、と緑さんを救い続けてきたという、お父さん。

「お父さんに話したら教えて。できることなら俺も緑さんの願いどおり、三人で過ごしたい。それがお父さんにとっても、幸せな時間になればいいのにって思うよ。だけどどんな反応も、俺も緑さんと一緒に受けとめる。辛かったら言って。これからは俺も緑さんを守るからね」

　微笑んだ緑さんの目が赤くて、彼が泣きそうになっている自分を恥じているのがわかった。うつむいて笑って、眼鏡の内側に人さし指を入れてこする。

ありがとう結生、と彼が言った。ううん、と頭をふって俺も涙をこらえてはにかんだ。

その夜は、寒がってくっつくネコみたいに抱きあって眠った。

……どんなことも冷静に対処できる大人になったんだと思ってた。でも違うな。大人っていうのは諦めを知った人間のことなのかもしれない。希望や期待が裏切られることを知ってる。叶わない願いがあることを痛感してる。だから落ちついてるだけのことだ。

緑さんがそんな思いをぽつぽつ話す。

俺は立派な大人じゃない。怖いものがどんどん増えていく。子どものころみたいに無邪気に体あたりして、全身で傷つくことができない。怖い。

暗い寝室で自分にしがみつく彼を抱きしめた。痛くないよう優しく。温めるようにそっと。

俺も怖いよ。緑さんが怖いことは俺も怖い。でも緑さんが幸せだと俺も幸せになれる。一緒に怖いことも嬉しいことも分けて緑さんと生きてるって思うと力が湧く。頑張るぞってなる。

そう言ったら、緑さんがひとりぼっちの子どもみたいに俺の胸に顔を埋めて、大人の力で抱きしめてきた。苦しい、って言って笑うと、彼もすこし笑ってくれた。

好きだよ結生、と彼が胸から絞りだすような切実さで苦しげにこぼす。

俺も大好きだよ、と自分も告白する。

ふたりきりの夜に、内緒話みたいに話をして、心を慰めあう。

お父さんを亡くすことも、たったひとりの家族にゲイだと告げることも、そのまま傷つけて逝かせるかもしれない現実も、この人はきっと怖い――。

小籠包は朝食《た》べた。おっちゃんにもらった説明書どおりに温めて、ふっくらやわらかい生地をふたりして端から嚙った。そうしたらおたがいぶしゃっと汁が飛びだして、ひとくち食べただけで爆笑した。ぐしょぐしょに分解した生地と中身を笑いながら必死に食べて、びたびたになったテーブルを拭いた。とはいえ無論めちゃんこうまくて、緑さんも味には満点大喜び。汁で濡れた唇も頰もまとめて顔中にキスされて、キスし返して、朝日が眩しくて、楽しくて、笑いまくった。

幸せな朝だった。

青森いきのチケットは緑さんが用意してくれるという。

出発までの十日間、緑さんは片づけなければいけない仕事が山積みで毎晩残業になると言い、俺も大学や仕事関係など諸々すませておくね、と約束して、おたがい出発準備に専念した。

ちなみにゲームのタイトルは『ライフ』に正式決定した、と報告を受けた。

『会議で俺の案も再検討してくれたけど、ほかのみんなからも非難されて終わったよ』と社長はまたちょっとへこんでいて、気の毒に感じつつも可愛くて和んだ。

その『ライフ』の進行に関して『俺も二十日で年内の仕事は一段落させたいって草野さんに頼んだら、社長とおなじであやしまれる？　考えすぎ？』と相談したら、『じゃあ逆に俺が〝どうしてもデザインを確認したいから、ユキの年内業務も二十日までにしてほしい〟って泣き縋るよ』とひき受けてくれて、これまた社長が駄々っ子よろしく交渉して解決してくれた。

後日草野さんに『氷山の我が儘で、こちらで勝手に決めてすみません……』と謝られて、〝我が儘〟を言って草野さんに呆れられたっぽい社長を想像したら、罪悪感に駆られながらもやっぱり、可愛い好き、と思ってしまった。

大学では忍に『彼氏できたよ』とのろけて、『俺と寝てくれるんじゃなかったんですか』と真顔で返された。知らんし。

『うちの彼氏超独占欲強いから殺されるぜ』とさらにのろけたら無視された。それでも忍君は優しいので、『もっと訊いてよなれそめとかーのろけとかー』とマフラーをひっぱる友だちに、うんざり顔でラーメンをおごってくれた。とんこつうまかった。

それとどうしても母さんの身体が心配で、結局実家へも顔をだしにいった。

母さんは、妊娠は病気じゃないとはいえつわりも辛いし眠気も消えなくて、気がつくと寝ている、と情けなさそうに笑って迎えてくれた。父さんが〝こなくてもいい〟って言ってたのはこういうことか、と心苦しくなりながら、ソファに座ってふたりですこし話をした。

『母さんいつも父さんに苛々あたってたじゃん、あれってなんだったの？』とストレートに訊いてみたら、『だって若い新人の女の子といちゃついてるんだもの』と、まじでどうしようもない嫉妬を聞かされて茫然とした。

なんでも、数年前から新入社員の指導を担当することが増え、毎年父さんが二十代の可愛い女の子と行動するようになっていた、らしい。ふたりきりで食事もする、残業して帰宅も遅い、出張だってする、いまも続いている、とすげえ愚痴られた。こんな理由で俺まで八つあたりされてたのかっ。

『結生がひとり暮らし始めてからは、母さんともデートしたり旅行したりしてくれてたけど、淋しかったの』と女の子の声で言われて、父さんが俺にひとり暮らしすすめた理由って、俺の仕事のことじゃなくて、もしやそっち……？　ってなった。

からかいまじりに『わたしたちつきあい始めてすぐ結婚して結生を産んじゃったから、恋人だった時間が短いのよ』とも言われた。『産んじゃった言うな』とつっこんでふたりで笑いつつ、父さんの『ずっと仲よしだよ』という言葉にも得心がいった。なんにせよ、らぶらぶなのなら一安心かな。

それより驚いたのは、母さんが『これ見て見て』と部屋から持ってきたものだった。

ティラノサウルスのぬいぐるみ。俺が子どものころに肌身離さず持ち歩いていて、とっくに壊れて捨てられてしまったと思っていたぬいぐるみだ。母さんはそれをきちんと繕って、綿を入れなおして、大事にしまっていた。

『子どもが無事に産まれたら、お兄ちゃんのだよ〜って見せてあげるの。懐かしいでしょ?』と笑う母さんを見ていたら、ふいに泣きそうになった。『俺ンだよ返してよ』『え〜なんで〜』『弟だか妹には俺が新しいの買ってやっからっ』と照れ隠しで無意味にキレて、強引に奪ってきた。お腹と尻尾に花柄の布のへんてこなつぎはぎがあるティラノサウルスが、どうしても愛おしかった。

──母さんたちね、自分たちが結構無茶な結婚をしたから、結生が好きな人を連れてきたらそれがどんな人だろうと受け容れることから始めようって決めてるの。だから心配しないで、結生も心から好きになった人を連れてきなね。

そう言って微笑む母さんに見送られ、家路へついた。

──……結生、でも母さんはたぶん哀しむよ。それは心の隅においておきなさい。

その夜は父さんのひとことが頭から離れなかった。

身体が頼りなく、寄る辺ない。支えを失ったように心許ない。緑さんの不在を強く感じる。感情を共有しておたがいの熱や重みを与えあって感じあって、緑さんとひとつになったせいだ。

緑さんとの繋がりは、電波みたいな不安定なものっていうより、この左薬指の栞紐のようなきっちりかたく結んであるものだ、と想う。途切れたり邪魔されたりしないかわりに、自分の力加減で強くも弱くも結べる。

離れているとと淋しいのは緑さんもおなじなのか、毎晩メールか電話か『アニパー』で連絡をくれた。俺もちょいちょい連絡した。

『いまから会いたい』と、仕事終わりに突然会いにきてくれたのは青森出発の二日前。

〝出発前日は迎えにいくから一晩一緒に過ごしていこう〟と約束していて、会う予定のない夜だったから不思議に思ったら、俺の部屋のこたつへ一緒に入るなり『親父に話した』と言う。

——……親父、知ってたよ。俺がゲイってこと。

——えっ、そうなの？

——狭い家でふたりで暮らしてたんだからわかるに決まってるだろって。……つうか思い出したんだ、中学のころひとりでシてたの見られたこと。

笑えなかった。

——アナログ時代だったからがっつりゲイ雑誌ひらいてヤってたんだよな……。家に連れていくのも男友だちだけで女っ気がないから、親父は親父で悟って悩んで、とっくに乗り越えてたって教えてくれた。連れていきたい人がいるって言った直後の親父の返事が『俺よりごつい男か？』だぞ。……血の気がひいた。

——でも、よかったね。お父さんと三人で年末年始過ごせるね。俺も嬉しいよ。

抱き寄せようとしたら、先に捕まって抱きしめられた。

抱きあっていると、彼がお父さんの病気を知ったのちの三年、ずっと背負い続けてきた苦しみから解放されていくのを感じた。もうお父さんは傷つかない。緑さんに絶望も失望もしない。育てたことを後悔もしない。死に際にこんな真実を聞かされてあんまりだ、と嘆きもしない。

大丈夫。きっと安心して、幸せに逝かせてあげられる。

……エロ本は、これからは電子書籍にしなね、と頭を撫でたら、吹きだす笑顔も見られた。

結生がいるから必要ないだろ、とキスされていちゃいちゃした。

ところが『ひとりエッチはセックスと違うくない？』と異論を唱えたせいで、『は？』と、そこから雲ゆきがあやしくなった。

『気持ちよさの質がさ、ひとりのほうが好きって人もいるじゃん』『どこの男の話だ』『どことかじゃなくて一般的なやつ』『友だち？　好みのタレント？　俺が知らない昔の片想い相手？　誰だよ』『なにに嫉妬してんのっ』『おまえが他人とオナニー語りしてるのも苛つくし、俺以外の男でシてきたことにも腹が立つ』『話すのも駄目とかっ！　するだろ、男友だちとオナニーの話ぐらいっ』『話してるあいだそいつがおまえのここ想像してるのが腹立つ』『相手は女の子のこと考えてンだろ、なんで俺のちんこ想像するんだよっ』『「おまえ小さそう」とか言われたろ』『失礼にもほどがあるっ！』『おまえ今後オナニー禁止な』『は⁉』――って、どういうわけか緑さん以外とはひとりエッチさえしたら駄目になった。なんなんだ。

――だったら緑さんはじいちゃんになっても三日にいっぺんは俺を抱けよな。

――上等だ。

額をごろごろくっつけて、壁の薄さを意識しつつ声を抑えてくすくす笑いあう。

青森は雪が降り続いていてとても寒いらしい。

キスをしながら、暖かい服をたくさん鞄につめたよ、靴もブーツより長靴がいいのかな、と話しかけた。必要ならあっちで買えばいいよ、と緑さんもこたえて抱きしめてくれた。

緑さんといると不安や恐怖は霧散していった。普段快適な自分の部屋やこたつが狭いのに、この窮屈さ、ある種の疎ましさが、心地よくて途方もない多幸感をもたらす。離れていた身体がひとつになって安堵する。大丈夫。お父さんにもとりあえず性別で拒絶されることはない。

——結生、本当にいいのか。

——なにが？

——……いや。

明後日、緑さんのお父さんのところへいく。

青森に着いてまず湧いてきたのは、みんなの会話が聞きとれねえ……！　って焦りだった。

空港の職員さんや売店員さんはまだ平気だったものの、レンタカーの店員さんに他愛ない会話を持ちかけられたとき、え？　え？　と何度か訊き返してしまった。どうにかならないかとスマホに頼ってみたところで、ヒヤリングができないから検索しようもないうえに調べている暇なんかない。

病院へきても、患者さんやお見舞いにきている人たちから聞こえる会話のほとんどが宇宙語に感じる。なじんだ単語がまざると、あ、わかる、とほっとするも、内容はまるで理解できなくて愕然とした。

「……どうしよう緑さん、俺まじで言葉がわかんない」

「わがんねが？」

からかってくる緑さんは、さっきから俺がおろおろするたびに横で笑っている。

「えーもう、緑さんの訛《なま》りはときめくけどさ……これじゃお父さんと話せないよ」

「東京の子だって知ったらみんなあわせてくれるよ。親父にも言ってあるから」

「や、俺が勉強しなきゃ駄目だと思う。あとで本買いにいく時間とかある？」

緑さんに頭を抱き寄せられて転びそうになった。

「俺らと話しながら憶えていけばいい。そのほうが親父も喜ぶよ」

「……かな。そうなら俺も嬉しいけど」

大きくて立派な病院の受付で退院手続きを終え、お父さんが入院している上階へむかった。

ナースステーションに緑さんが声をかけると、担当医と看護師さんもきてくれて、そろって病室へ移動することになった。

先生も看護師さんも終始明るい。お父さんの体調についても、今日は朝から調子がいいですよ、退院できるからですね、みたいなことしか話さない。退院したあとの対処に関してはすでに緑さんと相談しあっているようすだった。

病院独得の匂いはあまりしなかった。この階は個室のみのようで、スライド式のドアがならぶ真っ白い廊下も俺たちの足音や会話しかしないほどしずか。だんだん緊張感が増していく。でも隣には緑さんがいる。

奥のドアの前へきて緑さんがあけると、室内の中央にあるベッドに、緑さんとそっくりの、けどひどく痩《や》せたお父さんが寝ていて、看護師さんが「緑さんぎだよー」と起こしてあげた。

「おう。……あーめんこいの連れてぎだな」

「こんにちは」と頭をさげてひとこと挨拶はしたけど、俺が自己紹介をするより先に、看護師さんと先生が退院するお父さんにお祝いの言葉をかけて、緑さんを含め四人が談笑を始めた。

父親と息子のふたりきりの家族に、数年寄り添ってきた担当医と看護師さんの温かな笑顔、親しげなやりとり。今日は天気もよくて窓からさす金色の光も四人をたおやかに包んでいる。

会話がきちんと聞きとれないぶん、目が働いた。ベッドの横の棚にあるスマホスタンドや、文庫、水差し、タオルなどの私物からうかがえる生活。骨のかたちが浮かぶぐらい痩《こ》けた頬、指先、腕。薄い胸、パジャマの尖った肩先、浮きでる鎖骨。息苦しそうな話しかた。それでもふわ、とひろげてくれる笑顔。

緑さんが青森へいくたび、見つめていたすべて。ひとりで抱えていた現実。

怖い、と思った。お父さんは本当に死のそばにいる。初対面である以前に自分が初めて対峙《たいじ》する人間だった。だからなにが失言か見当つかない。どういう態度がタブーか判断つかない。だってここにいる全員、この退院は病の完治を意味するものじゃないと知っていて、ここへ再び戻るのは最期のときだ、って覚悟もしている。なのに笑っている。笑わなきゃいけない。笑っていてあげたい。こんなの辛くて淋しすぎる。苦しすぎる。

「――じゃあ荷物整理がすんだらまた声かけますので」

緑さんがそう切りだすと、先生と看護師さんは退室していった。

「すまないね、こんなところまでこさせて。田舎の言葉もわからないでしょう」

お父さんが眩しい陽光に目を細めるような、柔和な苦笑を浮かべて話しかけてくれた。

「いえ、すみません、ご挨拶遅れました。初めまして、本宮結生と申します」

「うん、結生ちゃん。緑に聞いてたよ。めんこい子でよかったわ～……自分より歳上のじいさんだったりごつい男だったりしたらさすがにどうしよって思ってたすけ」

「俺、乙女思考なところありますし身体も小さいですが、緑さんよりも雄々しくて強い部分もあります。ちゃんと緑さんのこと支えていきます」

あははは、と笑ってくれた。

「緑おまえ、こんなかんわいい子に支えてもらうのか」

「ああ……そうだよ」

お父さんの前で不愉快そうに照れる緑さんが新鮮だ。

「んだが……よかったな。ありがとう、結生ちゃん。こんなおっさんでよかったらもらってやってな。緑には子どものころから淋しい思いさせてきたすけ、結生ちゃんみたいないい子が一緒にいてくれんなら男でも女でもかまわねえよ。いまんとここいつ金だけは持ってるから、結生ちゃんも幸せにしてもらってな」

「金だけ言うなよ」

　緑さんがつっこむと、お父さんがまた笑う。父子《おやこ》仲よしだし、俺たちのつきあいも想像していた以上に快く受け容れてもらえて、いいのかなと驚きつつも、ほっと肩の力が抜けた。

　緑さんも安心したのかロッカーへいって鞄をだし、帰り支度を始める。

「ゆっくり話すのは家に帰ってからにしよう。親父も着がえられるなら着がえて、無理そうなら上になにか羽織らないと外寒いぞ」

「着がえるのは怠い。どうせ車だろ？　羽織るだけでいいよ」

「俺も手伝うよ」と緑さんの横へいくと、「じゃあ親父に服渡してやって」と上着をもらった。暖かそうなカーディガンと、ダウンコート。言われたとおり俺はお父さんが上着を着るのを手伝って、緑さんは手際よく荷物をまとめていく。

　長期間入院していたぶん荷物も多い。緑さんがまとめた荷物を俺が何度か往復して車へ運び、一時間ぐらいかけてなんとか帰り支度を終えられた。

「車椅子借りるか」と訊く緑さんに、お父さんが「まだ歩ける」と力強くこたえて立ちあがる。荷物の残りを肩と両手に抱える緑さんのかわりに、俺がお父さんを支えて一緒に歩いた。

　お父さんは緑さんより若干身長が低い程度のそこそこ大柄な人なのに、切ないほど軽かった。

そうしてナースステーションを横切る前に再度声をかけ、看護師さんたちに笑顔で見送られてお花までもらい、帰宅の途へついたのだった。


お父さんの暮らしていたマンションの２ＤＫの部屋には、もうほとんど物がなかった。

「お〜、綺麗に片づけてくれたなあ」

二度と帰ることはないだろうと、いままで緑さんがかよって処分していたのだ、という。

ただ、緑さんが寝泊まりすることもあったため、ささやかな生活用品だけは残っていた。

俺たちは玄関から入ってすぐにある、元ダイニングだった一室を中心に生活することにした。中央にこたつテーブルをおいて、お父さんの席には温かな生地の座椅子をおき、その隣に布団も敷く。座るも寝るも自由自在、ってあんばい。ここなら廊下の先にあるトイレにも近いし、救急車を呼んだあともすぐ外へ運べる。

俺たちが寝起きするのは奥のひと部屋にした。毛布があるから雑魚寝でいいだろう。寒ければストーブをつけるか、お父さんと一緒にこたつで過ごせばいい。

「ちょっと原始的な生活がわくわくするね」と言ったら、お父さんも緑さんも笑ってくれた。

持ってきた荷物を運びこんで、落ちつくと三人でこたつに入ってお茶をした。

お父さんのご両親が健在だったころは、借家だった一軒家で家族四人で暮らしていたこともあったが、ふたりを早々に亡くしたあと荷物処分がとにかく大変だったそうで、緑さんとここへ引っ越してきたのだとふたりが教えてくれる。ちょうど緑さんが中学へあがるころだった。

「それからずっとここで暮らしてたんですね」

「緑は上京したから六年しかいなかったけどね……こんなところに男ふたりでいりゃあねえ」

お父さんがにやにやしてお茶をすする。でたな、オナニー事件。嫌そうな顔をする緑さんが可愛くて、俺もにやけてしまう。こたつのなかで脚を蹴られた。

「ふたりはどうして知りあったの。結生ちゃんは緑の会社で働いてるって聞いたけど」

えー……と言い淀んで言いわけを探した結果、嘘をつきたくなくなって正直にぶっちゃけた。

「俺が失恋ひきずってセフレ探してたら、緑さんが拾って慰めてくれたんです」

お父さんは嫌悪も嗤いもしなかった。

「男同士って差別されてやっぱり辛いもんかね。失恋もたくさんしたか？」

俺を心配してくれる目が、お父さんの知らない緑さんの過去も見つめているのを悟る。

「俺はすぐ緑さんに会えたから、一回しか辛い経験してません。緑さんのほうが辛いことも、楽しいことも、気持ちいいことも、経験豊富だと思います」

「あはははは」とお父さんが笑ってくれて、緑さんにはまた蹴られた。いてー。

「緑のなにがよかったの？」

「えっとー……月なみだけど、全部。全部好きです。優しくするとき叱るところも、強がりで素直じゃないところも、淋しさとか弱さを口にしないで我慢してるところも、人を心から尊敬できるところも、めちゃんこ独占欲強くて甘えん坊なところも、キス魔なところも、手料理を喜んで食べてくれるところも、容姿も、社員を信頼してるところも、頭がよくて仕事ができるところも。それにもちろん、お父さん想いなところも。自分が知ってるところ全部です」

「キス魔かあ〜……」

「そこかよ」と間髪容れずに緑さんがつっこんで、俺はお茶を吹きそうになった。

「おまえは結生ちゃんのどこがよかったんだ?」

緑さんも訊かれて、俺をじっと見つめてからお父さんに視線をあわせる。

「わがるべ」

緑さんの言葉を受けて、お父さんも俺を「あー……」と見る。

「んだな」

いまの会話は理解できる。でもふたりで納得しあっているだけで、自分のどこを褒められたのかは判然としない。

「俺はわがねよ」

仲間に入れてほしくて真似したらふたりに笑われた。

「俺らのは南部弁《なんぶべん》だから〝わがね〟って言ったら〝駄目〟って意味になるんだぞ」

緑さんが教えてくれる。

「え〝駄目〟? わからないは〝わがね〟じゃないの?」

「いや、〝駄目だと思う〟って言葉も〝わがんねごった〟になる。〝わからない〟って言いたいなら〝わがんね〟って言わないと」

「わがね! おなじに聞こえる!」

叫んだらまたふたりに笑われた。

「それは正しいなあ」

お父さんも楽しそうにお茶を飲む。

風で窓が鳴った。もっと話していたいのに、そろそろ日が暮れる。

「さあ夕飯の準備しないとな。今夜は鍋にしよう」と緑さんが微笑んでこたつを立った。

外は雪が降っている。


お父さんは痛みどめの薬を飲んでいる。その副作用で下痢などの症状がでるのを抑えるためにも、さらに薬を飲む。お父さんの布団の枕もとにある薬の量はおぞましいほどだった。

お風呂に入る体力はないからタオルで身体を拭う。手術の痕《あと》が残る痛々しく痩せた身体を、緑さんは臆して目をそらすことも、辛がることもなく、指の一本一本まで大事に拭いていく。右腕、左腕、背中、胸、と一ヶ所終わるごとにお父さんは「ありがとう」と言う。緑さんの動きにあわせて細い身体をゆらゆら揺らしながらにこにこ微笑んで「はい、ありがとう」。

次第に険しい表情になっていく緑さんの唇がへの字にまがっている。優しさをくれるときの怒った顔と似ているけれど、これはこらえている顔だと思った。涙や喜びや苦しさや淋しさをぐっと気丈に抑えこんでいるそういう顔。横でタオルを絞って見守っているだけの俺のほうが、心のなかで泣いていた。

夕飯とお父さんの身体拭きが終わると、緑さんが「先に風呂入っておいで」とすすめてくれて俺も入浴した。俺がでると緑さんの番。そのときお父さんと初めてふたりきりになった。

「あの、お父さん。南部弁教えてください」

座椅子に座るお父さんの横へいって、さっき緑さんと相談したとおり頼んだら、眉を八の字にさげて笑われた。

「どしたの、緑と話しててなにかわかんない言葉あったの？」

「ううん、お父さんと話したくて」

今度は目がまんまるくなる。

「話してるでしょ？」

「それはお父さんが俺にあわせてくれてるからだから」

痩せたお父さんのくっきり浮いたガラス玉みたいな瞳を見つめていると、とたんにほんにゃり温かい笑顔をひろげて頭をぽんぽんしてくれた。

「結生ちゃんはほんといい子だねえ」

骨張った平たい掌で撫でてくれる。他人っていう遠慮がちな触りかたじゃなくてびっくりした。しっかり頭を覆って髪をまぜてくれる。緑さんと初めて会った日のあのときみたい。

「緑は人を見る目があるんだね。あいつのお母さんとはえらい違いだよ」

「えっ」

「お母さんも東京の人だったんだけど、こっちきたら言葉が田舎くさいって嫌がって、しまいにはでてっちゃって東京で男つくったすけ」

ぎょっとしたら、お父さんが「ははは、その顔っ」と薄い身体を傾げておかしそうに笑った。

「緑に聞いてない？」

「いえ……すこしだけ教えてくれました」

「でしょう？　驚くことないでしょ」

だってお父さんも聞かせてくれると思わなかったから。

「ほんとなじまなかった。最後までなじまなかったのよねえ……」

伏し目がちにわずかにうつむいて、お父さんが南部弁訛りでしみじみこぼす。ひとつになれなかった、というふうに聞こえた。俺が緑さんといるときに覚える同体感をふと想い出す。

「お父さんは淋しかったですか」

緑さんと会う前の孤独、淋しさを、俺はもう忘れ始めている。

「離婚は淋しくなかったよ。緑がいたし、実家に帰ったおかげで家には緑の祖父母もいたすけ。緑が上京してからのほうが淋しかったなあ。だからいま身体壊して頻繁に帰ってきてくれて、病気さまさまよ」

はっはは、と晴れた笑顔をひろげるお父さんを見つめた。この諦めを越えた覚悟に、俺はどんな声をかければいいのかわからない。でもいたたまれないというよりは、淋しい。この人はもうすぐいなくなってしまうんだ、といま本当に実感した。嫌だ、とも。

「言葉なんかいいの。一緒にいるうちにうつってくから。結生ちゃんと緑がここにいてくれるだけでいいのよ」

「……うん。ありがとうお父さん」

南部弁のせいもあってか、お父さんには、べつの土地の空気、風、のようなものを感じる。自分の知らない土地で暮らして生きてきた人。だけど同時に、名状しがたい親近感も覚える人。ゲイってことを、とんでもない温かさで許してもらったからかな……寛大さや寛容さ、膨大な包容力にひっぱられて、つい不躾に甘えそうになってしまう。

「結生ちゃんは昔実家で飼ってたネコっぽいんだよねえ。よく懐く子だった」

また撫でられて頭を委ねていたら、「こら」と緑さんが風呂からでてきた。不愉快そうな顔をしている。

「はは、緑嫉妬してんのか？」

「仲よくしてくれんのは嬉しいけど、べたべたするなよ」

緑さんは俺の隣にきて、肩同士をどしっとぶつけてこたつに入る。

「は〜、おまえ人好きになるとそんなふうになんのが？　おっかしいなあ。いいもん見れた」

お父さんが笑って、俺が「緑さん独占欲強いよ」と教えたら「んだがー」ともっと笑った。

「たんのしいなあ〜……おまえも恋すんだねえ？」

微笑ましそうに、お父さんは笑い続けている。


雪は翌日も降っていた。東京ではあまり雪が降らないので、ちょっとわくわくする。

お父さんにそう教えたらベランダのガラス戸をあけてしゃがみ、積もった雪をまるめて雪だるまをつくってくれて、俺も一緒につくって遊んだ。

「雪、冷たっ」

「しゃっこいか？」

「うん、しゃっこい」

完成すると、お父さんはそれをベランダの手すりに座らせた。俺も自分のを横にならべる。

寄り添うふたりの雪だるまは、お父さんのほうが大きくて綺麗なまるだった。

「しゃっこいしゃっこいっ」とお父さんがはしゃいでこたつへ逃げるから、俺も「しゃっこいねっ」と笑って追いかけてこたつへ入り、くっついてタオルで手を拭いた。

とくにすることもなく暇で穏やかな日が続いていくのかと思いきや、午後になるとお父さんのもとに以前勤めていた会社の元同僚さんや友だちがひっきりなしにお見舞いにきてにぎやかになった。

がらんとしていた家にお花が増えた。物を増やすのはどうなんだろう、と疑問に思っていたけれど、緑さんはお花をもらうたびにお礼を言って花瓶を買いにいき、部屋に飾りつけた。

みんなお父さんと一時間ぐらいおしゃべりして「せばー」と帰っていく。またね、って意味らしい。

キッチンで緑さんとお茶を用意しながら、「お父さん人気者だね」と言ったら、緑さんも「……ああ」と噛みしめるように深くうなずいた。

「親父がいままで築きあげてきたものなんだろうな。こんなふうに愛されて逝けるのは幸せなことだよ」

「そうだね……雑な人づきあいしてたら最期もひとりぼっちだろうし」

お花と友だちに囲まれて、お父さんが嬉しそうに笑っている。無邪気な子どもみたいに屈託のない笑顔を見ていると、こちらも自然と口もとが笑んでくる。緑さんがすこし老けて痩せた感じの、お父さん。

「俺も緑さんの傍にちゃんとずっといるよ」

見あげると、緑さんは切なげに微笑んで俺のこめかみにこっそりキスした。

ちなみに俺は〝緑さんの会社の社員〟って紹介してもらっていた。これはちょっとした家族会議になった。緑さんは「恋人って言ってもかまわないだろう」と主張したが、俺は「緑さんの仕事も立場も、どっちを考えてもどこからばれていくかわからないからやめたほうがいいと思う」と保守を優先した。自分はともかく、緑さんの首を絞めるのは嫌だから。お父さんは「こういうとこも不便なんだなあ……」と気の毒そうな顔をして俺たちに委ねてくれ、それで、「社員になるのも嘘じゃないでしょ」と俺がなだめる格好で、緑さんの承知を得たのだった。

家族のひとりだ、と緑さんが明確にしたがってくれた思いはちゃんと理解したし伝わった。それだけで俺は充分だった。

ふと気づいたら、いつの間にかベランダにならぶ雪だるまが三人になっていた。

「今日はいっぱい人きてくれてちっと疲れたなあ」

夕飯のあと、お父さんが座椅子から身体をずらして布団へ横になろうとするのを手伝った。仰むけに寝て、「ありがとね」と力なく微笑む。ご飯もほとんど食べられずに残っている。

「身体痛む？　薬飲む？」

「やあ、いまはいいよ」

「なにか欲しいものあったら言ってね」

「ありがとう、結生ちゃん」

緑さんは会社から連絡がきて、隣の部屋でパソコンと電話を駆使して仕事に追われている。やっぱり業務を完全に切り離せるわけなかったみたいだ。

「社長さんは忙しねえ……」

「ほんとねえ」

　今夜は昨日の続きの鍋だったから、ひとまずお父さんと緑さんの食べかけのご飯にラップをかけて食器を片づけた。緑さんには戻ってきてから温めなおしてあげればいいし、お父さんの残飯は俺が夜食にでもする。

「結生ちゃん、お母さんみたいだね」

　鍋のあまりを大きな器にうつしていたら、布団から俺を見ていたお父さんに指摘されて、俺も笑ってしまった。

「うん、いまおなじこと考えてました」

　緑さんの実家でみんなのご飯の片づけをする。やばい、めちゃんこ幸せ！　って。

「俺、全然料理できなかったんだけど、緑さんに健康的な食生活してくれって叱ってもらったから、自炊始めてみたところだったんです。おいしく作れるようになってたら、お父さんにもごちそうできたのにな」

「この鍋もおいしかったよ」

「ん〜……たしかに緑さん手伝ってふたりで作った。けど鍋は買ってきたスープに買ってきた食材入れるだけだもん。おいしくても料理としては初心者むけだよ」

「鍋は栄養もいっぱいとれるよ、大丈夫」

　にこやかになだめて、褒めてくれるお父さんが優しい。こんなふうに許してもらえると、完璧な手料理で応えたいって気持ちになってくる。

「緑だって料理できないでしょ？　うちでキッチンに立ったことなんかないもの」

「うん、緑さんも外食ばっかりって言ってる」

「あいつも鍋ぐらいしか作れないよ。切って入れるだけ」

「鍋万能説あるね……」

ただし緑さんの選ぶ食材なので全部高級、めっちゃ高い。今回もこのあいだ食べさせてもらった合鴨鍋にも負けていないあんこう鍋だった。市場で買ってきたらしい。緑さんは腕はなくとも素材で勝負できるんだよなあ。

「結生ちゃん、お味噌汁だけ毎日作ってやって」

「お味噌汁ですか？」

「お味噌汁かかさず飲むと、胃ガンにならないんだって。こないだ教えてもらったの」

南部弁訛りでやわらかく言って、お父さんが微笑んでいる。お豆腐を掬おうとしていた手が一瞬とまった。

「……どんな具を入れてもいいの？」

「うん、そうみたい。お味噌汁ならなんでもいいみたいよ」

自分は飲まなかったからガンになった、と、無言の言葉が、お父さんの笑顔から聞こえる。

「わかった。毎日絶対、お味噌汁飲ませるために家にかよう。約束するね」

「ありがとうねえ」

どこのガンかは聞いてなかったのに、こんな思いやりの言葉でお父さんから聞くことになるとは思わなかった。泣きたい。お父さんの胃を蝕《むしば》んだガンを掻きだしてぶん殴ってやりたい。

「お母さんなんて言っちゃ駄目だね。結生ちゃんは緑の素敵な旦那さんだねえ……」

緑さんはこんな裂かれるような辛さを、三年間味わってきたのか。


お花が増えた部屋に朝日がさしこんでいる。今日は晴れて、ベランダの雪だるまもきらきら輝いている。

みんなで朝ご飯を食べ終えると、緑さんが食材や生活用品を買いにいく、と言ってでかける準備を始めた。俺はそのあいだに掃除と洗濯をすませることにする。

「また親父の友だちがきたらお茶だしてやって」

「うん。ごめんね、買い物頼んじゃって」

玄関まで見送りについていき、謝った。俺は言葉や店に詳しくないぶん、買い物を緑さんにお願いするしかない。

「家のことだって大変だろ。ありがとうな結生」

お父さんも緑さんも〝ありがとう〟を何遍も言う。父子って似ている。

「あとこれ。渡しておかないとって思ってた」

コートのポケットから緑さんが一枚の紙片をだした。

「ここにうちの住所と、親父が入院してた病院と担当医の名前書いておいたから」

綺麗な字でたしかに大事な事柄が書かれている。お父さんの様態が急変したらこれで救急車を呼べって意味だ。

「……わかった」

自分にできるかな、と心臓がねじ切れるような不安と恐怖に襲われた。けど、自分が立派にできるかじゃなくて、お父さんを守れるかを考えろ、と気持ちを奮《ふる》い立たせる。

ふりむくと、お父さんはこたつでテレビを観て笑っている。……うん。大丈夫できる。守る。

「心配しないで、安心していってきて。今夜も鍋なら、お味噌のスープ買ってきてね」

右手の親指を立てて、グッドのしぐさで笑いかけた。じっと俺を見ていた緑さんが口にキスをしてくる。「我慢しなよ」と笑っても、「やだ」と頬にもキスされた。

「じゃあいってくる」

「うん、いってらっしゃい」

掃除と洗濯を終えると、お父さんが「薬飲む」と痛みを訴えたので水を用意して手伝った。痛みはモルヒネで散らしているんだと緑さんが言っていた。麻薬をつかうほどのガンが憎くて、顔を苦渋にゆがめるお父さんを見るのも耐えがたい。腰をさすって、唇を噛んでこらえる。

布団に横になって苦しむお父さんが、痛みのひきとともにすぅと眠ったころ、緑さんも帰ってきた。「いま眠ったところだからしずかに」と伝えて、薬を飲んだことも教える。

お父さんが眠る横でこたつに入り、ふたりで昼食のサンドイッチを食べた。

「……お父さんは痛いときだけ表情が変わるね。ほかはずっと笑ってる」

「抗ガン剤治療をしてるころは、苦しくても笑おうとしてたよ。自分におなじことができるかなってよく思ってた」

左隣にいる緑さんの手と口がとまる。テーブルの上にある右の掌を摑んで握りしめた。

「よく耐えたね。すごいよ緑さん。立派な息子だよ」

緑さんが涙を抑えるように唇をくっとかたく結んで俺の手をひき、薬指の栞紐にくちづける。

「……結生がいてくれて心強い。ありがたい」

「俺もだよ。緑さんとだから強くあれる。ひとりだったら絶対に抱えきれないよ」

緑さんが俺の指に唇をつけて目をとじる。午後からまた雪が降りだしていた。ガラス戸のむこうに、空のどこからこんなに生まれてくるんだろうって驚くぐらいしんしん絶え間なく落ちてくる雪が見える。

「ここにいるとき、結生のことをよく考えたよ。……会いたかった。おまえがいたらいいのにってずっと想ってた」

心細かったんだね。俺が〝このセックス魔神め〟って想ってたころ、緑さんはもっと痛烈に俺を想って、欲して、その恋情を捨てようとしていた。たったひとりでお父さんの死とむきあい、懊悩しながら。俺とお父さんに、ただ誠実であるために。

「いるよ。ここにいる。……いまは緑さんといる」

俺もさらに強く手を握りしめたら、目をひらいた緑さんが俺に口を寄せてきた。

「……ばか、それは我慢しなってば」

「いやだ」

うつむいて逃げる俺の背中に手をまわして、顔をつけてキスしようとしてくる。狙《ねら》いが狂って鼻や頰に唇がついてもやめないから、しつこくって俺も小声で笑ってしまう。

「エッチだな緑は～」

お父さんが目を覚ましてぷふっと笑った。ほ〜らばれた。緑さんは、うっ、と停止する。

「ほんとエッチだよ緑さんは〜」

俺もお父さんと一緒に笑ったら、赤い顔して俺を睨んでから破れかぶれに口にがぶがぶキスしてきてフンと離れた。我が儘っ子か。

「なあ緑、綿棒か耳かきあるか？　耳痒い」

お父さんが耳を掻きながらう〜んと唸る。

「あ、俺知ってるよ」と立ちあがってとってきた。さっき隣の部屋で洗濯物を干していたとき見かけたんだった。

「俺してあげるよ、耳かき」

「お、ありがとねえ」

枕をよけてお父さんの頭を持ちあげ、膝に乗せる。耳たぶを軽くつまんで綿棒を入れようとしたら、「それはさすがにないだろ」と緑さんもきて、お父さんの隣に寝転がった。

「結生、次俺も」

「はあっ？」

お父さんが吹きだして爆笑している。

「おまえ嫉妬してんのが？　結生ちゃんに耳かきしてほしいんだべか」

「あたりまえだ、いくら親父でも耳かきは許せねーよ」

「ふっははっ、結生ちゃんこういうときね、はんかくせーって言うんだよ。ばあかって意味」

緑さんがお父さんの肩を叩いて、くっついて寝転がって笑っている。ったくこの父子は〜。

「順番ね、順番！」

この家のなかは夢みたいな空間だ。俺たちの関係を認めて家族同然に接してくれるお父さんと、緑さんと自分。一歩外へでたら突き刺さってくる差別や偏見など届くこともなく温かい。ただひとつだけ、命あるもの誰ひとりとして抗《あらが》いきれない死っていう現実があること以外は。

「私物は全部投げていいって言ったのに、緑はこれだけ残してたよ」

緑さんがストーブにつかう灯油を買いにでかけた夜、お父さんが隣室から見つけてきたのは写真アルバムだった。

父子そろっている写真は、お祖父さんとお祖母さんが健在だったころで終わっているから、数えるほどしかない。お父さんが撮ったと思われる緑さんの写真ばかりおさめられている。

「ああ可愛いっ……小さくてもちゃんと緑さんってわかるね」

現在より頬がぷっくりあどけなくて小さい、赤ん坊、幼稚園生、小学生、の姿。

「中学あたりから嫌がるようになって、写真も撮らせてもらえなかったっけねえ……」

懐かしく微笑ましい表情でお父さんがページをめくる。たしかに小学生の卒業式と、中学生の入学式あたりで写真は終わっている。中学入学式のこの嫌そうな、恥ずかしそうな顔ったらない。〝入学式〟の看板の横でブレザー制服を着て、逆光でもないのに眩しそうに目を眇めて睨んでいる感じ。反抗期まるだしか。

「自分の反抗期ってどんなだったただろ、忘れちゃったな……緑さんは〝話しかけんなよ〟みたいな態度とる子どもでした？　そんな顔してる」

「ははは。まあ暴れたりってことはなくても、このころから会話は減ってたかなあ。あいつはあいつで自分の世界を見つけたんだろうねえ」

「自分の世界か……」

「小学生のころは身体が弱くて家にいることも多かったからあれだけど、中学になったら友だちができてな、その子とべったりだったんだよ。毎日一緒にいてねえ、夏休みなんかふたりで遊びにいってて。あれたぶん緑の初恋だよなあ。かんつけたってばればれだ」

うっ、と表情が強張って、自分の眉間にしわが寄ったのがわかった。「かんつけるってなに？」と訊くと、「〝ごまかす〟ってことだよ」と教えてくれる。くぅっ。

「そうか、それが例の……」

「なにか聞いてるか？」

「うん。告白もできなかった人だって聞かせてくれた。東京にくるまでずっと好きだったたって。こっちに帰るといまもたまに会うみたい」

「んだが。まあ親友だったすけ。や〜、だいじょぶだいじょぶ。結生ちゃんのめんこさには敵わねえよ」

「可愛かったんだやっぱり……」

ぎりぎりしていたら、お父さんがしみじみした。

「結生ちゃんも緑想って嫉妬してくれるんだねえ」

「もちろんするよ」

そんなこともお父さんにとっては新鮮なのかと、俺もすこし驚いた。

「緑さんのまわりには人がたくさんいるし、上京してからは緑さんを理解してくれる友だちもいっぱいできたみたいだよ。でもお父さんの存在にはずっと救われてたって教えてくれた。親孝行したくて頑張ったって言ってたもん。緑さんは緑さんの世界を見つけたかもしれないけど、お父さんのこと忘れてたわけじゃないよ」

忘れていたら、ここに俺を連れてきてくれることもなかったんだから。

父子の関係に偉そうに口をだしてしまったかな、と発言のあと自戒したけれど、お父さんは瞳を潤ませて微笑んで「んだがあ……」とうんうんうなずいてくれた。

アルバムをめくって、一枚の写真をしめす。

「あ、これね、緑が小学五年生の運動会のとき、リレーにでた写真だよ」

走っている緑さんは、列のいちばんうしろにいる。

「運動会はいつも見学だったのに、だいぶ身体がよくなって初めてリレーにでられたの。ほんと嬉しくってね……びりっけつだったけど、この世でいちばん栄誉あるびりっけつだったよ」

「これが走り終わったあとの写真ね」と見せてくれたのも、やっぱり仏頂面でそっぽをむき、不機嫌なオーラを濃くただよわせて立っている一枚だった。

わかる。この子どもの緑さんが、本当はお父さんのために一等賞をとってあげたかったこと。喜ぶお父さんを見て、悔しくて、でも泣きたいぐらいきっとおなじように嬉しかったこと。

このふたりの父子の輪に、いま自分も一緒に加えてもらっていることがたまらなく嬉しい。

「うん……こんなの一等賞も敵わない、最高のびりっけつだよ」

「結生のほうが親父と親子っぽいよな」と緑さんに指摘されたのは、お父さんが昼寝したのに乗じて、珍しくふたりで買い物へでた二十三日の午後。青森へきて四日目のことだった。

「え、まさか本気で妬《や》いてるの？」

「ばか」と後頭部を掻きまわされる。……ちゃんと家族みたいで嬉しいんだよ、というひとことは小さく聞こえた。目だけ細めて苦笑する横顔が、しんみりと面映ゆく嬉しそう。ふへへ。

「そういえば緑さん、雪だるま増やしてたもんね。ベランダの」

「なんのこと」

「かんつけたってわがんだよ」

お父さんに教わった言葉で笑ったら、緑さんも笑って肩を竦めた。

「結生の南部弁はまだまだわがねな」

「ン。それ〝駄目〟ってこと？　〝わかんねーな〟ってこと？」

「あててごらん」

「え〜、ん〜……てかどうせ意味あいは似てるよね」

「ははは、そりゃ言えた」

今夜も簡単でおいしい鍋にしよう、とふたりで白菜やきのこや練り物を選んでかごに入れていった。お父さんが心配だからはやく帰りたい、と心の隅に焦燥感を燻らせながらする緑さんとふたりきりの買い物は、そわそわする反面嬉しさもあって複雑だ。

「結婚ってこんな感じなのかな」

緑さんがぼそと呟いたとき、うしろから突然「おー」と声をかけられた。

「また帰ってたんか」

緑さんとほとんどおなじ背格好の男の人がいる。カートをひいて、男の子の子ども連れで。

「あー……」と緑さんもこたえて始まった会話は、ふたりして早口の南部弁訛りで全然ついていけない。おそらく〝元気だったか〟〝元気だよおまえは？〟的な再会の挨拶と近況報告なんだろうけど内容は頭に入ってこなかった。

途中相手の人が俺に頭をさげて緑さんになにか言い、緑さんも一瞥してきてこたえる、って場面があった。うわ、話題にされてる、と俺も頭をさげてみたものの、紹介してくれたのかな程度しか理解できず解散した。なんか去り際も、相手の人にめっちゃじろじろ見られた。

「緑さん、なに言ったの？　あの人友だち？」

「結生に前教えた片想いしてた奴」

「えっ」

噂の親友……って結婚してたんだ。童顔っぽくはあったけどべつにくりくりのロリではなかったな。爽やかだったけど。そこそこ男前だったけど。緑さんと仲睦《なかむつ》まじく話してたけど。

「結生のこと恋人だって言ったら驚いてたよ」

「へっ？」

緑さんが肩を揺らして手で口を押さえ、くっくっと笑いをこらえている。

「うそ、言ってよかったの？　社員で充分だったのに」

「あいつならかまわないだろ。どうせこの町にももう帰ってこないだろうしな」

ベランダの雪だるまに雪が積もって、帽子を被ったみたいな変なかたちになっている。雪をはらってなおしていたら、緑さんが「病院に薬の追加もらってくる」と声をかけてきたので、玄関までついていって見送った。そして夕飯の用意をするまでこたつで絵を描いた。

やがて隣で眠っていたお父さんも起きて、「お〜結生ちゃん絵上手だね」と褒めてくれた。

「ありがとう。この子はお父さんモデルに創ったよ。緑さんの会社のゲームにでてくるの」

「え〜、すごいなあ、緑のゲームに出演しちゃうのか」

「うん、しちゃう」

お父さんは〝おとと〟っていう村長さんにした。ひやり博士とも仲がいい。温厚で誠実で、成長過程が十段階ある長生きのレアな子で、髭もじゃ。

「この髭が毎日のびて邪魔で、町のみんながかわるがわる切りにきてくれるんだよ。これは、絶対に自分じゃ切れないの。そういう呪いなの。だからおととはひとりじゃ生きていけない。顔中もじゃもじゃになって、前が見えなくて歩けなくなっちゃうからね。でもみんなおととの髭を切りにきてくれる。おとととといると、みんなも楽しくて癒やされるから」

お父さんが眉をさげて照れくさそうに笑いながらお茶を飲む。

「こんなに毛深くないよ？」

「ただの設定だからいいの、許して」

俺も一緒に笑った。それから隣にひやり博士も描いた。

「これはひやり博士っていって、緑さんがモデルなんだよ」

ひやり博士の生いたちや生活も教えてあげる。お父さんはうんうんうなずいて聞いてくれる。子どものころ自分が父さんと母さんに落書きの内容を説明して聞かせた、懐かしい時間と感覚が蘇ってくる。そういえば俺は、両親と一緒に絵を描いたこともあった。いま想い出した。

「ああ……緑はちっさいとき海辺で転んで、海に浸かったことあるよ。いまより真冬の寒い時期でね……」

「えぇっ、なにそれ凍えるっ」

「凍《し》みたろうねえ。一瞬だったけど唇真っ青にしてがたがた震えて、慌てて温めたよ」

「よかった、助かって……海辺で転ぶなんて緑さんおっちょこちょいだなあ」

ほんと生きていてくれてほっとした。

「青森は流氷見られる？」

「そら北海道までいかなきゃな。緑が転んだのもふたりで北海道に旅行したときでねえ、流氷になる前のしゃばしゃばした晶氷《しょうひょう》で海が埋まってたの。あれでも充分しゃっこかったろなあ。ああいうのは氷泥《ひょうでい》っていう」

お父さんがペンケースからペンをとって、ひやり博士の横に綺麗な字で〝氷泥〟と書いた。氷の泥。海を覆うやわらかいシャーベット状の透明な氷。

「氷泥かあ……字は重めだけど、しゃばしゃばの氷は綺麗だね」

アルバムで見た小さな緑さんが、ひやり博士みたいに氷泥に囲まれて凍える姿を想像する。

「他人の気持ちを体感できてしまうのは楽しいことじゃないよ。……博士が背負っているものは多すぎるね。でもこういう人はいるし必要なんだろうねえ……」

お父さんがひやり博士を見つめる目は、緑さんをうつしていた。社長として会社と社員を支えている緑さん。いまお父さんのために、薬をもらいにいっている緑さん。

「ひやり博士の一部になって癒やしてくれる雪は、結生ちゃんだね」

一昨日より、昨日より、笑顔が生気なく無気力で、あきらかに弱っていっているお父さんを俺も見つめる。

「雪はひと粒じゃないよ。博士に降る雪はたくさんある。癒やしてくれる人はたくさんいる。だから俺もそのひと粒になれたらって想うよ」


ガラス戸越しに降る雪を、布団の上に膝を抱えて座ってぼんやりと眺める。真綿のような、鳥の羽根のような、白く軽やかな雪がゆらゆら落ちてきて、ベランダの柵や床に積もっている雪へかさ、かさ、と重なっていく。

この世の中にはこんなにも平和で優しい時間があるんだな……と、この家にいると感じ入る。うしろには緑さんがいて、俺の腰に両腕をまわして背中にくっついている。

「今夜は仕事の電話こないね」

「ああ。しずかすぎると逆にいいのかなって思うよ」

「ふふ。仕事しなきゃってなんの?」

「や。……こんなに幸せでいいのかなって。仕事が嫌なわけじゃないけどな」

……うん、と相づちをうった。緑さんがなにを言いたいのか理解した。ここは現実感がなくて幸福しかない。お父さんと緑さんと自分と、安らぎだけに浸っていられる夢心地の家だ。

「お父さんも今夜は辛くなさそうでよかった」

患部へ直接貼りつけるタイプの痛みどめを緑さんがもらってきてくれた。落ちついて寝息を立てている。

「ああ……」

緑さんが俺の左肩につっ伏して、腰を抱き竦めてくる。彼が呼吸すると左肩が温かくなる。

……安堵、というより、淋しさ、怖さ、のほうが呼吸する彼からながれこんでくるのを感じた。

ずっと気丈に、毎日頑張ってるもんね。……怖いね。三人でいられて幸せなのに、どうしても怖いね。俺もだよ。緑さんとおなじだよ。


翌日のクリスマスイブの夜は、緑さんがケーキを買ってきてくれた。

「おまえも好きな子にケーキなんて買ってあげるようになったんだな?」

お父さんが感心して褒めると、緑さんは「……そーだよ」と照れた。

ほとんど食事もとれなくなっているお父さんにも緑さんが切りわけてあげたのは、ホールケーキじゃなくて筒状のロールケーキで、チョコムースをココアスポンジでくるんだものすごく甘そうなチョコ味だった。お父さんにサンタ、俺に雪だるまの飾りをつけてくれる。自分には雪の結晶のチョコを。それでみんな砂糖なしの紅茶と一緒にもくもく食べた。

「すっごい、甘くっておいしい……! ロールケーキってとこもめっちゃお洒落だなあ……」

「ロールケーキじゃなくてブッシュ・ド・ノエルっていうんだよ」

「わ、さすがおシャンな緑さんっぽい」

「おまえおシャンなのか？　東京に染まったなあ」とお父さんもケーキを食べて笑う。口端にチョコクリームをつけているからティッシュで拭いてあげて「そうだよ」と俺も眉をあげる。

「緑さんめちゃんこおシャンだよ。朝ご飯しっかり食べろって、俺にローストビーフのパン買ってくれたりするからね」

「朝からローストビーフぅ？　社長さんは違うわあ」

「違うよね～」

「おまえらな……」と緑さんが鼻にしわを寄せて、俺たちは笑ってしまう。

「でもクリスマス祝うのなんて何年ぶりだ？　毎年仕事だったしなあ。ひとりでクリスマスってこともねえし」

「緑さん帰省しなかったの？　……って、緑さんも仕事で忙しいか」

「たとえ帰ったとしても父子でクリスマスはしねえよなあ？」

お父さんにこたえを求められて、緑さんも「しねえなあ」と苦笑する。

「結生がいるからできたのかもな」

「え、俺？」

「んだな。結生ちゃんいるおかげで今年はにぎやかだ」

持ちあげられて嬉しい反面、微妙にきまり悪い。父子でもっと仲よくしなよ、と思うような、自分だって実家にわざわざ帰ったりしないし、いまさら親子でクリスマスパーティなんて、と恥ずかしくなってしまうような。どっちも理解できて複雑だ。

「お父さん、緑さんが子どものころはサンタのふりしてプレゼントあげてた？」

「あげてたよ。緑は漫画かゲームをあげれば喜んでたっけねえ。小学生の高学年になったら〝親父、もうなにもいらない〟って拒否られて終わったね」

「うわ緑さん冷た〜」

目を細めて責めながら、チョコクリームたっぷりのケーキを頬張る。

「大人になったんだよ」

そう言って俺を睨み返す大人の緑さんも、雪の結晶のチョコをすまして囓る。知ってるよ。どうせお父さんに負担をかけるのが嫌になったんでしょ、いい子で可愛い緑少年は。

「もう、ほら緑さんも口つけてる」

彼の口についているチョコクリームもティッシュで拭ってあげた。

「ったくこの父子は〜」

そろってそっくりなんだから、と呆れると、ふたり同時に「ははっ」と笑って肩を揺らした。右にいるお父さんと左にいる緑さんは、ほぼおなじ角度の猫背でこたつに座って紅茶を飲んでいる。長く離れて過ごしても、親子の血って身体に染みこんでるものなんだなあ。

「クリスマスぐらい、結生ちゃんデートに連れていってあげろ」とお父さんが緑さんを叱ってくれて、そんなのいいよ、と俺も断ったんだけど、車で数十分の場所に綺麗な海岸があるからと半ば強引に追いだされ、渋々外出した。

青森にきて六日。二十五日のクリスマスだ。

「ホワイトクリスマスはめっちゃ嬉しいよ。でも外寒いし、どうせお父さん心配で落ちつかないからいいのにね……」

「親父なりに気づかってくれたんだろうな」

連れてきてもらったのは、種差海岸《たねさしかいがん》という場所だった。真っ白い雪に覆われた広場の先に、海がある。普段この広場は天然の芝生《しばふ》がひろがっていて、広大な緑と海を楽しめる海岸らしい。いまは冬で雪が降っているせいか人も皆無でしずまり返っている。視界の端から端までめいっぱいに敷かれた白く清冽《せいれつ》な雪の絨毯《じゅうたん》。

「う、うわー……ぶつくさ言ったけど、きてみたらすっごい綺麗……！」

まずこれだけひろい真っさらな雪に足跡を残せるっていうのが嬉しくてどうしようもない。

「わ〜」と子どもっぽくはしゃいで一直線に海岸のほうへむかって走り、緑さんをふりむいた。今日も眩しいほどの晴天。太陽が照り返す真っ白い雪の光のなかで、緑さんも笑っている。

「見て、俺の足跡！」

「ああ」と、緑さんがその隣を歩いてくる。一歩近づいてくるたびに、足跡がふたつならんで道しるべみたいになっていく。

「寝っ転がりたい！」

「やってみ」

「成人男子なのに平気？」

「いまなら笑うのは俺だけだよ」

え〜、と困って、「本当に芝生だよね、岩とかあって頭打たない？」とどきどきする気持ちを抑え、ちょいへっぴり腰になりながらばたっと仰むけに転がってみた。

「こいつほんとにやったっ」

緑さんも爆笑する。転がっちゃえばあとはこっちのもん。俺もけたけた笑って両腕をあげ、ごろごろ転がって雪を堪能した。雪が乱れて自分の転がった跡ができても地面はでてこない。

「緑さんも俺の上にきてキスして」

隣にきた彼に両手をのばしてみた。コートのポケットに手を入れて白い息を吐き、薄く微笑んで俺を見おろしている。

「やだよばか」

まあるく温かい発音の〝ばか〟いただきました。

「キスはしたいから起きあがってくれ」

「いやだいやだ一緒に寝たい」

頭をふってわざとらしく甘えてみた。

「ぶりっこか」

「うん」と吹きだして、薄っぺらい雲が浮かぶ真っ青な空と緑さんの顔を見あげる。鼻の頭が赤い。涙ぐんでいて寒そう。俺もマフラーの隙間から侵入した雪にやられてしゃっこい。

「こい」と緑さんがのばしてくれた手をとって、ひっぱりあげてもらった。立ちあがるとすぐさまきつく抱きしめられてキスをされた。冷たい唇を温めあうように吸いあう。……あ、ちゃんとキスするのひさしぶり。やりかた忘れてるかも。かじかんで、口もうまく動かないし。

しかし緑さんは相変わらず巧くって、凍える俺のかわりに、ひどく熱く舌を吸ってくれる。欲しかった、と教えてくれる。

「……ありがとう、結生」

唐突な感謝の言葉を、意味は理解できたけど「やめて」と拒絶した。額をつけて見つめあう。

「お礼言われると仲間はずれにされた気分になる。だからやめてよ。あたりまえのこととしてるって思わせて」

家族だって思わせて。支えあうのがあたりまえの家族のひとりだって。

「……そうだな」

緑さんが目をとじる。白く小さな吐息を吐く。その赤い左頰に、俺もキスをする。

「……ここにくる前は不安だった。男女の夫婦だって相手の親を疎んじる話ばかり聞くだろ。結生も本当はかなり無理してくれてて、親父に会うこと後悔してるんじゃないかって疑って、心配してたよ。でもこっちにきたらあっさり家族の一員になっちゃって驚いた。親父も結生を気に入ってるし、おまえのこの人懐っこさはなんなんだろうな……ほんとたまらないよ」

「はんかくせえ」と緑さんの唇を笑いながら嚙んでやった。

「最初は怖かったよ。どんな態度とるべきかとか、いろいろ……いろいろ怖かった。淋しさもあった。でもいちばん柔軟なのはお父さんだよ。俺のことするんて受け容れて、息子みたいに接してくれてるもん。俺、南部弁につられてタメ口きいちゃって、それでも許してくれるから馴れ馴れしすぎて失礼だよね」

お父さんに許されすぎ、と肩をすぼめて恐縮したら、緑さんも笑って俺の唇を食んでくれた。

「いや……親父、俺より結生のほうが可愛いと思ってるなあれ。結生にでれっでれだろ」

「ふはは。緑さんも本当はお父さんに甘えたいんでしょ。緑さんそういうの下手だからな〜」

「べつに甘えたかねえよ、いくつだと思ってるんだ」

ひっぱたくかわりみたいに唇をかぶがぶ噛まれる。んーんー、と俺も笑う。

「――あと、ほら結生」

離れた緑さんが俺の左手をとって手袋をはずし、それをコートの右ポケットにしまって栞紐を解いてしまう。結んでもらってからつけたままにしていた紐はくたびれて端もほつれていた。

「はずしちゃうの」と緑さんの目に訊いたら、ちらと見返した彼が俺の口にちゅとキスした。そして左のポケットからきらきらと光るリングをだして、薬指へとおしてくれた。新しい指輪。本物のシルバーの。

「サイズあってるか」

「うん、あってる……ありがとう、指輪嬉しい。すっごく嬉しい」

本当に指輪をくれた。嘘みたい。左手をまわして、きらめく指輪を眺める。胸が熱くなる。汚いものなんかいっこもない真っ白く清潔な雪の世界で、俺、大好きな人のものになれた。

「いいのか？　この先一生俺に縛られて生きていくってことだぞ。もう逃げられない」

「上等だぜ！　緑さんも俺を離すなよなっ」

背のびして緑さんの首に腕をまわした。そうしたら緑さんも俺の腰を抱いて、地面から浮かして抱きあげてくれた。ふたりして笑って、「まわしてまわして」と頼んだら、「ばか」って言いながら二回ぐるぐるまわしてくれて、嬉しくてもっと笑えた。

潮の香りを運んでくる凜とした風が、俺たちの肌と白い雪の地面をなぞってながれていく。

キスをして唇をあわせたまま地面へおろされた。頬が凍える。耳も痛い。でも離れない。

「緑さん、お父さんに会わせてくれてありがとう。……〝挨拶させてくれてありがとう〟って意味じゃないよ。〝出会わせてくれてありがとう〟って意味だからね。青森にきてよかった。ずっと三人でこうしていたい」

「ああ。……俺もだよ」

ずっと三人で――。


ひとりでお父さんの荷物を捨て続けていた緑さん。そうして青森で過ごして帰ってきた日、俺に会いにきてくれていた彼はどんな気持ちでいたんだろう。どんなに淋しかったんだろう。

洗濯物をたたみ終えて戻ると、お父さんは眠っていた。輝く陽光が右頬を黄金色に照らしている。見つめていると胸が苦しくなってきて、俺も隣にならんで寝転がった。

「――……結生ちゃん、」

目をとじていただけだったのか、お父さんがか細い声で呼び、俺の頭を弱々しく撫でた。

「今日は天気がいいねえ……」

「うん……雪が降るかもってテレビで言ってたけど、夜からだって。いまは晴れてる」

「昔緑と雪合戦したよ……雪まるめて、投げあうの。あれもこんな日だった……緑が小学生のころかな。いま想い出してた。緑のは小さいけど俺のは大きいから、あいつ雪まみれでさ」

　夢うつつのなかで、過去をふり返っていたお父さんの声が懐かしそうに愛おしそうで、胸がつまる。教えてくれた光景が俺にも見える。ぶくぶくに着ぶくれた子どもの緑さんの、赤い頰、鼻先。いまの緑さんぐらい若くて健康的な体軀《たいく》のお父さんもコートを着て、笑顔で雪を投げていて。緑さんの肩や胸で弾けるお父さんの雪だまと、服が細かい雪だらけになって悔しがる、可愛い緑さん。

「なあ結生ちゃん……俺はね、緑の連れてきてくれた子が結生ちゃんでよかったなって思ってるんだよ。だって、女の人がきたら困るでしょう。考えてることわがんねえもの」

　弱った苦しげな声でいきなりなにを言いだすかと思えば、おかしくてすこし笑ってしまった。

「お父さん……普通は男がきたら困るんだよ」

「んだが？　あ〜……でもなあ、普通なんて最期はあってなしがごとくよ」

「うん……んだね」

　たしかに、そのとおりだ。

「お父さん……俺たち本当はまだ会って二ヶ月ぐらいしか経ってないんだよ」

「ほんとか？」

「んだ。緑さんは前から俺のこと知っててくれたけど、会ったのはつい最近で、おたがいすぐ好きになったの。でもね、緑さんはお父さんに紹介できる一生の恋人じゃないと欲しくないから、俺みたいな会ったばっかりの若い子どもはどんなに好きでも欲しがっちゃいけないって、我慢してたんだよ。俺緑さんのこと大好きで大好きでしかたなかったのに」

「は〜……はんかくせえ」

「でしょ？　結局こうやってお父さんに会いにこられたけど、俺さ、お父さんに会えたから、緑さんとの仲ももっともっと深まったなって、いま毎日感じてる。お父さんと一緒にいられてすごく嬉しいし楽しいよ」

俺もお父さんの手をとった。細い手と、手を繋いだ。

「ずっと昔には緑が嫁連れてきて、子どもつくって、家族が増えたりするのかなと思ってたこともあったよ。でもあいつが男好きだってわかってからは幸せでいてくれればいいやって考えてた。自分がちゃんと家族つくってやれなかったくせに、子どもに強要する権利もないでしょ。嫁いるのが幸せって俺言えねえもの。いなくても緑と幸せだったもの。結生ちゃんきてくれて、三人で暮らせて、家族つくってもらって……もっと幸せだよ。あいつは立派だ。俺と違って、ちゃんと幸せな家族つくってくれた」

お父さんも俺の手を握って、ゆるくふって笑ってくれる。

「俺はお父さんが育ててくれた緑さんについてここへきたんだよ。べつの人に育てられた男だったら、きっと好きになってなかったよ。緑さんがお父さんの子だから、家族になったの。俺もお父さんに会えて幸せだよ」

目をとじる。お父さんの匂いがする布団。体温も感じない薄い掌。ならぶ綺麗な爪の感触。

「……ありがとう結生ちゃん。俺が死んだあとも、結生ちゃんが緑を好いててくれるあいだは傍にいてやってな」

この家で、誰もがさけていた死という言葉を、最初で最期、口にしたのはお父さんだった。

「わがね」

「結生ちゃん……？」

「お父さんいなくなるのわがね」

お父さんが喉の奥でくふくふ笑う。

「結生ちゃんそれどっちの意味？」

「わがねよ」

わがね、とくり返した。

「わがね」

「結生ちゃん……」

「わがんねよ」

わがね。……わがね。わがね。

お父さんがいなくなるなんてわがね。――……わがんねよ、お父さん。

お父さんを送った日は朝から雪が降っていた。

お父さんの願いどおり葬儀は火葬式のみで、通夜や告別式を省いた、緑さんと俺ふたりだけのささやかで小さな式になった。病院へ運んで亡くなったのを確認した翌日、納棺してすぐに火葬場へ。

火葬炉の前でお別れを終えて棺が炉内へ入っていくとき、緑さんは、親父、と呼びかけて、初めて男泣きに泣いた。控え室へいくよう案内されても長い時間動かずに扉を見つめて泣き続ける彼の掌を握り、俺も涙をこぼして寄り添い続けた。

亡くなった時期が年末年始にかかっていたので、俺たちはその後もしばらく青森にとどまり、荷物処分やマンションの解約などをして忙しく過ごした。

家をでた日は、また涙がでてとまらなくなった。お父さんと暮らしたあの夢のような幸福な家へは二度と帰れない。またべつの人がいずれ入居して、新しい暮らしが始まっていく。お父さんと緑さんが暮らしていた家。俺もほんの数日間お父さんと暮らすことができた家。お父さんと俺たちの笑顔、声、日々、ベランダにずっといた三人の雪だるま。慈愛と許しとぬくもりのみが生きていた、陽だまりのような至福が満ちあふれる家だった。

青森にあるご両親のお墓へ一緒に入ったお父さんのところに、毎年ちゃんと会いにこようと緑さんと約束をした。

　おととは『ライフ』のなかで長生きする。ずっとずっと死なんか知らずに笑顔で生きていく。そう思っていた。そうするつもりでいた。だけど緑さんと飛行機に乗って、機体が青森の地を離れ、遠退いていくのを小さな窓から眺めているうちに、不快感をはらんだ違和感が、俺の胸のなかにふつふつ湧いてひろがってきた。

「緑さん」

「ん？」

　真っ白い雪に覆われた町が小さくなって雲に霞んでいく。お父さんと一緒に暮らした町が。

「……俺ね、緑さんに会えてよかったよ。緑さんに会って、好きになって、お父さんに会えてよかった。ふたりに会えたいまの自分にも、会えてよかった。ふたりを知らなかった自分にはもう戻りたくない」

　……うん、と左隣にいる緑さんが俺の左手に自分の指を絡めて握ってくれる。頭を傾けて、俺のほうに身体を寄せてくる。俺も応えて頭をくっつけて寄り添った。

「だから『ライフ』にも、ちゃんと死っていう最期をつくろう」

「え……死？」

　重く苦しげな声だったけど、俺は「うん」としっかり強くうなずいた。

「生き物には必ず誕生と死があるよ。生まれて、育って、その子が恋して結婚して、子どもをつくる。家族が増えて、でもいずれ最初に生まれた子は年老いて亡くなっていく。そのとき、それまでその子が築いてきた人たちの輪……家族とか友だちとかがね、傍にいてくれるんだよ。最期を愛した人たちと迎えられる。おたがいに愛情を貫いて、人生を終えられる」

「……ああ」

「これは不幸じゃない。命に限りがあるから知られる絶対の幸福だよ」

緑さんが俺の手をきつく握りしめた。目を見ると、また泣きだしそうにゆがんだ優しい瞳で苦笑している。

「いままで結生が携わってきたゲームで味わってきた死とは違うな」

「もちろんだよ。ゲームの嘘の世界だから〝そんな現実的な辛さ体験したくない〟って嫌がる人もいるかもしれない。けど俺はお父さんを看取れたことを不幸だと思わない。短い時間だったけど一緒に、家族として暮らせて幸せだった。生きていると、別れて二度と会えなくなる人だっているでしょ。でも最期に傍にいられたんだもん、嬉しかった。ううん、嬉しい。それなのにゲームでは死から目をそらすなんて矛盾してるし、お父さんに教わった幸せを嘘だって言うみたいで嫌だよ。少なくとも『ライフ』はそういう、命の尊さを訴えるゲームにしたい」

緑さんが左手で俺の頬を包んだ。彼の薬指にある指輪がすこしひやりとする。

「アルバム機能をつくって写真を残せるようにしよう」

微笑んでいるような温かい声で彼が提案する。俺は「うん」とこたえる。

「成長して姿が変化していくようすも、友だちや恋人と一緒にいる時間も、新しく生まれる子どもも、カメラで撮って残せるようにする」

「うん」

「クリスマスも年末年始も、七五三も成人式も、行事にあわせたイベントも企画しないとな。想い出をできる限りたくさん残せるようにしよう」

「うん」

「出産できるなら、性別があるんだよな。……同性愛はどうする？」

「リアルでいこう。同性だと結婚はできても子どもは生めない。でもちゃんと家族で、いずれ先に逝く恋人を、遺される恋人が看取る。……それでいい。いいんだよ。長く一緒にいれば、相手の嫌なとこも知るだろうし、愛情って、きっとすこしずつかたちをかえていくんだろうね。でも、命が尽きるときも愛しあって迎えられたなら、その瞬間、永遠に愛してるって想いが、本物になるんだよ。こんなの幸せ以外のなにものでもないよ。それまで俺も、緑さんといる。最期を、緑さんとふたりで迎えたい。孤独なんかじゃない。俺たちはなんにも不幸じゃない。誰にも俺たちを不幸だなんて言わせない」

　緑さんが口もとでふっと吹いて微笑んだ。そっと一瞬だけ俺の唇を食んで息をつく。

「……そうだな。俺たちの幸せを知ってくれる人が増えたらいいな」

「うん」

「愛してる結生。俺も、おまえがいない人生はもう考えられないよ」

――『ライフ』の最初の三十人が完成したのは東京でも雪が続いた三月だった。

「しゃっこーいっ」

鍵をあけて緑さんのうちへ入り、腕をさすりながら急いでリビングへいって暖房をつける。ソファに鍵と鞄をおき、コートも脱いだら、買ってきたケーキをキッチンで切って仏壇へ持っていった。

「ただいまお父さん。これお祝いのケーキ、お父さんに先にあげるね。……あ、紅茶もいるよね、ケーキだけだと甘すぎるし。ちょっと待ってて」

イブの夜も砂糖なしの紅茶と一緒に食べたんだった。慌てて戻ってお父さん用のマグカップをだし、おシャンな緑さんが買いそろえている紅茶の葉からひとつ選んでお湯をそそいだ。

「結生、帰ってるのか？」

あ、緑さんもきた。コートと鞄を抱えて、俺の特別大好きなスーツ姿で。

「お帰り。いまお父さんにケーキあげたとこ。紅茶忘れたからいれてたんだよ」

「結生もケーキ買ったのか？　てか、おまえのお祝いなのになんで自分で買ったんだよ」

「え、みんなと食べたかったから？」

「ばかだな……おまえは今日祝われる主役なの。感謝される立場なんだよ」

その主役を早速怖い顔して睨んでくるし。っとに、優しいんだか厳しいんだか……優しいんだけどさ。

「いいじゃん、じゃあケーキいっぱい食おうぜ！」

いぇいいぇい、と両手で拳を握ってくねくねはしゃいだら、緑さんが呆れたように苦笑した。

彼もソファに荷物をおいてから、俺の隣にきてケーキの箱をくれる。

「ほら、どうせ先に親父にあげるんだろ」

「うん。緑さんのはまたブッシュ・ド・ノエル？」

「結生ちゃん、〝ノエル〟はクリスマスって意味だよ。普段はただのロールケーキ」

「げはっ、そういえばそうだね、やべぇ俺ばかの子じゃん」

がっくりしつつ緑さんから受けとったやたらでかい箱をあけた。そうしたら、とんでもなく大きな四角い生クリームケーキの上に、みんなが——俺の、三十人のモンスターみんなが可愛い砂糖菓子になってトッピングされた、ものすごいケーキがでてきた。

「えええぇっ!!　なにこれすごい、無理嬉しすぎるっ……食べられない、飾る!!」

「ははは」

生クリームに覆われた四角いスポンジ部分は雪が降った地面のイメージらしい。家のかたちのチョコや緑の木の飾りに囲まれた雪の町に、みんなが仲よく楽しそうに集まっている。

いししもおくさものらこもだにこも。ひやり博士もおととも。ほかの子もみんな。

そして中央に『「ライフ」へようこそ！』とチョコで書かれたプレートがある。

「食べられない以前に切れないよ……どうしたらいいんだこんな素敵なケーキ……」

涙がでてくる。

「可愛いよな。パティシエに頼んで作ってもらったんだよ。ケーキ部分もきっとうまいぞ」

「食いたいのに食えねーっ」

「この子たちが身体の一部になるんだと思えばいいだろ。ひやり博士みたいにさ」

「ん～……わかった」

その前に写真撮る、と尻ポケットからスマホをだして周囲の物をよけ、光の加減を調整しながらめちゃんこ慎重に大事に画面へおさめてパシャっと撮った。

中腰でスマホをかまえる俺がおかしいのか、「必死か」と緑さんが横で笑っている。

「おっしゃ。じゃあ紅茶と一緒にこのケーキもお父さんにあげよ。……やっぱおとどかなあ」

マグカップに紅茶をそそぎながら唸って考えていたら、緑さんが俺の腰を抱いてくっついてきた。

「おまえ、親父に食べ物与えすぎだぞ。今朝も茶碗大盛りに混ぜご飯盛ってたろ」

「え、だってお腹すくかと思って」

「あのな、仏壇は仏飯器にちょびっと盛ればいいんだよ。それで充分」

「あんなちょっとじゃ駄目だよ。最期のころほとんど食べられなかったんだからいーの」

いきなり顎をぐいっとひねってキスされた。

「ンーっ、首もげるっ」

抗議してもかまわず口を覆って舌を吸われる。雪降る外から帰ったばかりの冷たい唇と頬。

「……まじでお父さんに妬いてるわけじゃないんだよね」

口を離してから上目でじろっと見据えたら、肩を竦められた。

「まさか」

幸せそうに微笑んで額にもキスをくれる。俺も笑って緑さんの唇にキスを返す。

「……お祝い、ありがとうね。仕事して祝ってもらえるなんて贅沢すぎる。ケーキも可愛くて最高で、食べるのも楽しみだよ」

「ああ。またゲームが完成したときも祝おう」

「うん」と俺も緑さんの腰に腕をまわしてくっつく。スーツ素敵。ぬくい。格好いい。

「完成したらいちばんに、俺に色紙描いてくれ。サインつきで」

俺の後頭部の髪に左手の指をとおして覆い、彼がてっぺんにキスをくれる。

「いいけど……なにそれ。いちばんってとこになにかこだわりがありそう」

「結生が有名になる前のいちばんの生原画は俺のものってこと」

「またなんだかとっても複雑な独占欲だね……ゲームがひとり歩きしていくのであって、俺が有名になるとは思わないけど」

「なる。デビューからファンの俺をナメるなよ」

「数少ないファンでしょうが」

「草野もいる」

やべえ変なスイッチ入った。

「こんなに一緒にいるのに、緑さんはほんと独占欲強いね」

嬉しいんですけど。もちろんたまんなく幸せなんですけどね。現在ではほとんど半同棲状態で毎日のように緑さんの家に帰ってきてふたりでいてお味噌汁を飲んでいるってのに、それでもこの人は不安なのかな。

「こういうとき、少女漫画ならなんてこたえるんだ？」

緑さんが俺の顔を覗きこんで、楽しそうに煽ってきた。

「う～ム……『そうだ、おまえは俺のものでいろ』とか？」

「なら俺のほうが上だな」

「ん？」

冷たい鼻先同士をくっつけて、緑さんが笑う。

「俺が独占したいのは結生だけだ。きりっ」

「きりっ言うな」

あははっ、と俺も吹いてしまった。

「そのセリフもありそう～、めちゃんこありそう～……」

からかって笑ってキスをする。こういうときは上唇と下唇を甘く食む軽い撫であいのキス。

「おまえは博愛主義だよな。誰でも平等に大事にする」

「おう？」

おうおう、なに淋しそうに言っちゃってんのこの人は。俺が博愛主義？　えーえーもちろん大事な人はいっぱいいますよ。大柴さんや草野さんをはじめ、お世話になっている人たちも。ゲイって言えなくてもかまってくれる友人たちも。俺と一緒に夢を追ってくれる安田や、恋愛相談をかわせる忍、『アニパー』で仲よくしてくれる人たちも。でも俺にだって特別はある。

「緑さん、俺をまだわかってないね。それとも言ってほしい言葉があるの……？　少女漫画もびっくりのときめき悶絶な独占欲セリフ」

緑さんが俺の右頰に顔をすり寄せて嬉しそうに笑っている。

「聞かせてほしいな、結生の独占欲でびっくりさせてくれよ」

「いいぜ、腰抜かすなよ」

両腕を緑さんの首にまわして背のびした。俺も彼の頰にすり寄って、耳に唇を近づける。

「緑さんは俺のだよ！」

ぎゅ～と締めつけてにやにやしながらスーツに染みた彼の香りを吸う。

「……二十点だな」

「低っ」

厳しくて笑う。でも二十点ぶん喜んでくれる緑さんが可愛くって嬉しくって大好きすぎる。

ふたりで大笑いしてしばらくキスして抱きあっていた。ご飯を食べたあとはケーキと紅茶も大事に味わおう。外はまだ雪が降っていて寒いから、リビングでくっついて食べたい。それで朝になったら雪だるまをつくりたいな。ベランダに積もった雪で、きちんとみっつ。あ、うちの父さんと母さんと、子どものぶんも。……とか言ってたらベランダ雪だるまだらけになっちゃうな。まあでも、それもいいか。

毎年つくろう、緑さんと。ベランダいっぱいの雪の子たち――。

あの日のユキ
「緑さん、俺たち結局お父さんにちゃんと誓いの言葉言ってなくない？」

「俺が言っておいたよ」

「そうなの？」

「……ああ」

□□

「――あの子が結生ちゃんんか。ほんとに若い子見つけてきたな」

「うん。でも結生は俺よりずっと強くてたくましいよ」

「だろな。おまえは見てくれと頭ばっかり立派で、心はてんで子どもだすけ。ははは」

「反論できないな。歳をとるほどに怖いことばっかりだ」

「はんかくせーこと言ってんなよ。社長さんは守ってかなきゃいけないものたんとあるべ」

「そのために俺には結生が必要なんだ。これからは結生と生きていきたい。……親父。育ててもらった恩はもっと時間をかけて全部返していくつもりだった。満足な親孝行してやれなくてすまない。……淋しいよ。親父は青森へ帰ればずっといると思ってたんだよな。甘えてた」

「……あとは結生ちゃんと幸せになっていけ。それが最期の、いちばんの親孝行だよ」

「緑さん、お風呂先にありがとうございました、次どうぞ。めちゃんこあったかかったよ〜」

「ン、ああ。わかった。じゃあ入ってくるかな」

「結生ちゃんこたつおいで、湯冷めしたらいけんから」

「はい。あの、お父さん。南部弁教えてください――」

あとがき

『坂道のソラ』『窓辺のヒナタ』の二作に続く、アニマルパークシリーズスピンオフ三作目『氷泥のユキ』をお贈りいたします。

今作はわたしが同性愛を書いている理由のひとつを、明確に描けた作品になりました。緑《みどり》も結生《ゆき》も元気をたくさんくれる人物たちで、わたし自身彼らに会えた自分に、会えて幸せです。

緑の先輩である大柴賢司《おおしばけんじ》は『坂道のソラ』で主人公として登場しています。また、結生の後輩である豊田忍《とよだしのぶ》は『窓辺のヒナタ』の主人公、小田日向《おだひなた》の幼なじみなので、それぞれご興味を抱いてくださいましたら、彼らにも会ってやってください。

イラストはもちろんｙｏｃｏ先生にお願いいたしました。今回ｙｏｃｏ先生とつくったカバー絵は、本編終了後、翌日のお昼のふたりになります。雪だるまをつくって「『ライフ』成功しますように！」と鳩笛を吹いている結生と緑の幸福な風景。口絵も本文の挿絵も、そしてあとがきにある彼らの日常の姿も、涙をこぼしながら受けとりました。嬉しくて、幸せでなりません。

いつも一緒に作品を大事に思いながらつくってくださっている校正者さん、デザイナーさん、担当さん、ダリア編集部のみなさまほか、書店さまにも深くお礼申しあげます。

手にとってくださいました読者さま、ずっと見守ってくださっている読者さまにも、感謝の気持ちでいっぱいです。みなさまの力強い支えにより多くの幸福をいただいているシリーズなので、お礼と感謝で胸が苦しくて、あとがきもどう書けば、と数日悩んでしまうほどでした。

『アニマルパーク』に続き『ライフ』の世界がひろがっていくようすもお届けできたらと思っています。よろしければまた、ぜひおつきあいください。

朝丘　戻

Yoco

初出一覧

ダリア文庫をお買い上げいただきましてありがとうございます。
この本を読んでのご意見・ご感想・ファンレターをお待ちしております。

〒170-0013 東京都豊島区東池袋3-22-17　東池袋セントラルプレイス5F
(株)フロンティアワークス　ダリア編集部
感想係、または「朝丘 戻先生」「yoco先生」係

氷泥のユキ

2018年4月20日　第一刷発行

著　者

朝丘 戻

発行者

辻 政英

発行所

株式会社フロンティアワークス
〒170-0013 東京都豊島区東池袋3-22-17
東池袋セントラルプレイス5F
営業　TEL 03-5957-1030
編集　TEL 03-5957-1044
http://www.fwinc.jp/daria/

印刷所

図書印刷株式会社